"茅盾文学奖"精篇节选系列

湖光山色

○新 著

中国文联出版社

图书在版编目（CIP）数据

湖光山色：精篇本 / 周大新著. -- 北京：中国文联出版社，2024.4
　　ISBN 978-7-5190-5416-8

Ⅰ．①湖… Ⅱ．①周… Ⅲ．①长篇小说－中国－当代 Ⅳ．① I247.5

中国国家版本馆 CIP 数据核字（2023）第 257305 号

CHINA LITERATURE AND ART FOUNDATION
中国文学艺术基金会
中国文学艺术发展专项基金　　资助项目

著　　者　周大新
责任编辑　刘　旭
责任校对　胡世勋　田宝维
封面设计　爱吉骏文化

出版发行　中国文联出版社有限公司
社　　址　北京市朝阳区农展馆南里 10 号　　邮编　100125
电　　话　010-85923025（发行部）　010-85923091（总编室）
经　　销　全国新华书店等
印　　刷　北京顶佳世纪印刷有限公司

开　　本　880 毫米 ×1230 毫米　　1/32
印　　张　8.75
字　　数　140 千字
版　　次　2024 年 4 月第 1 版第 1 次印刷
定　　价　52.00 元

版权所有•侵权必究
如有印装质量问题，请与本社发行部联系调换

目录

▲

001　文学一直在暗中陪伴着我们

　　　乾卷

023　水

116　土

157　木

文学一直在暗中陪伴着我们

周大新　陈　涛

周大新老师是一位从事文学创作四十多年的前辈，他的作品关切现实，反复书写着两个世界，"一个是现代军旅生活的世界；一个是豫西南的这个小盆地的农村和市镇生活的世界"。在多年的文学创作中，他围绕军旅、乡土、都市、人性等方面进行着深入的文学探索与深刻表达，以自己的勤奋与对文学的洞悟不断赋予文学以荣光。日常生活中的周大新老师温和儒雅，给人以亲切感。适值第十一届茅盾文学奖颁奖之际，我也有幸与周大新老师就文学、创作以及他的长篇小说《湖光山色》等话题展开交流，倾听他对文学与生活的独特见地。

一、关于文学

陈涛：周老师，首先感谢您能够接受我的访谈。我想先请教您一个问题，在您看来，文学是什么？或者说，文学不是什么？

在您的文学道路上,您对文学的认知可有什么比较大的变化?

周大新:什么是文学?我最初的理解来自几本词典:用语言文字形象化地去表现客观世界进而表达主观认识的艺术。后来,随着自己写作生活的展开,觉得把诗歌、散文、小说、剧本、寓言和童话加在一起,就是文学。接下来,随着写小说、散文和剧本生涯的延长,感到文学就是作家借助于虚构和想象,用文字塑造的艺术形象来表现其对人生的审美感受与理解及认识的一种艺术样式。我平时很少去想这个问题,认为文学的定义已有共识,已不需要再去讨论。

陈涛:在我看来,文学是无用之用,虽然不能用一些清晰的指标去衡量它,但是它所产生的作用却是很大的,我想您应该也认可这一点。同时,文学还有一个特点,那就是"大",这个"大"体现在它对其它艺术门类甚至凡是人类智慧的包罗,就像在图书馆中,虽然文学类书籍只占据其中一个小小的角落,但是图书馆其它门类的内容似乎都可以用文学的方式去呈现表达,不知您对这点怎么看待?

周大新:同意你的看法:文学的作用乃无用之用。表面上看,文学对人没有多大用处,不懂文学完全可以活得很好,懂得文学也不见得就能活得很好。但其实,文学一直在暗中陪伴着人们,人幼时都喜欢听大人讲各种民间故事,这就是在接受民间文学的影响;之后上小学识字了,开始看各种带图画的书,这是在接受儿童文学的影响；上中学后开始跟父母一起看戏剧、电影、电视剧，这是在接受戏剧文学和影视文学的影响；上大学后去看网剧和读文学经典著作，这是在接受网络文学和严肃文学作品的影响。文学在不知不觉间塑造着你对人生、对社会、对自然界的看法。文学的作用是对人的心灵发生影响，这种影响是在悄无声息潜移默化中完成的。一个人有什么样的心灵，就有什么样的行为，从这个意义上说，文学的作用是很"大"的。

陈涛：一个老生常谈的问题，您是如何走上文学这条路的？

周大新：最初的写作动机是挣点稿费，养家糊口，同时也是为了满足个人的爱好，我从小就爱读文学书，长大了便也想写一本书。随着写作时间的延长，我慢慢意识到，写作其实也是满足自己的一种倾诉欲望，把积在心里的一些话通过文字倾诉出来，把一些情绪宣泄掉。再到后来，就有了不自量力的想法，想通过写作来影响他人和外部世界。也就是说，想把自己对于人生、社会以及人与自然界关系的认识通过作品传达给读者，对读者的精神世界产生影响，从而对社会向美好方向发展也起点推动作用。我是军人，18岁当兵以后，国家和民族的安危成为当然的关切对象，一旦需要，随时准备上战场，必要时甚至准备牺牲生命。也因此，国家、民族利益这些问题在我心里占着很重要的位置，这对我的写作也会产生影响。我想，所有的严肃文学作家，写到最后，都会自然地开始为整个人类的命运进行思考。写作到最高境界，是悲天悯人，是对人类未来命运的忧虑。

陈涛：每个作家在回望自己如何走上文学之路的时候，都会提及某本书、某件事，或者某个语文老师等等，您还记得自己最初对文学产生印象是怎样一种情况吗？

周大新：我在读高小也就是读五年级的时候特别喜欢写作文，我的语文老师范荣群先生很欣赏我的作文，总是课堂上把我的作文当范文来读，而且会把我的作文推荐到学校的五一、十一特刊上发表，所谓发表，就是把作文用毛笔抄在大张的白纸上，然后贴在教室外边的山墙上让师生们看。我觉得这是极荣耀的事情，让我有一种受到尊重的快乐感，我写作文的积极性就更高了。上初中时，我会把一些记叙文的情节写得跌宕起伏。这大概就是我最早的写作训练了。我最早读到的文学书应该是《一千零一夜》，大概是在初中一年级时读到的，她非常吸引我。读到的第一本小说是列夫·托尔斯泰的《复活》，这时我已经从军，就是这本书使我产生了写小说的想法。

陈涛：并不是所有文学的种子都可以长成文学之树，从您之前的一些访谈中，我了解到您高中还未毕业便离开家乡到山东参军，但也正是这段军营生活促使您真正走上了文学之路，这算不算是冥冥当中注定的文学缘分？您可否为我们介绍一下那段时光？您有没有设想过，如果没有军营生活，您可能就不会走上文学之路了？

周大新：如果我没有当兵，我可能真的不会从事文学创作了。因为从事文学创作其实是有条件的，这个条件就是一个人不再每天为吃饱穿暖发愁。创作是精神劳动，它需要在起码的物质生存问题得到解决之后才能进行。我当兵之后，吃饭穿衣的事不用再操心了，而且每月还发6块钱的津贴费，让我有了买书的能力，有了参与精神创造的可能。倘若我没有当兵，那年月在乡村经常是吃不饱饭的，饿着肚子不太可能去想写文章的事情。

陈涛：大多数作家的文学之路都是从书写自己的人生经历开始的，您的人生经历对自己的文学道路有着怎样的影响？还有，每个作家都在构建自己的文学故乡，不知您如何看待这一点？您的故乡对您的创作又有着怎样的影响？

周大新：我的创作最初就是写自己在军营的生活经历：训练，站哨，演习。后来写部队参战，战友受伤，以至牺牲。再后来写探亲，恋爱，成家。写了一段之后，才开始回望故乡，才效仿沈从文先生去写自己的故乡——豫西南南阳盆地。去写自己熟悉的乡村、小镇，去写自己早就认识的父老乡亲，去经营自己的文学故乡。故乡是一个人认识世界的起点，是一个作家解剖观察这个世界的标本。故乡给我的，既有血脉亲情，也有大量的写作资源，还有探索和认识人世间的动力。

陈涛：最近有没有哪本书让您印象深刻？

周大新：有一本书叫作《所有我们看不见的光》，作者是美国作家安东尼·多尔。这本书讲的是，第二次世界大战期间，一个法国失明的女孩和一个德国少年兵之间的一段奇遇。当时法国地下抵抗组织使用广播电台号召法国人民起来反抗德国的统治，所以这个德军士兵的任务是搜查无线电波，进而找到法国抵抗组织的广播电台。而这个盲女孩的爷爷是法国地下抵抗组织的成员，主要负责地下电台和广播。爷爷被德军杀死后，她自己一个人把广播坚持了下来。后来那个德军少年兵通过无线电信号找到了她。但是当他发现操作者是一个盲女孩之后，就主动向上级隐瞒了这个发现，使盲女孩得以活下来。很厚的一本书，这是故事梗概。它把战争中，人性的扭曲、变异和重现的过程给表现出来了，这很重要。因为爱是人活着的最大动力和最终目的。人活着是为了获得一份好的事业，最终无论是为了孝敬父母，还是为了养育子女，实质上都是因为爱。父辈是这样，我们这一辈是这样，将来我们的孩子还是这样。所以爱就是人活着的目的。如果把爱抽去了，人活着没有任何的意义。

陈涛：您曾在一次访谈中谈到，文学具有启蒙思想、弥合分裂、推进共识的作用，今天来看，观点是否有所改变？

周大新：我认为文学有这种作用。我有一个长篇小说《预警》，就是想提醒读者警惕恐怖主义的兴起。很多人都不会意识到，腐败也可以滋生恐怖主义。老百姓受到腐败的压榨以后，没法通过正常的法律渠道伸张正义的时候，就会采取极端的、暴力的、破坏性的，以普通人为袭击目标，让政府和人民群众感到切肤之痛的恐怖主义方式来发泄。我写这部小说，就带有启蒙的想法。我希望这种观念能被更多的读者所认识到。这些读者可能是政治家，也可能是普通人，他们会知道腐败是非常危险的。那本书是前些年写的，当时还没有开始高压反腐。我就是痛切地觉得社会这样腐败下去是极其糟糕的，最后会出大问题，所以启蒙的这种想法一直在我的作品中间隐含着。

好的文学作品可以传达爱，会弥合分裂。我访问过以色列的作家，也访问过巴勒斯坦的作家，这两个作家的儿子都在战争中丧生了，但他们作品的主旨都是呼唤和平。他们整天思考人类的共同命运，体悟到两个民族应该和平相处，不能再互相杀戮。我写的长篇小说《战争传说》，就是以瓦剌人和明王朝的战争为背景来思考怎么处理民族关系。当时的明王朝就是想彻底把北方少数民族给打服，瓦剌人也卧薪尝胆来打明王朝，战争非常残酷，双方死了很多人。于是我就思考怎么能弥合今天各个民族之间的矛盾。当今世界各地的很多局部战争其实都是民族问题引起的。所谓民族无非就是在不同地域生活后，形成了不一样生活习惯的人群罢了。都是人，只是有的在美洲、有的在非洲、有的在亚洲，吃的、穿的不一样，为什么就不能和平相处呢？我想用我的作品来弥合这种分裂。

但作家的力量其实是微乎其微的，因为读你书的人不会太多。今天的年轻人读书更少，可能平时更喜欢看微信、玩手机吧。我们作家只是把这些想法写出来，也许若干年以后被某一个成为政治家的人读了，他会通过系统的施政措施把问题给解决了。我觉得最近国家提出要建立书香社会指标体系是很正确的。如果大家都多读点书，都能思考一些问题，就会在自己的行动上表现出来，这可能也是文学推进共识的社会功用。作家既然把作品发表了出来，让更多的人读到了，那就得对读者有一种责任心。最终，有一些作家会让世界上的所有人都尊敬，因为他们摒弃了个人利益、家族利益、小团体利益、地域利益，他们的胸怀变得广阔了，他们想的是人间所有人如何幸福生活的问题。

二、关于创作

陈涛：归根到底，文学创作是一件很苦的事，每个写作者都值得尊敬。您是从事文学创作四十多年的前辈，支撑您一直写作的动力是什么？有写不下去的时候吗？

周大新：支撑我写作的动力大概有三个：其一是希望成名，最初就是希望通过写作获得人们的尊重，希望通过写作挣得稿费改变自己的生活境况。其二是渴望倾诉，在最初的愿望满足之后，接下来的写作动力就是倾诉，倾诉心中的烦恼、愤懑、伤痛、不快、郁闷和欢乐，把心中累积的东西通过文字倾倒出来，与他人沟通。其三是期望把自己对生命演变、对人生过程、对社会发展、对自然界与人类关系、对人类未来命运的思考传达给自己的读者，与他们进行交流，如有可能，想在精神上对自己的读者或多或少地产生一点影响。

当然有写不下去的时候。有时写着写着，突然觉得自己原来的设计不对，无法再持续写下去；有时，还会对自己写出的东西的价值产生怀疑，不愿再写下去。逢到此时，就会心情烦躁，就得停下笔，去干点别的事，或外出走几天，重新冷静思考，然后再推翻重写。

陈涛：可否给我们介绍一下您自己的写作习惯？譬如对时间、地点等等的要求。

周大新：我年轻时写作，喜欢在夜里写，夜深人静，没有任何干扰，出活快。上年纪之后，知道持续的夜里写作会伤肝，加上久坐伤脾，影响食欲，就改成白天写了。一般是上午写三个多小时，午休之后再写四个来小时。进入老境后，自我限制工作量，上午写两个小时，下午写两个小时，其它时间用来读书、散步、聊天、看电影。我习惯在家里写作，不愿在陌生的地方写。

陈涛：如果回望您这几十年的创作之路，您有什么特别满意的地方吗？是否也有遗憾？

周大新：特别满意的就是去了云南前线采访，让自己见识了真正的战场。从军以来，遇上和平年代，有这么一次战地采访的经历，对自己的人生很宝贵，对自己的创作当然也有好处。

遗憾的地方很多，比如没写出更多令自己满意的作品。但这只能怨自己才气小和没有更刻苦。如果下辈子还让我当作家，我一定努力。

陈涛：对有志于文学的年轻写作者，您会给他们提哪些建议？

周大新：我想给青年作者提的建议是：一、不要害怕初写作时的投稿失败，没有谁一上来就会成功，坚持写下去就可能如愿。二、多读古今中外的文学名著，多读史学、哲学、社会学、心理学等方面的书，当代中国作家有定评的书当然也要读，书读多了就有可能站在前人的肩上开展创造。三、要自信但不要瞧不起同行，更不要攻击同行，向文学巅峰攀登不是只有一条路，要允许别人走跟你不一样的路。四、靠文学写作能挣一些稿费，但通常发不了大财，要有过普通日子甚至清贫日子的精神准备。五、写作要经常一个人面对电脑屏幕和稿纸，有时甚至要一坐几年，要耐得着寂寞；作品出版了，无人喝彩的情况也会存在，要有定力坚持下去。

陈涛：我知道您已经决定不再创作长篇小说，您接下来的创作主要会是哪些体裁？会关注哪些领域？

周大新：我现在主要是写点短篇小说和散文，篇幅小的作品，写作持续的时间短，对人造成的压力小，不会太累。近期所写的这一批短篇小说多少都带点科幻性，我给它们起名为幻想现实主义作品。算是一种试验吧。有机会了也可能会写一两个电影剧本。我最爱看电影，想试试看能不能写一部让观众喜欢的电影剧本。

三、关于《湖光山色》

陈涛：《湖光山色》出版至今已有十七年，荣获第七届茅盾文学奖至今也有十五年，多年之后再来回看这个作品，您是一种怎样的感受？这个作品在您的创作生涯中是一个怎样的位置？

周大新：转眼之间，《湖光山色》出版就已经17年了。回头望去，写作她时的情景还历历在目。那时，50多岁的我，还没有体验71岁人的心境，还以为自己的创作之路很长，还以为能写出很多东西，还以为上天会特别优待自己。

我的小说创作，从题材指向上看，大约是五个方面：一个是当代乡村生活；一个是当代军旅生活；一个是当代城镇生活；一个是历史回望；一个是关于未来的幻想。《湖光山色》是我表现乡村生活的一部重要作品，她写出了我当年对乡村的全部认识和希望。她在我个人的创作之路上，留下了一个很深的印痕。

目前，这部书只是经过了17年的岁月淘洗。时光无情，但愿她能经受住50年甚至更长的岁月淘洗，让那时的读者还有阅读她的兴致。

陈涛：第七届茅盾文学奖的颁奖词中写道，"《湖光山色》深情关注着我国当代农村经历的巨大变革，关注着当代农民物质生活与情感心灵的渴望与期待。在广博深厚的民族文化背景上，通过作品主人公的命运沉浮，来探求我们民族的精神底蕴，这是《湖光山色》引人注目的特色与亮点。"在颁奖词中提到了当代农村经历的巨大变革，实际上这种变革一直存在，尤其是近些年我国完成了脱贫攻坚的人类壮举，乡村振兴全面展开。您觉得当下的农村与以"楚王庄"为代表的农村有了哪些不同？

周大新：写完这部作品，我的笔就调转了方向，我也因此很少再深入乡村去观察、去感受。当年我笔下"楚王庄"的人，在乡村社会的巨变面前，更多的是惶惑，是不安，是被动的无所措手足的应对，当然也有自信的坚守和创造。而今天的乡村，人们对未来已经有了比较确定的把握，应对起变化来变得从容多了。中国的乡村社会正在向民主的、法制的、文明的方向演进着，我为此感到高兴。当然，今天的乡村也有着需要迫切解决的问题。

陈涛：这么多年后重读《湖光山色》，作品中楚暖暖和旷开田夫妇的人生经历令人感慨，您通过普普通通的乡下生活，向我们展示了对人性嬗变的深刻思索。尤其是旷开田这个人物，从最初的受欺辱到后来的自大自傲，甚至是欺辱他人，您觉得导致他转变的原因是什么？

周大新：旷开田是我在这部书中重点描写的一个人物。他是一个农民，也是一个男人，最后变成了一个中国职务最低的官员。我把他作为一个男性标本来剖析。受根深蒂固的官场文化的影响，中国的男人大都有做官的欲望，都有到官场一搏的企愿，旷开田在妻子的帮助下如愿了。但生性纯朴的他哪里知道，即使他掌握的权力很小，若那点权力不受限制和约束，一样可以产生很强的腐蚀力，会腐蚀掉他的纯朴，腐蚀掉他的善良，让他的人性之纸变得千疮百孔。他的妻子暖暖更没有料到，她亲手帮助丈夫掌握的权力，竟然反过来要害她，竟然让丈夫变成了一个贪婪和面目狰狞的东西。这是一个人的演变史，也是一种公权力的演化史。

陈涛：楚暖暖是一个有着美好人性、高贵灵魂的人物。在爱人、亲人、邻居面前，她敢于追求想要的人生，她具备隐忍、良善、自我牺牲等等美德，我想，在她的身上，也寄托了您对女性的一种理想。在整个作品中，我都可以看到您对女性的那种爱与痛惜，对于写好女性人物，您觉得难吗？

周大新：楚暖暖是我在本书中着力描画的一个人物。她是我心中理想的乡村女性形象，心地善良，品性正直，灵魂高贵，敢说、敢为，敢于为改变命运奋斗。这样理想的人物，在现实生活中的确少见，唯其少见，更显珍贵，更值得我把她安放在作品中，让更多的读者读后觉得乡间也有美好，人世该被珍惜。在男女两性中，女性从事破坏性的事情较少，身上爱和善的东西天生较多，值得作家去表现和叙写。在中国和世界文学人物画廊中，已有那么多的来自上流社会和中等阶层的女性成为典型形象悬挂在那儿，暖暖作为来自社会底层的女性形象，我希望画廊也能给她在角落里保留个位置。

陈涛：《湖光山色》中，您写出了人性的复杂，詹石磴也是一个给我留下深刻印象的人物。他从一个在村子里呼风唤雨的主宰者变成了手无缚鸡之力的残疾人，他最终被楚暖暖能够不顾仇恨拯救他女儿的举动所感化，他让弟弟背着去给楚暖暖送礼物，这也是书中非常动人的细节，您如何看待这个人物？

周大新：詹石磴这样的人物，在现实生活中不鲜见。当他们手中有权的时候，自以为力大无边，可以横着走路，为所欲为。一旦把权力从他手中收走，使他失去权力的加持，让他重新变成一个无权的人，他才会体会到对普通人尊重的必要，感受到对权力约束的重要，才有可能使其失去的人性中善的部分回归，让他重新变成一个正常人。在当下，多少因腐败落马的干部，在法庭上痛哭流涕，再也没有了过去的耀武扬威不可一世。詹石磴这个下台的小官，其实可以成为那些以权谋私官员们的老师，给他们讲一讲两个词的含义："过眼烟云"和"命运"。

陈涛：多年之后，我们重读《湖光山色》，并且生发出许多的感触，原因有很多，其中有两点我认为很重要。第一是您刻画出了像楚暖暖与旷开田这样带有"原型性"的人物，这样的人物个性,以及家庭伦理与道德滑坡,不仅仅在农村,城市中也有,中国人中有,外国也会存在;第二,对当下农村的发展进行了一种预言性的书写,譬如现在大家对"绿水青山就是金山银山"的理念耳熟能详,深入内心。而在多年前的《湖光山色》中,楚王庄村民借助楚长城与丹湖吸引游客发家致富其实就是这一理念的践行,您已经进行了文学性的表达。对此,您怎么看?您想给后来的读者留下一部怎样的作品?

周大新:谢谢你的肯定。小说中写的具象的东西,是豫西南的乡村,是丹湖,是秦岭余脉上的楚长城,是农民的春种秋收;想给读者留下的,是对中国乡村社会变革的思考,是对人性异化过程的显现,是对权力腐蚀人心的提醒,是对人间爱意的呼唤。我想通过自己的想象来重建一个美好的乡村世界。

陈涛:在《湖光山色》中有很多来自河南中原的方言文化,譬如"你个狗开田,你要办喜事咋不先说一声?俺们总得送份礼吧?是不是怕我们抢走你的花老婆?常下湖打鱼的九鼎笑道:开田哥真是粪缸当米库,密保得好啊,老婆都接回来了,俺们这当邻居的还不知道她是谁哩"。类似这样的段落不少,您觉得方言的使用与规范性的文学表述,在使用上有怎样的一种比例?

周大新:小说中一些方言的使用,可增加作品的地域特色,可使与作家同地域的读者读来更觉有趣,使其他地域的读者读来有种新奇感。但不能太多,太多了其他地域的读者读起来会觉着吃力，影响阅读快感。至于多大的比例好，没有一定之规，20%最合适？说不清楚。

陈涛：您在《湖光山色》中有写到寺庙，在其他的一些作品中也有类似宗教建筑，您如何看待宗教在我们生活中的存在意义？

周大新：偶然事件经常决定我们的人生。一个人出了车祸，下半生必须坐轮椅。他恰巧在那个时间，走到了那个地方。如果那一天不出门，或者出了门，而不在那个时间抵达那个地方，他就会避开车祸。因为偶然性存在，命运里有了不可捉摸的成分，有人寄托于宗教。

这也是每个人的命运：眼睁睁看着自己经过一生的奋斗，最后走向死亡，走向黑暗。这个结局很悲惨。所以一旦到了中年，越来越接近终点，人就会问为什么，为什么人人都是这种结局？宗教就是安抚灵魂，告诉你，未来还有一个世界，让你平静下来，让你不要焦虑。

我不信宗教，任何一种都不信。我写的是一种神秘的力量，它左右人的生活，平衡人的命运、生活前景。仔细观察，你就会发现，没有一个人在生活时完全幸福、顺利，没有遗憾。每个人的生活都充满了烦恼、苦闷，只不过苦难不一样，轻重程度不一样，重量不一样，但每个人都是如此。如果找一个人，让他去和另一个人换一下人生，很多人不愿意干，因为对方所承受的更甚。

很早之前，我写过一篇散文，叫《平衡》。里面写到，人世上有一条平衡规律在起作用：一个人的失与得，差不多都呈平衡状态。你在这方面失去了，便会在那方面获得；你这段时间得到了，另一段时间又可能失去。一生诸方面都得到顺利、幸福的人没有；一生全是苦难、挫折、痛苦的人也没有。

在农村，有老人能活到很大岁数，90多岁，100多岁都有。他的生活条件没那么好，但内心安宁，很平静地看待一切，不紧张、不慌张。有的人享受权力带来的荣耀，生活水平很高，接受的医疗水平也很高，但70多岁就去世了。他们的人生就在某种程度上实现了平衡。

四、关于茅盾文学奖

陈涛：2023年8月11日，第十一届茅盾文学奖获奖作品揭晓，共有五部作品获奖，您是否有关注？您对哪些作品比较关注？

周大新：第十一届茅奖获奖作品揭晓，我当然关注。我在这里向五位获奖作家表示祝贺！这五部作品，我只读过其中两部，其余三部，我近期也会找来一读。

陈涛：在一至十一届茅盾文学奖所有获奖作品中，除了您自己的《湖光山色》，您是否还有比较欣赏的作品？

周大新：过去获过奖的作品，很多我都读过，而且从中吸取过营养。我也做过两届茅奖的评委,亲自给一些获奖作品投过赞成票。凡获过奖的作品,大都有自己的长处,不是这方面的长处,就是那方面的长处,值得搞创作的人一读,从中汲取于己有益的东西。

陈涛:关于长篇小说创作,有许多人给出了自己的观点。对您来说,理想中的长篇小说是怎样的?具备什么样的特质?

周大新:我理想中的长篇小说,应该具备以下特质:其一,介入的具象生活很新鲜,也就是作者找到了新的别人尚未发现的题材领域,让人一开读就有一种新鲜感。其二,所写的人物很独特,是一般人很少关注过的人物,也是其他作家没有写过或从没有触及过的人物形象,让人看了有一种新奇感。其三,使用的语言样态很新颖——语调不是常用的;句式有创新;字词的超常量使用。总之,让人读了第一页就觉得语言有意思有陌生感,不舍得放下。其四,作品的结构样式很别致。不是"鸟巢式"也不是"水滴式",作家有自己的创新和创造,是别的作家从未用过的,一看就觉得耳目一新。其五,作品传达出的思考很深刻。也就是作家对具象生活的思考达到了一个新的高度,提供给我们的形而上的东西是别的作家从来没有提供过的,其思想是我们一般人没有意识到和认识到的,让我们精神之厦的某一扇门突然打开了,让我们在某一个方面突然惊醒了、明白了,舒一口气或叹一口气。

陈涛：您先后创作了《第二十幕》《曲终人在》《安魂》《洛城花落》等十多部长篇小说，其中肯定有特别多的感触，您觉得创作过程中，最大的难度是什么？

周大新：最大的难度是选择叙述方式，也就是怎么写。作家在创作时面临的主要问题是两个：写什么和怎么写？写什么相对好办，可以依托自己的生活经历和生活经验来选择。但怎么写，选择什么样的叙述方式，也就是叙述人称、叙述视角、结构形态、语言样式、氛围状态，却全要依靠自己的创造能力。每一部作品动笔之前，确定用什么样的叙述方式是最艰难的部分，最折磨人。既不能模仿别人，又不能重复自己，要全新的，真的需要苦苦思索。

陈涛：截至第十一届茅盾文学奖，河南籍作家共有十人获奖。在这十人当中，除了您之外，还有姚雪垠、宗璞、柳建伟都是南阳籍，占据了非常大的比例，对此您怎么看？南阳的地域文化对您的创作产生的影响有多大？

周大新：河南这个地方因地处中原，历史上成为很多王朝的建都之地，所以王朝更替的战争频发，百姓苦难深重。北宋灭亡之后，大批上流社会人士包括文化人多已迁移江南，加上世界逐渐进入海权时代，地处内陆的河南开始落后。这种经济和社会发展上的剧烈变化，不能不影响到河南一代又一代文化人的内心世界，不能不促使他们思考并进而生发出文字表达的欲望。故河南人中的写作者特别多，哪一个县都有很多进行文学创作的人。如果做一个不限于作协会员的详细统计，河南的写作人口可能比有些省的总人口还要多，在巨量的写作者中出几个获奖者，应该是正常的。当然，也要特别感谢历届茅盾文学奖评委们对河南作家的厚爱。

一个人尤其是一个写作者，不能不受其出生之处地域文化的影响。这种影响会在不知不觉中进入他的血液，使其生活方式、思考方式甚至表达方式都与别的地域的人有所不同。我出生在南阳盆地，在南阳长到18岁才外出闯荡。南阳的地域文化深深地影响了我。历史上，南阳是秦楚文化的交汇地，彪悍、阳刚、坦直、阴柔、浪漫、委婉这些文化因子都存在于南阳的地域文化里，它们对我的影响无处不在。

乾

巻

▲

水

（1）

暖暖那时最大的愿望，是挣到一万元钱。存折上的数字正在缓慢地向一万靠近，有几个夜晚，暖暖已在梦中设计这一万元的用法了。没想到就在这当儿接到了娘病重的电话，其时她正在北京朝阳区的一栋高楼里，给一套新装修的房子保洁。新房里有一股浓烈的香蕉水味，熏得暖暖有些头疼，可她仍咬了牙手脚不停地忙着：刮去地板砖上的污迹、擦亮门窗上的玻璃、抹掉洁具上的污点、背走装修垃圾……保洁公司把这家的活包给她和另外两个姑娘，早干完就可以早拿到属于她的九十块钱。可能是楼高离天太近的缘故，从窗外扑进来的八月的阳光像开水一样滚烫滚烫，使得暖暖前胸后背上的衣服都湿透了。她记得自己正停了拖把抹汗时，女伴的"神州行"响了，女伴接通后把"神州行"朝她递过来：找你的。暖暖有些诧异：谁？及至看清号码是家乡的，才有些紧张起来，因为她给爹交代过，电话是同事的，没有急事不要打。果然，爹的声音里全是慌张。爹说：暖暖，我是在聚香街上的邮电所给你打的电话，你快回来，你娘病得厉害……暖暖当时的腿一软，急忙将身子倚住了就近的窗台，她对着话筒说：爹，快送乡上的医院，我立马回去……

暖暖坐火车返到南府市再换汽车赶到丹湖东岸时，已是第二天的正午了。她下了汽车就向湖岸跑，只要赶上去西岸的那艘班船，黄昏时分就能到家了。可跑到湖边一看，班船已走得没了踪影，码头上剩下的都是渔船和供游人们在近处戏水的小划子。她不死心地奔到卖船票的屋子窗口问：大叔，还有没有去西岸的船？没了，姑娘，明天走吧。那人边说边把窗上的木板拉了下去。这可咋办？暖暖站在水边向西岸望着，几十里的湖面根本望不到边，可她知道楚王庄所在的大致位置，她焦躁至极地望着那个方向。这一刻，她对丹湖不由得生出了恨意：谁让你这样子大呀？！

住在丹湖西岸的暖暖从小就觉得丹湖太大，要去南府城就得过湖，可过一趟湖真是不易。暖暖知道这全是丰阳江造出的麻烦。丰阳江在经过秦岭的长期娇惯和伏牛山的低首逢迎之后，抵达这一带时显得骄横无比，动不动就大发脾气，差不多每两年就要跟百姓捣蛋一回，仅光绪年间那回发水，就将八万多人的性命生生掠走。丹湖，便是在历次的大水之后，慢慢在一片江滩和一处阔大的凹地上形成的。不过那时的湖水面积有限，使它变得烟波浩渺一望无际的契机，是为了向北方调水在下游修起了截流江水的大坝。从那以后，它的湖水就越来越多越来越深越来越清，沿岸的百姓们也渐渐习惯了大湖的存在，只是间或地，暖暖还能听到村里老人们的感叹：过去这丹湖身个小时，从东岸到西岸，也就顿饭工夫，哪像现在，小船得摇上近一天，当年李闯王领兵由此处过湖，据说马是直接游过来的，如今水面这样宽，哪一匹马能游过湖？……

嗨，小妮子，来船上玩玩？近处的一条渔船里钻出一个赤臂的汉子，朝暖暖边喊边做了个搂抱的动作。暖暖狠狠剜了对方一眼，厉声道：回去叫你姐来跟你玩吧！那汉子一听，讪讪一笑又钻进了舱里。难道还要在这湖边住上一晚么？暖暖沮丧地扔下提包，一屁股坐到了地上。在坐下的那一刻，她的手碰到了腰间那个鼓鼓的衣袋，那里边装着她打工两年来所挣的八千多块钱。娘，你别怕，女儿如今有钱给你治病了……

就在暖暖坐在那儿直盯着水面发愁的时候，一艘摩托艇呼呼地由湖里驶来，很快到了岸边，跟着就见几个公安揪着一个戴了手铐的男人由艇里跳上了岸，快步向停在不远处的一辆警车走去。这男的犯了啥事？有人在问开摩托艇的小伙。暖暖这时就也侧了耳朵去听。盗挖楚墓！楚墓？啥尿楚墓？问的人显然没有听懂。就是楚国人的墓，前不久西岸上的聚香街附近，因为打井发现了两座古墓，县上和南府市的人不让乱动，可这小子夜里去偷偷掘开了,从墓里弄到了一些锈得不成样子的铜器,这就犯了法。墓是楚国的?是呀,县上和市上的人都说,咱们丹湖这一带,古时候都归楚国……

暖暖扭过了脸。她现在可没心情没兴趣去听楚国里的事,她现在最需要一只船,一只能去西岸的船,哪怕是小划子也行。就在暖暖愁眉紧锁的时候,不远处突然响起一声喊:老黑豆,下次记住多带点辛夷花蕾来。老黑豆?她急忙扭头去看,原来被喊的人正是同村常到东岸卖药材的黑豆叔,暖暖忙起身拎了提包跟跟跄跄地跑过去叫:黑豆叔,你是摇船来的?黑瘦的矮个子中年男人哎了一声回头一看:嗨呀,暖暖,你回来了?巧,快,正好坐叔的船回去。

黑豆叔的船小得可怜,可他给船装了机器,呜呜呜的,走得挺快。今天湖里无风,浪不大,蓝莹莹的水面上,除了几只白色的水鸟在翻飞之外,还不时能看见小鱼一跳一跃。远处,有几只渔船在悠然地收着渔网。暖暖,我有好几天没见你爹下湖捕鱼了。他可能是在忙俺娘的病,俺娘的病加重了。你娘究竟得的是啥病?总见她到梅家药铺里抓药,气色也不大好。我也不知道。暖暖叹口气。暖暖,你在北京打工一月能挣多少钱?五百多吧。管不管饭?中午让吃一顿一块五的盒饭。睡的地方呐?和几个打工的姐妹在一起租。比俺家你萝萝妹妹强,她在省城打工,一个月才三百八十块,刨去吃喝,净落不到二百。萝萝妹妹也出去了？暖暖记得黑豆叔的女儿萝萝还小哩。出去了,和魏家的魏良他们几个人一起走的,出去多少能挣个活钱,比在家种地好,种地只能挣个肚圆……

船靠岸时太阳早滚到了后山的那一边,村子里已是炊烟四起了。暖暖谢了黑豆叔,下船快步向村里走,走到那个风化得很厉害的刻有"楚王庄"仨字的石柱子前,望着离开两年的村庄里那些高高低低的房屋,她突然间觉得,往日感到很大很威风的村子,变小变旧了;记忆里很高很漂亮的屋子,变低变破了;印象里很宽很平的村路,变窄变难看了;只有自家屋前的那棵老辛夷树,还是记忆中的样子,又粗又高,树冠像把巨伞;再就是那些鸟,还像过去那样,在老辛夷树的树枝上飞起落下,叽叽喳喳地进行归宿前的最后唠叨。

家里只有妹妹禾禾和奶奶。奶奶正习惯地赤着上身坐在灶前烧火,边向灶膛里填着柴草边大声地咳嗽着,胸前两只干枯的奶子在不停地左右摇晃;禾禾在向锅里砍着红薯,每一块红薯落进锅里时都能溅起一些小小的水星落到奶奶的身上。禾禾听见脚步声扭头看见姐姐进屋,停了刀,先是叫了一声:姐——跟着就流出了眼泪。暖暖的心一紧,上前喊了声:奶奶。弯下腰在奶奶那多皱的额头上亲了一下,才又回头问禾禾:爹呢?爹送娘去了聚香街乡上医院,让我和奶奶看家。病咋样?暖暖连着声问。听说今天后响动手术。究竟定的啥病?奶子癌。奶子癌?暖暖吸了一口冷气。就是娘的一只奶子上生了癌。禾禾解释着。

暖暖扑通一声坐到了奶奶身旁的一把椅子上，双手抱住了头。都怨你爹！奶奶这时开口道：他总是在湖里逮鱼、网虾、捉蟹，鱼虾蟹是啥？鱼虾蟹不是湖神的东西？总从人家那里拿东西人家能高兴？我让他每个月敬一回湖神，他总是忘记总是不听，总说去凌岩寺烧香就行了，寺里供的是谁？是佛祖，湖神不会住那里，这路神管不了那路神，谁的香火也不能少，他就是不听，这下子好了，罚到你娘身上了，奶子癌！暖暖没应奶奶的话，半晌，才抬头问禾禾：咱家的自行车在吗？禾禾答：爹是用自行车驮娘去聚香街上的。暖暖说：那你去青葱嫂家一趟，就说我要借他们家的自行车用用。

天都黑了，这会儿借车干啥？禾禾瞪大了眼。

去医院，我要去医院看看娘，我放不下心。

那样远，你一个人——

去借车吧。暖暖扭身替奶奶抓了一把柴扔进了灶膛里，将熄的火又燃了起来。之后便起身麻利地去脸盆里洗了洗手，拿起禾禾放下的菜刀朝锅里砍起红薯来。砍完红薯盖上锅盖，暖暖转身去自己带回的提包里抽出一件短袖衬衫说：奶奶，我给你买了一件衫子，来，穿上试试。晚点再穿吧，天这样热。奶奶说。穿上好看些，北京城里的那些老奶奶再热也不打赤身。暖暖刚才进屋看见奶奶打着赤身时确实已有些不习惯。嗨，咱乡下人咋能跟人家比？奶奶有些不以为然。暖暖没容奶奶再开口，三两下就给奶奶穿上了短袖衫。咋样，合身吧？暖暖左右审视着。奶奶边扯着衣襟看边带了笑说：好，好，就是有些洋气了……

锅里的红薯还没有煮好，院门外就有了响动，伴着自行车轮胎在地上的颠动声，两个人的脚步已响进了院里。不用抬头，暖暖就知道是青葱嫂来了。

暖暖，回来了？我估摸你这两天就会回来，你长林哥去南府打工不在家，我送你去医院吧！因长年劳动显得健康结实的青葱嫂走进门说，之后又扭脸对暖暖奶问：奶奶，你还没有吃饭？

奶奶没有回答青葱嫂的问话，只是把手中的拐杖举起敲了一下青葱嫂的胳臂说：长林家的，你和暖暖都是女的，走夜路能行？万一碰上个歹人咋办？放心，哪有那样多的歹人？青葱嫂笑着。嘿，你可不敢大意，前些天老桐家的媳妇不是在路上被抢了？三十多个鸡蛋哩，全被歹人拎走了！奶奶依旧不放心。我拿把镰刀！青葱嫂这时呼地由门后墙上扯下一把雪亮的镰刀扬了扬：真要碰见歹人，我就砍了他！

吹吧，你！奶奶张开只剩两颗牙的嘴笑了，你有那胆量？只怕人家喝叫一声，你就会吓瘫到地上。

不是还有俺暖暖妹子？！

那倒是，俺暖暖是有敢砍人的胆量！奶奶有些自豪，随即又叮嘱道：天黑，你娃子骑车带暖暖可要小心，去聚香街的路都在湖边,你们走路时,不要说惹湖神不高兴的话!记住没?

记住了,奶奶。青葱嫂边应边转身去推自行车,暖暖顺手抽出了她别在背后的镰刀,握到了自己手里,随即相跟着出了院门。奶奶又追出来问:哎,长林家的,我再问一句,你没有再怀上娃儿吧?

咋?奶奶批准让我再生一胎?青葱嫂在黑暗中笑起来。

我是怕你身上有了,要是那样可不能骑车带人,出了事俺们担待不起。

放心吧,奶奶,长林不在家,种子还没有撒哩……

（2）

从楚王庄到聚香街有整整九里沙土路,路的右边虽然都是大山,可左边却总在丹湖岸上绕,这就使这条路还能骑自行车。暖暖坐在青葱嫂骑的自行车后座上,一边听着她粗重的喘息,一边看着四周无边的黑暗。路边的秋虫先还叫得很欢,可一听到自行车响,就紧忙停了嗓子。想起昨天傍晚还在人声喧嚷灯火辉煌的北京城,今夜里却在这寂无人声黑得可怕的小路上,暖暖心里有一种不真实的感觉,这完全是两个世界呀!

青葱嫂的喘息越来越重了,暖暖心上有些不忍,轻了声说:嫂子,我来骑一会吧,你歇歇。

没事。青葱嫂腾出一只手去衣袋里掏着什么,之后刹了车,伸手过来把一个温温的纸包放到了暖暖手上:你好好坐在车后歇歇，你从北京上车时肯定心里很急，这一路上又是火车又是汽车又是船的，还不是忍饥挨饿？到家就又走，还能不累？那个饼里夹着鸡蛋，先垫一下饥，到聚香街上再买吃的。

暖暖捏着那饼，眼眶一热，有两个泪珠跟着落在了衣服前襟上。在暖暖所交的女友中，青葱嫂是最值得信赖的一个。其实青葱嫂的男人长林和暖暖家并无血缘关系，暖暖和青葱嫂好，完全是因为两个人脾气相投。青葱嫂是五年前从邻村嫁过来的，她因为脾性好乐于助人且又会绣花编筐，很快就让暖暖喜欢上了。在暖暖没去北京打工的那些日子里，她得了空就往青葱嫂家跑，啥心里话都愿给青葱嫂说。

对婶子的病你不要太焦心，我听说这种病如今已经能治好。青葱嫂劝道。

唉。暖暖叹了一句，娘的命可是真不好。

你这两年在外边，对找对象的事是咋想的？碰没碰见个合意的？青葱嫂边蹬着车子边问。

没，我在的那个保洁公司很小，没见有啥像样的小伙；再说，在外边只想着多挣钱，对这事真还没有时间去细想哩。暖暖望着路边那淡白色的湖水答。

可别骗你嫂子，甭到时候突然把一个帅小伙领到我面前，吓我一跳。

骗你是狗。

对咱村的开田，你拿没拿个主意？

他……暖暖犹豫着一时不知该怎么说。开田也是楚王庄人，姓旷，是暖暖自小的玩伴。暖暖记得最初和开田认识还是在一个秋天随娘去凌岩寺上香的时候。在楚王庄，去凌岩寺烧香最勤的，除了暖暖她娘就是开田的娘。暖暖娘烧香勤是为了让佛祖保佑暖暖爹在丹湖里打鱼不出事情。开田娘烧香勤则是为了地里的庄稼，开田家是那种一心种地的人家，为了保证地里有个好收成，开田娘不仅要在年节里去给佛祖叩头，春种、秋收、夏播前，也都要去寺里送个香火。就是在凌岩寺的大门前，暖暖第一次和开田见了面。她记得他们两个人当时都拉着自己娘的衣襟，一齐随着上香的人流向大门里进。在娘和开田他娘打招呼的时候，她看了一眼开田，那一刻开田正把一小块水果糖塞进嘴里，两只眼新奇地看着山门。你头一回来？暖暖问。开田因为当时嘴里有糖块而只是笑了一下，不过他很快又伸手从嘴里把糖块拿出来，说：俺娘说娃娃太小寺里的和尚爷爷不让进寺门。为啥？暖暖惊奇了。怕把尿撒到佛堂里。开田说完就又把糖块塞进了嘴里。暖暖笑了，说：俺跟娘来过好多回了，一次也没尿过。边说边看着开田吃糖，不自主地吞咽了一口口水。糖，甜吗？她又问，尽管她知道这样问有馋嘴的嫌疑，可是她仍然没能忍住。她已经有许久许久没吃过糖了，每次她对娘暗示她想吃糖时，娘总是说：吃糖顶啥用，有那点钱还不如买点盐哩。甜！要不你尝尝，俺娘给俺买了三块糖。开田边说边从衣袋里又掏出一块糖递到了暖暖手上。暖暖迟疑了一瞬，接下了。当她将糖块上的纸剥去填进嘴里的时候，她飞快地看了一眼娘，还好，娘没看见。这是暖暖觉得最甜的一次上香之行。也是因此，她记住了开田，记住了这个秋天。在此之前，暖暖一直不愿和娘一起到凌岩寺上香。不愿的原因就是心疼东西，每次看见娘把家里不多的一点白面蒸成供香馍送到寺里摆到佛祖像前，把家里卖鸡和鸡蛋换来的钱买成香、裱在寺里的香炉里烧掉，她就心疼得难受。就想：还不如让我吃了供香馍耐饿，给我买了糖块解馋哩。有一次，她把这想法给娘说了，一向不发火的娘啪地在她屁股上打了一巴掌。娘生气地说：不送供香馍，不烧香和裱，不去寺里祈愿，佛祖会保佑你？！为了她这话，娘那次在大殿里的佛像前多磕了几个头，边磕头还边向佛祖道歉：娃儿小，不懂事，你老可别怪罪她……从楚王庄到凌岩寺，足有三里地。每次娘拉着她走到寺里，都把她累得够呛，有时娘也背她一程，可她心疼娘，不想听娘那粗重的喘息声，总是没背多远就要下来自己走，走到寺里累不说，关键是饿。有一回，她饿得实在受不了，就趁娘摆好供香馍去别的殿里磕头时，偷偷上前拿起一个供香馍掰了一块，躲到殿外吃了起来。她正大口吞咽吃得痛快，娘过来看见了，立时吓得变脸失色，娘流着眼泪说：你个贪嘴的东西，这回佛祖是肯定要怪罪了，你这辈子里要是遇到啥不顺的事，你可不能怨娘了！

暖暖当时因肚子不饿暗暗高兴,就小了声对娘说:你别叫出我的名字,佛祖就不知道我是谁,那样,他就是想怪罪也找不到我的!娘照她的头上狠敲了一记,气恨道:佛祖是那样好欺瞒的?天下哪个人的事情他不晓得?别说你的名字,就是你的命都在他手里捏着哩!……就是从这次吃糖的上香之行起,暖暖和开田平日才在一起玩了,彼此才知道原来两家都住在楚王庄里,庄子太大,开田家住庄子中间,暖暖家住庄子南头,两个人过去竟不知道对方。俩人在一起玩的时候一多,对对方的了解也就多了。开田知道暖暖她爹楚长顺平日总驾条小船在丹湖里捕鱼;暖暖知道开田他爹旷包谷是种地的老把式。暖暖还知道开田的饭量大,能吃,动不动就觉肚子饿,而且夏天是不穿衣服的。每顿饭吃完,肚子总圆得像一个大西瓜,走路都一晃一晃,大人们用指头敲敲他的肚皮,发出的声音和敲西瓜时差不多一样。他只要稍一走快,那肚子摇晃得好像就要掉下来。暖暖有时也怯生生地走上前,用指头小心地摸摸开田的肚皮。从这时起,暖暖因担心开田肚子饿,常会偷偷地从自己家里给开田拿馍吃。开田只要一看见馍,不管肚里多饱,都会毫不客气地接过来,三下五去二地全吃掉。暖暖后来上学的时候,刚好和开田分在了一个班。两个人上学时一起走,下学时一起回,关系愈加地好起来。上学下学的路上,两个人玩得很开心,夏天,他们一起逮蚂蚱,评论着哪只蚂蚱蹦得远;冬天,他们一同堆雪人,商讨着用啥给雪人当眼睛;

春天，他们到处摘野花，比较着哪种花朵戴在暖暖头上最好看；秋天，他们去玉米地里折甜秆，直吃得嘴上起了泡。两个人还互相关心，暖暖家里做了好吃的，总不忘给开田带一点，有时是一个熟鸡蛋，有时是一个肉包子，有时是一块炸鲤鱼，有时是一截煮玉米。开田家里更穷些，拿不出别的东西，他就总记着用一个空酒瓶装些湖水拎到手里，一当暖暖说渴，他就递过去；有时直到放学了暖暖还不渴，开田就让暖暖用瓶里的水洗手，他捏着瓶子慢慢地倒，暖暖对着细细的水流仔细地洗，直把两只小手洗得红红润润干干净净。考上初中，两个人都长高长大了，就不好意思再像过去那样亲密，上下学的路上不敢再形影不离，常常是一个在前走，一个在后跟。有时俩人离得稍近些，庄上别的学生娃就会嘻笑着叫："搞对象了——"吓得他们又赶紧分开。表面上两个人好像生分了，其实内心里仍像过去那样近。有时暖暖给开田带了吃的东西，她会用一条手绢包好，趁别人不注意，放在路边的一棵榆树树杈上，她再在树下做一个举手摘树叶的动作，走在她后边的开田就会看明白，就会很准确地去树杈上拿到东西。两个人那时经常在一起交流长大后的志愿，暖暖说她想当个教师，教一群小学生；开田说他想当一个乡长，管上个十几万人。快上高二的有天傍晚，放学回家的开田反常地走得很慢，走在后边跟他保持一定距离的暖暖估计他有事，就也放慢了步子。待其他的学生都走远之后，暖暖赶上前，开田这才哽咽着告诉他，他爹因为赶着犁地，打牛太狠，气极了的牛就回头把他的两条腿顶断了，他不能再上学，要帮爹干活了。跟着又从书包里掏出钢笔和本子塞到了暖暖手里说：这些我用不着了，你拿去用吧。暖暖当时含泪攥住开田的手，一时不知该怎么安慰他。暖暖那时暗下了决心，一定要好好读书，争取将来考上大学，然后再想法给开田些帮助。可惜，事情并没按她的心愿发展。高考时她落了榜。娘陪着她去聚香街中学门前看红榜，暖暖在榜上找了半天也没找到自己的名字，惊得她好久没有挪动步子。对此，娘倒没怪她学习不好，只说这肯定是佛祖给的报应：他老人家保准在记着你偷吃他供品的事，他生了气可不是闹着玩的，你娃子自作自受，老老实实在家跟你爹下湖打鱼吧。娘说完，第二天就提了香、裱和供香馍去寺里磕头表示甘愿受罚。暖暖原有的希望破碎之后，先是跟着爹打了一年鱼，之后，就坚决地要求出门打工了……

你这次回来，把娘的病照看好后，也该把自己的婚事想想。青葱嫂的声音又在黑暗中响起。尤其是开田那边，我看他的心还在你身上，总在打听你啥时回来。你要早拿定个主意，中就中，不中也给他明着说，免得他以后心生怨气。

行吧。暖暖望着路的另一边那黑黝黝的大山，轻轻应了一声……

到医院已是夜里十点多了。暖暖见了爹，知道下午的手术是医院请县上的医生来做的，做得挺顺利，娘眼下还在特护病房里，一切都还正常，悬着的心才算放下来，才软软坐在了医院门前的台阶上。

把心放宽吧，谁还没个病病灾灾？青葱嫂坐在一旁喘息着劝，婶子她不会有事的。

嫂子，谢谢你，累坏你了。暖暖心有不忍地攥住青葱嫂的手。

没啥，这点路还能累坏我了？青葱嫂说着站起身，我去找个饭馆让他们给你做碗面条吃……

（3）

暖暖在医院里整整陪了娘一个半月。那是一个吓人的手术，娘的一个奶子被全部切去，连胸脯上的肉都被剜去了一块，不过还好，经过化疗和放疗，大夫说娘的身上已经没有了癌细胞。可因了手术失血和化疗放疗的反应，娘的身体已经衰弱得不扶竟不能走路了。想想过去娘在秋收时常挑着百十斤的玉米和红薯由地里回家，娘今天的这个样子实在让暖暖心里难受。癌症，你为啥偏偏要缠上俺娘？俺娘这辈子受的苦还少么？俺们家的日子还不够艰难么？那么多有钱有势的人你都让他们结结实实的，为啥偏要难为俺们？老天爷，俺们哪点对不起你了？你这样子待人实在不公！不公！

娘住院近两个月，把暖暖从北京带回来的钱全部花完还不够，又把爹平日卖鱼积起来的一点家底也花光了。奶奶平日常说，乡下人一生就三件大事：盖房、成家和看病。暖暖这会儿才知道奶奶这话的分量,看病的确是一件大事,它能转眼间把你变成分文不剩的穷光蛋,让你一夜回到解放前。把娘从医院接回家后,因为禾禾还要上学,爹要下湖打鱼赚钱,奶奶老得已做不成啥活,家里的一应事务自然要由暖暖来做了。暖暖收起了再去北京打工的心,扑下身子一边做家务一边负责种家里的那块责任地。在忙家务忙种地的间隙里,暖暖常会想起在北京打工时和女伴们在一起玩乐的情景,每当这时,她会不由得叹口气自语道:我算是被缠在楚王庄了。

暖暖对自己出生的楚王庄早就没有了好感。

其实,楚王庄在丹湖西岸的村子里还颇有名气。楚王庄出名,缘由之一是它所处的位置好,藏在长满绿树青草的山坳里,面对着一望无边的丹湖,人站在村后的山顶,向东能看见浩浩渺渺的丹湖水面,能看见来来往往的渔船,倘是天好,还能依稀看见丹湖东岸上的景致;向南、向北、向西都能看见绵绵延延的伏牛山群峰和林海。冬天里的东北风,抵达这里时已经减弱;夏季里的酷热,来到这儿时也已经少了威风。缘由之二是它与古时候的楚国有些关系。据传,当年楚国建都丹阳时,楚王庄因为离丹阳近且地理位置好,这里是楚王常来的地方。

暖暖对楚王庄没有好感,主要是因为她厌烦种地。要说,楚王庄的田地都还不错,虽大多是坡地,可因离湖近,旱的时候有水浇,涝的时候排水快,所以旱涝都能有收成。可这年头喜欢种庄稼的年轻人能有几个？谁都知道种庄稼要遭风刮日头晒，得受苦；粮食又卖不出好价钱，会受穷。暖暖明白开田也是这样，当初他还在上学时他爹要教他种庄稼的手艺，他不屑一顾地把嘴撇了撇说：不学。他爹把眼瞪大了叫：你娃子先别说硬话，你敢肯定你就能考上大学去当官？要是你命里只能种庄稼呢？你给我记住，咱乡下人只要学会了种地，通常就保了两个底，一个是不会被饿死，一个是不会打光棍……开田爹的话竟然不幸说中了。开田因他爹的腿受伤停学后，只好满腹不情愿地学起种地来了，眼下已是个像样的庄稼把式了。现在，因暖暖爹下湖捕鱼，她家的地里活忙不过来时，开田总是主动来帮着做。

暖暖注意到，开田来帮她做活时，常常会停下手一眼不眨地看着她。她有次红了脸问他：看啥？不认得了？开田笑笑，低了声说：我觉着你越来越会打扮了，比咱村里那些同龄的姑娘会穿衣裳，头发也收拾得好看，有点城里人的味道了。去！跟谁学会在嘴上抹蜜奉承人了？！这是真心话，看见你我这心里就觉得一亮，觉得畅快。暖暖听了这话心上自然高兴，可嘴上还是嗔怪着：你就给我灌迷魂汤吧！

要说暖暖这两年在北京打工的收获，除了挣那几千块钱外，就是开了眼界学会了穿戴打扮。暖暖打工时特留意城里姑娘搭配衣服佩戴首饰的巧妙处，高中毕业又极聪明的她，没有多久就在这方面有了心得。她虽然买不起高档衣裳高档首饰，可二三十块钱的衣服十来块钱的首饰，她也能穿戴得有模有样，加上她脸蛋和身材都入眼，打工的那帮姐妹中，数她收拾得最像个城里人。

对于不能再出去打工，暖暖一直心存遗憾。心气很高的暖暖想到外边打工，固然有挣钱的考虑，可还有一个很隐秘的愿望，那就是多结识一些人，包括外地和大城市里的男青年，万一能碰上个特别可心又对自己钟情的小伙子，说不定……每次一想到这里，暖暖就总觉得有点对不起开田，尽管她从未对开田承诺过什么。她承认开田一直在她心里占着一个重要的位置，可城市里的生活实在精彩，那儿对她的吸引真是太大了，一想到要成年累月地就在这楚王庄和开田在一起过日子，她的心里就有些不甘。也许以后娘的身体彻底恢复之后，自己还是可以再出去打工的。就在暖暖这样想的时候，村子里发生了一件令她大感意外的事情。

那是一个早晨，村里人刚刚起床，村南头突然响起了唢呐声，那欢快的调子分明是有人娶亲才能吹出来的。起了床正梳头的暖暖一愣：没听说村里有谁家要办喜事呀？这时鞭炮响了，跟着就有不少人的脚步声在向村头响去，暖暖便也走出来，看见了青葱嫂忙问：谁家的喜事？青葱嫂苦笑了一下：哪是喜事，是詹同方家在为儿子娶阴亲。阴亲？暖暖一怔。是呀，詹同方的儿子因为家里穷找不到合意的对象，他爹娘又不停地埋怨他没本领，去年一气之下喝农药死了。他爹娘心里有愧，一直在操心要给他娶一门阴亲，刚好陈家庄有个姑娘前几天得急病死了，詹家就托人去说好，筹借了四千元把那个姑娘娶了来，今儿个太阳升起之前，那姑娘的棺材要和詹同方的儿子合墓。哦，现在还有这事？暖暖被惊住了：女方家愿意？那有啥不愿意的，如今不是干啥都讲个钱嘛，女儿死后还能为家里挣笔钱，做爹娘的也算没白养了女儿。詹同方的儿子不是长得还挺有模样么，怎会找不着对象？暖暖又问。青葱嫂叹了口气答：唉，现如今，有模样的小伙子找个对象也不容易哩，咱们这一带，家家只盼着生儿子，女人怀了娃娃，生尽办法要去乡上医院用机器查查是不是男娃，不是的就想法流掉，结果女娃娃就少了，加上这几年姑娘们外出打工的多，咱这里的姑娘又都长得水灵，出去的姑娘就很少再回来，多是想法在外找个城里人或是外地的打工小伙，这样，咱这儿的小伙子找对象就越来越难了。詹同方的儿子原来说过一个对象，那姑娘出去打工后，见识多了，就嫌他家穷，同他断了，后来又说过几个，都没说成，他爹和娘一急，就对他又骂又埋怨，结果他没想开便寻死了……

青葱嫂的话让暖暖的心里一下子变得沉甸甸的，都啥年代了还有这种事情发生？她忍不住向村头走去，她看见了那个贴有黄色囍字的棺材，看见了吹唢呐的队伍，看见了半山坡上詹家儿子那重又被掘开的坟墓。

暖暖，你信人有魂灵吗？背后猛地响起了开田的声音。暖暖闻声身子一震，忙转过身来。信吗？开田一本正经地又问。

我不知道。暖暖摇了摇头。

我前几天搭九鼎的渔船过湖去登城，回来时从湖心迷魂区旁边经过，当时刚好有烟雾升起来，我们就停住船看那烟雾，你猜我在那烟雾上边看见了啥？

暖暖没有追问。暖暖知道在丹湖的湖心有一个三角形的区域，经常不定时地会有一股炊烟似的烟雾在水面上升起弥漫，有时甚至能闻到一股烟火味，很像是傍晚在村边闻到的那种味道。人们若站在附近的船上看那烟雾，偶尔还会在烟雾里看见一些自己心中特想要特想看的东西，或是人或是物。据说有些光棍汉在那烟雾里看见过美女，有些渔家女在那烟雾里看见过持刀行进的军人，还有人在那烟雾里看见过大堆的金子。倘是你的船不巧驶进了那烟雾里，船上的人立马就会眼发花头发晕变得糊里糊涂，不仅难辩东南西北，连自己在做啥该做啥都弄不清楚，所以进了这个区域的人和船，常会出事，故人们称其为迷魂区。那个三角区面积不大，中间部位的垂直距离也就有两华里。对这个区域为何会有这种烟雾出现，据说历代都有人想弄清原因，却到底也没得出个让人信服的结论。留下来的说法有很多，有说那里的水下住着龙王的一个女儿，她只要一生火做饭，水面上就会有烟雾生出来；有说那儿的水下有一处不定时喷发的温泉，高温的泉水一喷发，水面上就有了烟雾；也有说那是丹湖的湖神显现真身时发出的护身之物；还有人说当年的楚军被秦军打败南撤时，有许多军船在那儿倾覆沉没，这是那些怨魂在作怪；更有人说那烟雾是阴间的阎王不定时施放的，每一股烟雾里都藏着无数的幽灵。解放后县上曾组织懂科学的人来考察过，不过到最后也没有得出确切的结论，只说很可能是水温异常变化时生出来的，可有大胆的人多次去试过那儿的水温，也没发现那儿的湖水温度异于别处。县上为了防止人们误入这个区域，用三个航标把这个区域标示了出来。

你真的不想知道我看见了啥？

啥？暖暖的心情不好，也就没有好声气。

我看见了詹同方的儿子在向我招手。

瞎说！暖暖瞪了他一眼，那烟雾里的影像是光线起作用的结果，是幻视，不是真的。

是真的，詹同方死去的儿子就站在那烟雾的顶部，不停地向我招手。我当时也有些发慌，我指给九鼎看，可他说看不见。

你是故意想吓我。暖暖跺了一下脚。

我想，那大概是詹同方的儿子在要我向他靠拢。开田继续笑着：日后我要是娶不了你，我就像詹同方的儿子那样，先死，然后也娶个鬼妻凑付。

你胡说啥子？暖暖将目光朝开田狠狠砸过去，然后转身就向村里走了。这天一整天，暖暖心里就一直在揪着，早晨看到的那幅情景还有开田的那些话，太让她惊骇了。她过去从奶奶嘴里听说过娶阴亲的事，没想到自己也会亲眼看见，天呐。她不由得想到，我真要再出去打工不回来了，开田会也真的说不上媳妇吗？开田，你没了我真的会去寻死么？不，不不……

暖暖重回到楚王庄干活不仅让开田高兴，村里其他一些因故没能出外打工的小伙子也兴奋起来。内中有个叫詹石梯的，在村里开着一个代销点，是村主任詹石磴的弟弟，兴奋得更是过头，常常有意在村边等着和暖暖碰面说话。暖暖起初没有在意，因为当初都在一所中学读书，算是同学，碰了面就礼貌地站下同他说几句话，说的无非是些村里杂七杂八的事情。直到有一天詹石梯突然把一件花褂子装在塑料袋里塞给了她，她才有些明白，才慌得急忙赶上去把衣服又塞回到詹石梯手里，说：谢谢你，石梯，我有褂子。

这件事过后暖暖有些警惕，有意和詹石梯保持着距离。她对詹石梯印象不是很好，记得他上学时学习差，总是抄别人的作业；他家条件挺好，他却不愿读书，高一就停学回村开代销点了；平日仗着他哥的势力，常和村里人为点小事吵闹。暖暖把詹石梯要送她褂子的事给开田说了，开田笑道：他这是想抢我的老婆，没门！暖暖捶了开田一拳假装恼了：谁答应要做你的老婆了？！美得你！

有天早晨，暖暖做好了早饭还不见爹起床，以为爹睡过头了，就站在爹娘的睡屋门口喊，结果是瘦弱的娘出来告诉暖暖：

你爹想起床，可头晕得厉害，我估摸他是累垮了。暖暖听罢就要出门去梅家药铺请大夫，爹隔着窗子叫住她：别再叫大夫乱花钱了，我这只是累的，歇几天就好了，今儿个你就驾船下湖吧，船不能闲，闲一天就等于丢了十几块钱。暖暖听了便爽快应道：中！

吃过早饭，暖暖就抱上渔网驾船下湖了。这天有风，浪被风推拥着在湖面上成排地拥来，把渔船颠得一上一下、左侧右倾的，可暖暖摇船却摇得自在从容。暖暖从小就不怕水，奶奶告诉过暖暖，说暖暖就是在湖边落生的。奶奶不止一次地对暖暖描述过她出生时的情景。奶奶说那个黄昏湖面上忽然间起了大风，浪高得有些吓人，你娘见你爹下湖捕鱼还没回来，就担心起来，就不顾我的劝阻腆着个大肚子朝湖边走去，我也只好跟着她。你娘一直站在湖边流眼泪，直到看见你爹摇着小船向岸边靠来，才高兴起来。你爹在船上看见你娘用手撑着后腰肚子一颤一颤的样子，很不高兴，问：你来干啥？你娘笑道：这不是起风了嘛，俺担心。你爹嘟嘟囔囔地把拴船的缆绳向岸上一扔，按平时的动作，他接下来要跳上岸，先把缆绳在一根石柱子上一栓，再上船把盛鱼的篓子抱下来。可那天他才把缆绳扔到岸上，你娘就吃力地弯下腰要去帮忙，你爹见状刚想制止，没想到事情可就发生了，你娘脚下踩上了一点溅上来的湖水，一滑，扑通一下便坐在了地上。我听见她哎哟了一声，上前一看，就见她裆里流出了血。你爹慌了，忙不迭地跳到了岸上，扎煞着手想去抱你娘，你娘这时朝他摇摇头说：八成是生了……我和你爹那个慌呦，我刚帮你娘把她的裤子褪掉，你的头可就伸了出来。你娘是用牙咬断你的脐带的，是我用湖水给你洗的身子，那天湖边的水还算温和，你就在湖边洗了第一个澡。因为没有东西包裹你，你娘就把你贴身抱在胸口，又因怕你洗了湖水身上冷，你娘就不停地说：暖暖，快暖暖，暖暖！也是因此，你后来就取名暖暖了。几天后凌岩寺里的天心师傅来村里办事，听说了你出生的经过，特意走到湖边你落草的地方看了看，说：这娃娃特意挑在此处入世，怕是今生要和这丹湖相依了，命里注定多水，日后，会滋润土的……

每每想起奶奶的描述暖暖就想笑，老天爷呀，幸亏是夏天，要是深秋用湖水给我洗身子我可就惨了。

暖暖把船摇进捕鱼的湖区，就停下船开始下网。她下网下得很麻利，不一刻，一架大网就算下好，而后便坐那儿静等起网的时辰。暖暖四岁时就开始跟爹下湖，爹带她下湖一方面是为了少让她在家给娘添乱，一方面也想锻炼她的胆量，想日后把自己打鱼的本领传给她。暖暖不愧是在水边落生的，对水一点也不怯生。四岁的她上了船后，就敢不慌不忙地在船里走来走去。爹问暖暖：你晕不晕？暖暖答：不晕。爹问暖暖：你看见这湖水怕不怕？暖暖答：不怕。爹把水中的渔网拉上来，暖暖就急忙上前去按住那些活蹦乱跳的鱼,努力把鱼装到水柜里。父女俩下湖捕鱼时,正午这顿饭一向是在船上吃的。每当太阳当顶,当爹的把网撒下后稳住船说:吃饭吧。暖暖就急忙把娘早上放进船里的那个装了干粮的布袋提到爹的面前,从里边先掏出一个馍递到爹的手上,再掏出一个馍自己啃起来。约摸爹要喝水时,暖暖就拿起一个碗探身船板外舀上一碗水递到爹的手里,爹咕嘟咕嘟喝一气,把碗再还给暖暖,暖暖就再去船板外舀一点水自己喝。暖暖记得,当年天刚热,爹就开始教她学游水,打鱼的不会游水咋行?他先在船上给暖暖讲了手咋样扒水脚咋样蹬水,接着下水给女儿做了一个示范,随即就在暖暖腰上绑了一根绳子,扑通一声把她推下了船去。暖暖显然没想到爹会这样对她,吓得啊了一声,惊叫声刚刚出口,人已经在水里了。求生的本能使小暖暖手脚并用,边喝水边胡乱地扒起水来,竟使得她没有沉下去。爹在船上笑起来,伸手把女儿拉上来,待她喘几口气,又一子把她推下去。如此几番下来,暖暖在水里就不慌了。也就半个来月的调教,小暖暖在水里就游得很自如了。有天正午,来阵风把爹的草帽一下子刮到了十几丈外的水里,暖暖说:爹,我下去给你捡回来。爹看看距离,担心女儿没力气游回来,说:待我把船摇近些你再下去。他的话未落音,小暖暖已扑通下了水,爹定睛看着她,做好了飞身相救的准备,不想小暖暖在水中抓到草帽后,硬是咬着牙游了回来。爹看着爬上船的暖暖笑了,说:行,你娃子有股子劲头，像你爹！……有了游水的本领后，爹又开始教暖暖识鱼，让她记住啥是鲢鱼啥是白鱼啥是鲤鱼，让她记清鲫鱼、草鱼、鲇鱼在水中游动的模样，让她学会分别黑鱼和黄刺鲠鱼。这之后又教她识水，让她根据水的颜色判断水的深度；教她看浪，让她根据浪的大小辨别风的力道；教她看云，让她根据云的模样弄清天的脾气。六岁以后，暖暖就明白爹因为没有儿子，想把她完全调教成一个打鱼的，让她日后把楚家打鱼的这门手艺传下去。爹不止一次地对暖暖说：只要你有了这门手艺，不管将来遇见啥大灾大难，只要这丹湖还在，咱楚家人就都能活下去。可暖暖对打鱼这活儿一直兴趣不大，她很想留在村里，跟着邻居的孩子们一起去邻村的小学校读书。每每看见邻居的孩子们背了书包去学校，小暖暖的眼里就涌满了羡慕，可她不敢跟爹说。她知道爹的脾气厉害，爹发了火就会动巴掌的。细心的娘发现了这一点，便悄悄同爹商量：要不让暖暖晚点也去读几年书？免得她以后成个睁眼瞎，连自个的名字都不会写，让人看不起。爹瞪娘一眼，叫：识字能当饭吃？人活世上，吃饱肚子最重要，逮到鱼才能饱肚子！明不明白？！娘见爹这样说，也不敢再坚持自己的想法，暖暖便继续跟爹下湖打鱼。直到暖暖七岁那年发生了那桩意外，才促使爹改变了主意。那是一个秋天的午后，爹摇船带着暖暖到一个湖汊子里打鱼，刚撒了两网，他突然捂着胸脯歪倒在了船上，暖暖吃了一惊，忙上前问：爹，你咋着了？爹牙关紧咬已不能说话。暖暖明白爹是得了急病,吓得哭了起来。不过她很快又止住哭声,她懂得光哭是救不了爹的。她试着想去摇船靠岸,可那桨太沉重了,刚刚七岁的她只摇了几十丈远就没有力气了;她站在船头大声地喊救命,可其他的渔船都离得太远,根本听不见。咋着办?情急之中她忽然想到了一个主意,脱下自己的红肚兜,把它绑在鱼叉上,然后站在船头使劲地左右摇晃。她整整摇了半个时辰,才引起了远处一只渔船上打鱼人的注意,对方先是觉着奇怪,随后意识到可能是这边出了事,方将船靠了过来。待那船上的人将暖暖爹送到楚王庄上的梅家药铺,暖暖爹已是呼吸微弱了。药铺里的梅老大夫说,再要晚送来一会儿,人就没救了……暖暖爹被救过来后,从救他的船主嘴里知道了自己被救的经过,他望着站在床边的暖暖,半天没有说话。他康复那天,先是去感谢了那家打鱼的,随后把暖暖叫到了面前,用少有的温和语气说:你救了爹的命,爹要奖励你,你最想要啥东西,给爹说吧!暖暖垂下头说:俺不要东西。爹说:要吧,你不管要啥东西,爹都答应你!暖暖迟疑了一阵,说:俺想上学。暖暖爹愣了一刹,显然没想到女儿会要这个,不过他随后就点了头道:行,等秋里邻村小学开学时,你去上吧!

暖暖当时高兴得转身扑到娘的怀里,脸都羞红了……

此刻,当暖暖坐在船里想起当年自己向爹提的这个要求时,还在心里庆幸:幸亏我那时提了这个要求,要不然,我如今就是个睁眼瞎了,那到北京打工可能都打不成,保洁公司也不会要个睁眼瞎呀!……

尽管暖暖已经许久没下网了,可今天第一网拉上来还是让她很高兴,一共网住了三条鲢鱼两条草鱼外加一个火头鱼,她估了一下,加在一起至少有八九斤。看来,我的手还不生运气也不差,爹,我要让你看看我一天的收成!她把鱼收进水柜后,又紧忙着下了第二网……

(4)

暖暖这一干就在湖里干了一个多月,这期间爹几次提出要上船,暖暖担心他病没全好怕他出事,就坚持让他去干地里活。暖暖打鱼的这段日子,开田常会在干活的间隙,站在丹湖岸边,用目光去湖里寻找暖暖家的那条渔船,倘是那条船离岸不远,开田会长时间地盯着船看,看着那个柔韧纤长的身影在船上移动。暖暖自然也注意到了开田的盯看,傍晚,当渔船靠岸而岸边人少时,暖暖常会招手让开田过来,很快地从鱼篓里拎出条鱼猛扔到开田的脚下。逢了这时,开田会脚踩住那鱼蹲在那儿,待人们都走后再拎回家去。开田这时因为庄稼种得好,手里也积了些钱,也常常偷偷给暖暖买点礼物。那回他卖完棉花在聚香街上给暖暖买了件衬衫,用塑料袋包好又用旧牛皮纸裹了,在黄昏时夹在胳膊下去了湖边。那天暖暖爹刚好去接女儿,父女俩各提了一个鱼篓上岸,她爹在前她在后。暖暖和开田擦身而过时开田把衣服向暖暖的手里塞去，暖暖一下子没有接住，纸包掉到了地上。也是巧，那当儿暖暖她爹刚好转身要同女儿说话，暖暖急中生智，急忙蹲下身叫道：嗨，这是谁掉的东西？边说边拾起那个纸包，她爹以为女儿真是拾了东西，返回身饶有兴趣地说：我刚才竟没看见。而且小声警告着女儿：先别拆包，回家再看！到了家当爹的主动过来拆开一看，高兴得一拍女儿的肩头笑道：你娃子有福气，竟为自己捡了件衣裳！……

暖暖打鱼的那些天，开田多次叮嘱她下湖时小心别把船摇进那个迷魂区，担心暖暖被那儿的迷魂烟罩住。开田每次提醒暖暖，暖暖都笑笑说：进去了也好，我进去回不来了，你可以再给别的姑娘买衣服。气得开田扬起巴掌要打却又舍不得把手落下来。

对暖暖和开田的交往，暖暖的奶奶和爹娘全知道，却都以为他们是同村玩伴的关系，并没往做亲这件事上想。暖暖长得那样漂亮，开田家的家境又那样差，没有谁能想到暖暖愿嫁开田。眼见暖暖到了找对象的年纪而她还不慌不忙，暖暖娘就有些着急。那天，见村里当媒人的天福爷噙着根纸烟向自家门前走来，忙起身让着：她爷爷，家里坐吧。天福爷倒也没客气，当即就进了暖暖家的屋子。暖暖爹见是天福爷来家，也不敢怠慢，忙让座让烟让茶。天福爷吸了一阵烟后才慢腾腾地开口问：咱大孙女暖暖的亲事还没定吧？

没呐,你手上有没有合适的人家?奶奶先开了口问。

天福爷弹了一下烟灰说:去,把她叫来。待暖暖刚一进屋,天福爷就很是严肃地问:暖暖,你想找个啥样的婆家,给爷爷我说道说道。暖暖这才知道天福爷是来说媒的,不好意思地用脚尖蹭着地,笑着反问:你说哩?

我手上现有两个小伙子,你可以随便挑!天福爷将了下胡子,说:第一个叫黄彪子,是西岸黄家庄的,人长得又高又大,有力气,连打麦的石滚都能抱起来,日后干活养家没得说的;而且家里富,有电视机,去年还买了辆拖拉手扶,能拉货又能犁地;年龄上和你也相当;唯一的小毛病就是左眼有点斜,可不碍大事,手扶拖拉机照样开得像狗跑一样快,一点都不影响过日子。第二个叫刘生才,长得清秀,眼睛眉毛和嘴巴,没有一样不周正;见人带笑,像个教书先生;家住刘家桥,在村里当个会计,整天吃香的喝辣的;属相上和你也不犯克;就一点点不如意,他娶过一个女人,女人去年出车祸死了,不过没有留下娃子,过去也不用当后妈。

暖暖的脸色立马就有些不好看了。暖暖爹怕女儿说出啥难听的话得罪天福爷,忙插嘴道:暖暖,咱可不能眼界太高,你要记着咱是庄户人家,没有挑三拣四的本钱!乡下姑娘找婆家,无非是看两条,一个是看这家人富不富,富了你以后不会吃苦;再一个就是看男的有没有力气,有力气日后才能把个家撑住。至于其他，都是瞎扯，光知道挑脸相长得好的，长得好就能当饭吃？

天福爷，你这是在向我推销次品呐？！暖暖没理会爹的警告，对天福爷冷了声说。

没想到天福爷听了这话倒笑了，说：行，果然和爷的判断一样。爷就料你也不会看中那两个人，爷这是故意逗你哩！咱暖暖长得人见人喜欢，又是高中毕业，还到北京见过世面，爷能忍心把你送进那种人家？告诉你，爷今天要给你送一个好夫婿，这夫婿的名字你听了准定满意！

谁家的儿子？暖暖娘脸上起了笑容，忍不住先问了一声。

咱村主任的弟弟詹石梯！那孩子已经几次找我要让我来说亲，昨天，主任也把我叫去说了这事。我今天就是专为这事来找你们的！

一家人都有些惊住，一时全没出声。暖暖没出声是因为她没想到詹石梯会这样做，三个老人没出声是因为意外：主任的弟弟会看上了暖暖？

这……当然好，主任那样的人家，能看上暖暖是她的福气。爹先表了态。

和主任家成了亲，以后咱家就不会再受人欺负了。娘看了一眼暖暖，有些小心地说。

暖暖见事情朝着对自己不利的方向发展，有些急了，只好说出了自己的心里话：天福爷，你要真心给我找对象，就去开田家说说吧！

开田是谁？天福爷一时竟没想起来。

会种地的旷家的儿子。奶奶提醒道。暖暖娘看了眼女儿，这才有些明白女儿的心事。

嗬，看上他了？你傻呀？！天福爷瞪起了眼：他家可是个穷坑，你跳进去这辈子可就别想享福了！你不知道开田他爹腿残的事？那个家如今就指着开田一个人干活哩，你要是嫁过去，立马得把你当长工使！

我想当个长工，在北京打的都是短工，老板说开你你就得走！暖暖含了笑说。

天福爷眼瞪得很大地看着暖暖，叹了口气说：这件事你可得仔细想想，终身大事，不是儿戏……

村主任家派天福爷去暖暖家说媒的消息，第二天就在村里传开了。青葱嫂听到信儿，当下就过来问暖暖可是真的，暖暖点头说：他提的是詹石磴的弟弟詹石梯，拿他和旷开田比，我更愿意的是旷开田，我如今是不能出去打工了，要在老家这儿找对象，我还是喜欢开田，嫂子，你咋看这两个人？你觉得这俩人哪个更适合我？

青葱嫂有些吞吐地说：嫂子我也看不准，要依眼下的情况看，詹石梯办事显得轻浮些，没有旷开田踏实，可要我说实话，旷开田身上有种东西我也不喜欢。

啥东西？暖暖的杏眼瞪大了。

狠劲儿。

狠劲儿？啥狠劲儿？暖暖惊奇了。

我也说不太明白，就是做事有股狠劲儿。你看他干活挑东西，一下子咬牙挑三百来斤；他家的牛啃吃了庄稼，他能把牛绑到树上打它一个时辰，直打得牛哀哀乱叫；他那回不小心把自己刚买的一个水缸碰碎了，他悔得直抽自己的耳光，把自己的嘴角都打出血了。

哦，你是说这。暖暖笑了，这叫有性格，我喜欢这样有性格的人。

嫂子我也只是随便说说。其实女人找男人，归根结底得要自己喜欢，你只有喜欢他了，你才愿意和他一年三百六十五天都睡到一张床上，才愿意和他一年三百六十五天在一口锅里吃饭，才愿意为他生娃子洗衣裳。

暖暖的脸红了，说：嫂子，谢谢你……

旷开田知道天福爷去暖暖家提亲的信儿，已是第二天的后晌了。正在往地里拉肥的他当时就放下了粪车，慌慌张张地跑到丹湖岸边，直等着暖暖的渔船靠岸。驾船靠岸的暖暖离老远就看见了开田，她猜他是听到了那个消息，就故意别了头假装没看见他。渔船一靠岸开田就跳上了船，可暖暖依旧没有理会他。他只得大声地咳了一下，暖暖这才扭头不咸不淡地问：咋，嗓子疼？！

开田脸憋得通红，半晌才说出了一句：听说有人要嫁给村主任的弟弟？

是么？能嫁到詹家那可是一种福分！家里又富又有权，嫁过去只剩享福了。暖暖直起身故意声色不动地说。

这么说，你是真想嫁到詹家了？！开田的脸唰地变得煞白。

看见开田的那个急劲，暖暖心中一喜，脸上却依旧是那副漫不经心的样子：谁说的？

你刚才不是说了？

那是俺爹俺娘的意思。

你呢？开田愈加急了。

你还关心这事？暖暖的声音里立刻露出了怨：你不是不慌不忙吗？你不是整日只记着种地么？只记着你家的玉米、红薯、小麦、绿豆，还能想起来我？我恐怕还不如你家的麦苗让你上心哩。

我以为咱俩的事你差不多已经定了。

谁定了？你啥时候给我给俺爹娘和奶奶说定了？你以为这事是买个萝卜买棵白菜，说定就定了？！

那我现在咋办？去找谁？

还问我？你那脑子在干啥？进水了？你为啥不也去找个媒人？还要我去催着你呀？！我嫁不出去了？没人要我了？要做老姑娘了？要扎老故娘坟了？

好,好,我这就也去找天福爷。开田两步跳上岸,撒腿就向庄子里跑……

(5)

村主任詹石磴进到暖暖家院子里时,天还没有全黑,暖暖一家刚刚开始坐在院中吃晚饭。詹石磴推开院门时喊了一句:楚叔,吃饭呐?这声喊让暖暖爹有点受宠若惊。他记得清,詹石磴当了十几年主任,这还是头一回走进自家的院门,更是头一回喊他楚叔。过去每回看见自己,不是不理睬就是喊他楚长顺,最尊重的时候也就是喊个老楚。暖暖爹忙不迭地放下饭碗,急急地去搬凳子,连声地让着:主任,快坐,你可是稀客!吃了没?我让暖暖给你盛一碗面条!是绿豆面的,暖暖——

不用不用,我吃过了。詹石磴摆着手。

暖暖没动,手里仍端着自己的饭碗,只是礼貌地起身站在那儿。她几乎是立刻就猜出了对方的来意,看来天福爷没能把事情回绝,事情变得麻烦了。

楚叔,我呀,说话不喜欢绕弯子,我今晚上来,不为别的,只为石梯和暖暖的婚事,这桩事天福爷来给你们说清了吧?我今晚上是来向你们表个态:我作为主任作为哥哥,实心实意支持这事。日后暖暖要是过了门,詹家不会让她吃苦。我想了,石梯眼下开的那个代销点,将来就让暖暖来经营,她会过一份风刮不着雨淋不住的好日子!……

这我信，我信。暖暖爹一边点着头一边看一眼暖暖，脸上漾满了笑容。

暖暖却在心里冷笑一声：我这边还没答应哩，你可就说到过门说到代销点了！这样有把握？

我想呀，石梯和暖暖也都到了该成家的年龄，要是你和婶子都同意的话，就择个日子让他们把喜事办了，这不也了了你们一桩心事？詹石磴说完也看了一眼暖暖，目光里有一种不容置疑的东西。

暖暖听到这儿自然急了，把手中的饭碗往小饭桌上一放说：这恐怕——

行吧。暖暖爹先于暖暖表了态，同时瞥暖暖的眼光也一下子变严厉了。暖暖吃惊地望着爹，她显然没想到爹在明知道她想嫁给开田的时候还这样做。

那我就不多坐了，你们赶紧吃饭。詹石磴没给暖暖再说话的时间，起身向门口走了，边走边又说道：楚叔，我见你老是骑个自行车去聚香街上卖鱼，以后让石梯给你买个摩托车吧，那东西跑得快，也轻便。不用不用。跟过去相送的暖暖爹连忙摆手，脸上却露出了高兴。待送走主任返回到院中时，暖暖爹显然有些激动，不停地搓着手自语着：没想到没想到。这当儿暖暖啪的一声把手中的筷子扔到了碗沿上，怒冲冲地说：我的婚事我自己定！现在是啥年头了，你们还想包办我的婚事？

这是啥话？爹的声音也冷起来了，我和你娘还能坑你？还不是为了你好？

违着我的心意，这还叫为了我好？暖暖的眼也瞪了起来：告诉你们，我可是去过北京的，我见过的事情多了。我的婚事我一定要自己拿主意！别人休想替我作主。

暖暖，有话跟你爹慢慢说。娘劝慰着。

还咋着慢慢说？我已经给你们说过我要嫁给开田，可爹竟答应了詹家，我咋着办？

奶奶这时开了腔。奶奶说：暖儿，我当初也从你这个年岁上经过，也是想找个可自己心意的人，可日子得一天一天地过，哪一天没钱没吃的都不好打发。开田那小伙子是不错，只是他家的日子确实过得紧巴，你过了门想再反悔就有些晚了。人年轻时都想讲个情呀爱呀的，其实你成了婚后就会明白，那些东西并不长久，真正长久的是日子。再说，那个开田有一点我不大放心，就是总见他低着头走路，俗话说，男怕仰脸老婆女怕低头汉子，这低头汉子都心事重，我怕你日后会吃他的亏。还有，我昨天让你老榆树爷爷给你和开田算了一卦，你猜那卦文是咋说的？

咋说的？暖暖娘着急了。

说暖暖要是和开田成婚，暖暖八成要吃两井水。

啥意思？暖暖瞪着奶奶，眉梢扬了起来，她确实没听明白。

就是说，你还要另嫁一处，再吃另一眼井里的水。

奶奶，你说的这是啥陈谷子烂芝麻的见识？什么乱七八糟的讲头？男人整天仰着头就好了？人只吃一眼井里的水就好了？城市里的人吃的是好多眼井里的水，那里的女人就要不停地再嫁么？暖暖不想再听奶奶啰嗦，嘟着嘴拉开门就走了出去。

忙碌了一天的村子这会儿显得很安静，有些人家还在刷锅洗碗，大多数人家已经灭灯睡了，邻家养的那条狗听到她的脚步响，先是扑过来低叫了一声，随后大约是看清了她，又摇着尾巴扭头踱开了。暖暖沿着门前的路慢慢向湖边走着。天已经变得很黑，可远处湖水的反光能让人看清脚下的路。其实这路就是闭了眼暖暖也知道它哪儿高哪儿低，从小到大，这路她已经走了多少回？谁呀？前边猛地传来一声问。暖暖这才意识到已经走到了天福爷的院门口，忙应了声：是我，天福爷，你还没睡？

是暖暖呀。嗨，开田那小子缠得我睡不成。他一定要让我再上你家提亲，你说我敢么？我刚为詹家提了咋好再为他提？我给他说，你娃子早在干啥哩？暖暖已经让主任的弟弟看中，两家正在议亲，你这会儿再插一杠子，主任知道了那还得了？他要整治起人来还不容易？你娃子还是趁早罢手，天下姑娘多的是，干吗要一棵树上吊死？你说我讲这在不在理？

他人呢？

走了，气哼哼的。唉，瞧我这媒人当的，早知道你俩有意，我何必去答应主任说这个媒，插这一杠子？天福爷边嘟囔着边向院里走去。

暖暖默站了一会儿,转回身,径向村中的开田家走去。还没进院,就听见了开田娘的声音:婚姻的事,预先都是神灵们定好的,该是你的人,想跑她也跑不了;不该是你的人,想拉你也拉不住,咱得想开些,没了暖暖,你就不娶媳妇了?随后是开田爹的声音:要我说呀,男人娶老婆就是为了生娃子,娶谁都行,只要她能生。接下来是开田娘不高兴的声音:你这都是屁话,娶谁都行?你当初为啥不去娶个瘸子?!开田爹的声音低了下去:这不是在劝开田么。去,去!没有你这样劝的……暖暖不想再听下去,抬手敲了门。

是开田来开的门。老两口一看是暖暖,都愣在那儿,连话都忘了说。俩老人还没反应过来,开田已上前拉起暖暖的手向自己的睡屋走去。进了房,开田就满脸绝望地说:天福爷说他不敢再搅缠这事,说主任的弟弟流着眼泪给他哥说想娶你,说主任给他娘表态一定要让你当他的弟媳,说你爹娘和奶奶都已经同意了这门亲事。

真是笑话!暖暖冷笑了一声。

啥是笑话?开田没听明白。

主任让我当他的弟媳我就当了?!

那依你说?开田的眼睛睁大了,他这才注意到暖暖的脸上有泪痕,两只眼睛发红。

这件事能做主的只有我俩！暖暖两眼灼灼地盯着开田。

我俩咋整？开田摊了摊手。

你不会想想！

想想？开田直直地看着暖暖，忽然激动地一拍自己的头：咱们跑！跑得远远的，要么到郑州，要么到北京，要么到广州去打工，让他们找不着。

不跑。暖暖立刻否定道，咱们跑了，老人们就要受罪，主任不会不动怒的；再说，咱两个家都需要咱们，俺娘有病，你爹的腿也残了，离不了你。

那……

再想想！

去给你家送礼，把我家去年收的几百斤黄豆都送过去。让你爹娘和奶奶先回心转意。

你送不过主任家的。他们已经给我爹说要送给他一辆摩托车，好让他骑上去聚香街上卖鱼。

嘀？！开田后退了一步。

再想想！

去找你爹娘和主任詹石磴论理，就说是咱俩先好上的。

论啥理？这种事有多少理可讲？我爹娘不会听你的理，詹石磴更不会听你的！

那——

再想想!

我想不出了。开田摸着自己的头,眼里满是无奈。

我在北京打工时,听说有一种婚姻叫事实婚姻。暖暖的声音忽然间变得很低很低。

事实婚姻?开田没明白,眼珠子定在那儿。

就是两个人还没登记,也没经父母允许,就先住在一起成了夫妻,别的人就只好当他们是夫妻了。暖暖的脸红得厉害,头也低了下去。

哦,你是说——开田惊住,上下牙咬住了舌头。

你明天就悄悄去聚香街上买两挂鞭炮,再买些红囍字。

开田惊看着暖暖没有出声,不过眼珠子在飞快地转着。

我后天吃过早饭就偷偷过来,一过来你就放响鞭炮,然后再把那些囍字往院门上一贴,村里人来看热闹,你就对外人说你已经把我娶了来,看主任他们家还有啥办法。

主任会不会来硬的,派人来——开田的声音里满是迟疑。

咋?还敢来抢不成?!如今可不是过去,不是还有妇联会,有警察,有法院?

他要用其他法子整咱们——

你要怕这怕那就算了,好,我走了,你就等着詹家来把我娶走吧。暖暖说着转身就要走,慌得开田急忙扯住了她,满脸歉意地笑着:我是想把事情想透彻,还有,咱们这样做了,你爹娘和奶奶他们——

没办法，只好让他们生点气了，谁让他们执意不听我的。暖暖叹了口气。

开田一把拉过暖暖抱在怀里，感动地说：暖暖，你这样做真不知让我说啥好。我以后会报答你的，我一定要让你过上好日子，我一定要对你好，我这辈子只爱你一个女人，再不会看一眼别的女人……

暖暖走后，开田就赶紧去爹娘那边给他们说了暖暖的主意。开田的爹娘听罢，也都被惊在那儿。半晌，娘才颤了声道：老天爷，要是暖暖他爹和主任的弟弟来闹，那可咋办？那倒也没啥不得了的，开田爹说，又不是咱去抢了暖暖来，是人家暖暖自己来的，他们有啥说的？开田娘捂住自己的胸口道：可我还是害怕，我长这样大，可从没经过这样的事。开田沉了声说：娘，这是我能把暖暖娶到家的唯一办法，暖暖作为女方都不怕，咱怕啥？再说，我听从广州打工回来的铁门讲，城市里这种没结婚先住在一起的人多的是，这不算犯法，他们叫未婚先同居，你只管把屋里收拾好就行……

（6）

第二天晚饭后人静时分，暖暖找了个借口去了丹湖边的巴茅丛里。开田正在那里等着，一见暖暖来，开田就忙低声述说了他所做的各样准备：今早一吃过饭，俺娘开始收拾屋子，爹塞给了我一卷钱,我就骑车向聚香街上去。先买了两挂五千响的鞭炮,后买了六个大红的囍字,又买了几斤羊肉和猪肉,还去商店里给你挑了一身衣服,最后还买了一条新床单和两个枕头。我把这些东西全放在背篓里,用我的一件褂子盖好,在上边又放了几斤青菜,才向咱村里骑,没有谁看明白我在干啥。俺爹今儿个也没下地,在家帮着俺娘收拾屋子。他俩把个家彻底打扫了一遍,尤其把预备给咱们当新房的那间屋子拾掇得清清爽爽,将床上铺的高粱箔换成了新的,换上了新的褥子和被子,把一个盛水的瓦罐换成红的提绳改成尿罐放到了床底下。因为事情太急,来不及准备新的床头桌,娘就在那张旧床头桌上蒙了一张塑料单子,看上去也不错——

行吧。暖暖叹了口气,打断了开田的述说。

你生气了?开田攥住了暖暖的手。

暖暖无声地摇了摇头。

你看还有啥要我做的?开田问得很小心。

没了,你回吧。暖暖朝开田挥了挥手。开田手上用了点力,想把暖暖拉到怀里,可见暖暖没有要靠近他的样子,只好放弃了那种努力,一步三回头地走了。

倒映在湖水中的星星很密,它们不停地在水里晃动着身子,像一些在渔网里挣扎着的小鱼。暖暖在湖边站着,默望着湖水和水里的星星,在心里叫道:丹湖里的神灵,你该是能看明白我的,你说我这样做行吗?算不算太过分?是违了楚王庄多少年的规矩吧?会遭人唾骂了?不是一个正派姑娘该做的事?你也会怪罪么?罢,罢,罢,我觉得开田能给我幸福,我就要去争,我管不了许多了……过了许久许久,暖暖才又走到水边,撩起水洗了洗脸,然后一步一步地向村里走去。

暖暖这天晚上久久未能入睡,一想到明天自己就成了开田的女人,要和他同吃同住,可以随时去摸摸他的头发,亲亲他的额头,撩开他的衣服去看她一直想看的地方,做那些过去一直在想可又不敢细想的事,她的心就忽悠一下向高处荡去,体验到一种醉人的甜蜜。可再一想这件事给爹娘和奶奶带来的打击,她的心又忍不住疼起来:爹、娘,我这算不算不孝?奶奶,你会骂我丢了楚家的脸吗?……

天还没亮,暖暖就起床了。她在灶膛里生了火,开始做早饭。爹、娘、奶奶,这是我以未嫁女儿的身份给你们做的最后一顿饭了。饭做好,安排去上学的禾禾先吃了,暖暖又去打扫院子,收拾猪圈。爹起床后埋怨了一句:起这样早干啥?醒得早,就起了。她含混地答。她把洗脸水给娘端到了床前,娘有些诧异,说:我已经能四处走动了,还用你端水?端来不是方便些么。暖暖脸上在笑,心却一酸,娘,以后你就是想让我把水给你端到床前,我怕是也没那个时间了。奶奶起床后正要梳头,暖暖跑过去抢过梳子说:奶,我来给你梳。奶奶有些意外,张嘴笑问：嘀，今儿个咋想起给奶奶梳头了？暖暖一笑：日头从西边出来了呗。梳着奶奶稀疏的白发，想起以后不能再每日侍候奶奶，暖暖的眼泪就想流下来……

吃过早饭，爹下地走后，娘开始喂鸡，奶奶在缠着一个线团，暖暖这才穿着她那身旧衣裳向院门口走去。在门口，她停步又回望了一眼熟悉的院子，方迟迟疑疑地迈过了门槛。

村子里一如往常，刚吃过早饭的人们正在做下地的准备，牛在摇着脖子上的铃铛，犁、锄在叮当作响，羊在叫，驴在吼，狗在撒着欢地吠。暖暖默然向开田家走着，她知道自己今天做的这件事在村里具有爆炸性，眼下没有谁能想到暖暖要干什么。人们像往日那样在和她打着招呼，可一旦知道后他们会有啥样的反应？

近了，近了，开田家的院子。看见了，开田穿着簇新的衣服正站在门口。暖暖加快了步子，就在这当儿，开田家的邻居麻老四看见了开田，高声地叫道：嘀呀，老弟穿这样支棱可是少见，八成是去相亲吧？快告诉哥哥，你要去相哪个小娇娘？咱庄的还是外村的？开田显然被吓了一跳，忙转身进了屋。暖暖这边见状只好慢下了步子，直到麻老四离开后才又走了过去。

一直候在院门里侧的开田看见暖暖走近，忙跑出来将她拉进了院门，那样子像是怕被别人再拉走似的。开田急急地问：你爹娘他们还不知道你出来干啥吧？暖暖点点头。开田的爹娘这时也迎到院子里让着：快进屋吧，孩子。暖暖刚一进屋，开田就拿出昨天在街上为她买的那身衣服说：快换上。衣服的样式还行，就是暖暖穿上身显得大了点。先这样穿着吧，以后再买新的。开田说着就要去端糨糊贴囍字，这时他才看见，家里养的那条狗正在偷舔他煮好的糨糊，已差不多把糨糊舔光了。这个狗日的！开田气得一脚把狗踢翻了两个滚，狗叫着跑出了院门。娘忙说不碍事，锅里剩下的稀饭也可当糨糊。六个囍字分贴在院门、堂屋门和灶屋门两侧之后，开田就想去点燃那两挂五千响的鞭炮，可他的手抖得厉害，连划了三根火柴都没点着炮引子。他不好意思地朝暖暖笑笑，最后，还是暖暖上前，擦着火柴点着了药引。清脆的鞭炮刚一炸响，全庄的狗可就一齐叫开了。在鞭炮声和狗叫声里，暖暖和开田听见邻居们都在开关着院门，先跑来的是一些娃娃们，很快，年轻的媳妇们和小伙子们也来了。麻老四的女人一看见院门两侧的大红囍字，就惊叫开了：嗨啊，你个狗开田，你要办喜事咋不预先说一声？俺们总得送份礼吧？是不是怕俺们抢走了你的花老婆？也常下湖打鱼的九鼎笑道：开田哥真是粪缸当米库，密保得好呀，老婆都接回来了，俺们这些当邻居的还不知道她是谁哩！劁猪的詹大同的老婆更是高腔大嗓地笑喊着：开田，快把你的小娘子拉出来让俺们瞅瞅她的肚子，是不是你小子提前下了种，而且已经发了芽，没办法了才匆匆把人家娶来。一群人说笑着进了旷家院门，开田娘这当儿就急忙把自己炒的花生、瓜子还有开田买的糖块往娃娃们和众人手里塞。大伙欢闹着直涌进堂屋门,及至看见开田拉着暖暖的手站在那儿,又一下子都惊得住了声。来看热闹的人中没有一个想到新娘会是本庄的暖暖,谁都知道暖暖家境较旷家富裕,她又是庄上的人尖子,还被主任家看中了,怎么会又成了开田的新娘子?!倒是暖暖先打破了这由惊讶而来的静寂,温婉地笑着让道:快请坐呀,不认识我了?四嫂和九鼎是吸烟的,开田,快给他们点上烟呐!人们这才又活跃了起来,九鼎感叹着:我的个天呀,一点点都没想到!麻四嫂说:开田,你个该日的东西,你是存心要让你嫂子受惊吓啊!詹大同的女人笑着:开田,你小子办事,真是七月正午的高粱地,纹风不透呀!开田只是站那儿一脸幸福地笑着,说不出更多的话。拿了糖块和花生、瓜子的娃娃们,这当儿就跑了出去,边跑边叫着:快来看暖暖啦,成新娘子了——开田娘这时进来说:今中午大伙儿都不能走,就在这儿喝喜酒!麻四嫂说:我身上连一份礼钱都没带,你说我咋好意思喝?!暖暖就紧忙接口道:大伙可别说礼钱的话,你们只要能在这儿喝这顿喜酒,我和开田就非常高兴。这时刚挤进来的麻老四叫道:喝,喝,有喜酒不喝,那才是憨瓜哩。只是开田能不能给俺们讲讲你弄到暖暖的经过,好让俺也学学,日后也去悄悄弄来一个花姑娘!开田还没回话,麻老四的女人就朝自己男人的肩上捶了一拳骂:花你娘那个脚,没瞧瞧你那个鳖样,还想着再弄个花姑娘呐?!众人就轰的一声笑了。大家正笑闹着,却听院门那儿嗵地响了一声,人们扭脸看

湖光山色 069

时，只见暖暖他爹黑青着脸走进了院门。九鼎没看出问题，以为老人这是来亲家商量事情，就继续笑闹着叫：开田哥，快来见过岳父大人！未料到那老人猛朝九鼎吼道：放屁，谁是他岳父？！

一句话吼得众人傻了眼，就都去看开田。开田对这一幕早有准备，并不意外，而是笑着上前亲热地叫：爹，你来了，快进屋——话没说完，只见暖暖她爹猛抬手啪地照开田脸上就是一巴掌，同时骂道：狗东西，你竟敢拐我的女儿！

众人都惊在那儿，一时竟无人想到上前去劝。

爹，你打开田干啥？这是我愿意的，又不怨他！暖暖这时走上前说。

你……你——楚长顺手哆嗦着指着女儿，你这个败坏门风的东西，你把你爹和老楚家的脸都丢净了！

爹，我以后会对暖暖好的！开田这时继续含了笑说，我也会帮你去湖里打鱼，照顾好你和娘还有奶奶，保准——

滚——暖暖爹怒吼了一句，转过身跟跟跄跄地向院门外走去。众人见这景况，自觉再站下去不好，便都轻步向外走了。刚才还被欢声笑语充满的院子，转眼间变得一片冷寂。开田转对暖暖说：你去屋里歇着吧，这都是咱预料到的，没啥。自己的爹，骂一句打一下没啥不得了的。暖暖苦笑了一下：这不是我最担心的，我就怕主任家——她刚说到这儿，只听院门外突然响起几个人腾腾的脚步声。开田立时明白是谁来了，低喊了一句：娘，你来和暖暖坐在一处，爹也不要乱动，我去跟他们说话。他的话音刚落，就听院门外传来一声喝叫：旷开田，你小子出来！

开田佯装不知来人干啥，边向院门走边高声说：是来贺喜的吧？礼就不要送了，中午只管来喝酒就行。到了门口一看，果然是主任的弟弟詹石梯带着几个堂兄堂弟一脸怒色地站在那儿，倒是没见主任。来，先吸根喜烟！开田刚掏出烟要去散，只听詹石梯吼了一句：给我打！他那几个堂兄堂弟呼啦一下就扑了上来。尽管开田奋力挣扎，可终是寡不敌众，很快便被他们摁倒在地。你们这是干啥？这可是光天化日呀！开田叫着。

暖暖自然听见了这些声音。她要起身出去，可肩膀被开田娘死死摁住：你不能去，别让他们伤了你！

你还知道光天化日呀？你他娘的光天化日之下把我的女人抢走，老子今天就让你知道我的厉害！詹石梯边叫边扑上去照着开田又踢又踹，无法还手的开田只能尽力捂住头脸夹紧裆部，不让对方伤住自己的要害处。他现在只能寄希望于站在远处围观的村人，但愿他们能过来拉一拉，可是，一个人也没有过来。人们显然不想得罪主任的弟弟，不想惹恼姓詹的这个大户人家。开田在疼痛中脑子里闪过一丝后悔，不过很快那丝后悔又被气恨挤走，在心中怒道：看来我刚才应该拎把刀出来！他此时最担心爹和娘，万一这些家伙朝他们动手，那可就糟了。正这样想着，却忽听院门口响起一声暖暖的断喝：詹石梯，你们凭啥打人？！

詹石梯被这声喝叫弄得一愣，停了手。

你说旷开田把你的女人抢走，我楚暖暖啥时候答应做你的女人了？！告诉你，来旷家是我自己愿意的，你打旷开田属于犯法！你要再胡来，我会跟你拼命！日后警察也不会饶过你！

詹石梯没料到暖暖敢出来，更没料到她会当着站在不远处那么多的村里人高声说出这番话，一时竟无言应对，呆在了那儿。这当儿，从附近的一家院墙后忽地传来一个威严的声音：石梯，快给我滚！众人扭头去看时，原来是主任詹石磴冷着脸迈着大步走过来。大天白日的打架，无法无天了？！滚，都给我滚！詹石磴边走边吼着。詹石梯和他的那几个堂兄堂弟只好悻悻地向远处退去。詹石磴走到倒地的开田身边，弯下腰把开田扶起来，含了歉意说：对不住，我弟弟那个犟驴不懂道理，别跟他一般见识。快去继续张罗婚礼吧，如今讲自由恋爱结婚，谁也不能干涉！开田抹了一把嘴角流出的血，沉了声说：谢谢主任！

给，这是我的一份贺礼，不多，只是表示一个心意。詹石磴就势把二十块钱塞到了开田手里。不，不用。开田刚一抬手想把钱还给对方，胳膊上的伤就疼得他吸了口冷气。

我上午要去乡上开会，你们的喜酒我是喝不成了，抱歉。詹石磴说罢朝开田和暖暖眯眼笑了一下，便迅速地走开了。站在四下里看热闹的村人这时也很快散去，旷家门前又恢复了安静。暖暖这时忙过来搀住开田，心疼地问：都伤了哪些地方？开田努力一笑：估计没伤住骨头，罢，罢，该来的总算都来过了。暖暖把开田搀到院里，开田的爹娘急急过来脱下儿子的衣裳察看伤情，还好，都只是些皮肉伤。

这天中午的婚宴和暖暖、开田原来估计的一样，没有别人来参加，亲戚们是因为没有得到请帖不知道消息，村里人是怕让主任家不高兴没敢来。不过旷家四口人围坐在桌前倒是很高兴。老两口高兴是因为意外地没花钱就娶到了一个可心可意的儿媳妇，小两口高兴是因为尽管出现了不快但终于如愿以偿做了夫妻。四口人正要动筷，院门口忽然响起了青葱嫂的声音：开田、暖暖，喜酒杯子给我摆上了么？暖暖和开田一家闻声赶紧迎了出去。站在院里的青葱嫂这时将两块花布和一个脸盆朝开田递过来说：我是刚刚知道你们要办喜事的，慌慌张张去陈家代销点里买了点小礼物。暖暖扑过去抱住青葱嫂，流着泪说：原谅我没有提前告诉你。青葱嫂拍拍暖暖的后背道：嫂子刚听到消息时是吃了一惊，可我还是为你高兴。人自己看准了的事就要敢去做！走，让嫂子进屋喝你们的喜酒！青葱嫂平日并不沾酒，可那天她喝了个脸和脖子通红。她端起最后一杯酒时两腿已有些摇晃，抓住开田的肩膀说：开田，我是女人，我知道暖暖走出今天这一步是多么不易，她要不是对你动了真心有了真情她是不会这样办的，你今后可要对她好点！我明给你说，我和暖暖虽无血缘关系，可我把她看成我最亲的妹妹，你今后若要对她不好，可别怪我对你不客气！开田当即笑着举手保证：嫂子放心，我这一辈子都会拿暖暖当心肝宝贝……

晚饭后自然也没人前来闹房，这也都在开田和暖暖的意料之中。不来了咱还安宁。开田怕暖暖心里难受，笑着低声宽慰。跟着就去铺床，准备过他盼望已久的新婚之夜了。

暖暖虽然在自己的婚姻对象选择上做出了大胆的举动，但在床上却异常羞怯。开田把她抱上床之后，她一直用双手捂着脸，开田费了很大的劲才算把她的上衣脱下来。当那两个雪白的奶子呼啦一下出现在开田眼前时，他像怕它们飞走了一样地扑上去急忙用两手摁住。他把脸贴住它们欢喜至极地说：我多少个夜里都梦见了它们，现在终于看见它们的样子了。天呐，我平日一看见它们在你胸前摇晃我这身子就欢喜得打颤颤。你知道你的胸脯多让人着迷么？暖暖羞得忙伸手拉灭了灯。开田在黑暗中攥紧暖暖的奶子说：一定是凌岩寺里的佛祖在全力保佑，才让我得到了你！暖暖，你说对吗？暖暖捏了一下开田的耳朵轻声道：小点声，看叫人听了去……

这是一个叫暖暖和开田都心醉神迷的时刻，就在他们激动而慌乱地忙碌时，窗前突然响起了咚的一声巨响，惊得两个人一下子僵在了那儿。是有人在扔砖头。暖暖拍拍开田的后背判断着。两个人起身穿衣，开田拿了根木棍领着狗出门去看，四下里都是黑暗，院子里一片静寂。开田找到了那块扔到窗上的砖头，捏在手里让暖暖看。暖暖吸了口冷气,开田拍拍她的手转身对着院墙外低声笑道:詹石梯,你扔吧,你也只能这样撒撒气了,反正暖暖已是我的老婆,你就干瞪眼生气吧!

暖暖叹了口气……

(7)

开田和暖暖是半月后才去乡里办理结婚登记手续的。办完手续走出婚姻登记处的大门,开田举着那个红色的结婚证叫道:现在我的婚姻才算有了真正的保证,再不用担心别人来夺走我的老婆了!暖暖拍一下他的胳膊含笑嗔道:疯了?!开田也笑着:实话给你说,在没有领到这结婚证之前,我心里还真的一直害怕主任动手整治咱们,强行把咱们拆开,如今有了这个证,我才算放下了心。

甭自己吓唬自己,他一个主任没有那样大的本领,他怎样整治咱?咱们自己种地自己收获自己吃饭,又不像老辈人那样靠主任给记工分分粮食分布票,他就是想整治也整治不了咱,再说,这主任也是几年一选,他敢保证他就一直能当下去?

你倒是想得开。开田感叹着抱住暖暖亲了一口,跟着又道:啥时候我要能当了主任,哼!我一定要——

要什么?你要真当了主任,你会干啥?暖暖笑问。

还是先别吹牛吧,有谁会让咱当主任?开田摇着头……

开田接下来想到的第一件事是买点礼物去看望岳父岳母。这些天，他几次想去，都被暖暖劝止了。暖暖说：眼下他们正在气头上，咱去了他们未必会见，还不如等到咱们把结婚手续办完再说。如今，结婚证已经装到了口袋里，这件事应该去做了。他和暖暖一起在聚香街上挑了几样礼物，除了寻常的猪肉礼吊、羊腿、点心果子和花布四色礼外，给暖暖的爹、娘、奶奶和禾禾每个人又都买了件衣裳。

第二天快晌午时，开田拎着礼物向岳父家走去，暖暖跟在后边。两个人都心怀忐忑，不知道会遭到怎样的对待。还好，院门开着，暖暖的妹妹禾禾正在院里洗衣服，看见他俩进院，高兴地站起身转朝灶屋里叫：娘，姐和姐夫他们来了。娘手上沾着面从灶屋里出来，先看了他们一眼，又不安地朝堂屋里看了一下，刚开口说了两个字：进屋——堂屋里就响起了暖暖爹愤怒的吼叫：滚——

开田不知所措地看着暖暖，一时不知咋着办好。暖暖镇静地拿过开田手上的礼物放到了灶屋门口，对娘轻声说：俺们走了，你和爹还有奶奶多保重。娘的泪流了下来，点点头低声道：待你爹气消了再……暖暖和开田刚走到院门外，不防爹又从堂屋里冲出来叫道：把东西也给我拿走，老子不稀罕，我跟你们没有任何关系！见开田和暖暖没动，便弯腰拿起他们的礼物呼一下扔到了院门外。最后是奶奶出面解的围，奶奶拄着拐杖从里屋出来对着暖暖爹沉沉叫了一声：长顺，那是我孙女给我带的礼物，你敢把它们扔了？禾禾，给我捡回来。叫完，对着暖暖和开田挥了挥手，示意他们走……

两个人虽然遭了这冷待，倒也没有怎么生气。这场面也是他们曾预料到的，暖暖怕开田伤心，劝道：老人对咱们先斩后奏的做法不可能马上想得通，咱慢慢等吧。开田说：总有一天，我会让你爹明白，找我这样一个女婿是多么应该。暖暖被他说笑了：吹吧，你！

暖暖和开田这样办婚事在村里自然引起了巨大的震动。老人们纷纷摇头，说这真是胆大包天，从来没见谁敢这样做的！一些当爹妈的唯恐自己的儿女以后跟暖暖和开田学，警告儿女们别再和暖暖、开田接触来往。天福爷知道后也惊得目瞪口呆，感叹说这都是因为暖暖去北京打过工，以后没结过婚的姑娘最好别出去打工，要不然胆子会大得没了边！当然，也有年轻人对暖暖和开田这样结婚抱有同情，说他们敢整而且整得好，找男人娶老婆，就得是可心的！一时间，各种议论在村里来回飘荡，但日子一久，也就淡下去了。既是木已成舟，村里人也就慢慢认可了这件事，无人再说啥了。开田和暖暖没理会那些议论，只每日下地干活，一心要把自家的庄稼种好，使家境富裕起来。

日子变得平静而安宁，两个人都对对方爱不够，生活过得自是和美。俩人白天一同在田地里忙活，晚上一同在床上快活。都是青春勃发，快活起来有时就有些不管不顾，乡下的床又不比城里的席梦思，褥子下边铺的是高粱秆箔，那东西摇晃起来响动大，两个人有时忙起来，床就响得有点惊天动地。有天邻院的麻四嫂碰见暖暖，悄了声笑着说：你们犁地撒种时动静可是真大，我隔着院墙都听到了！啥时候犁地撒种了？暖暖一时没听明白。夜里呀！你家开田把耧摇得哗哩哗啦——麻四嫂边说还边做着动作。暖暖一下子明白过来，羞得连脖子都红了。她那天回到家，立刻让开田把床上的高粱秆箔用绳子在床撑上仔细固定了一遍……

（8）

心里快活往往就不知道日子过得快，那天北风一吹雪花飘起来，暖暖才意识到自己结婚已两个月了。早上她起床去柴垛上抱柴，瞥见青葱嫂正去湖边挑水，方记起自从结婚后，自己还一次没去过青葱嫂家呢，过去，她可是三天两头地往青葱嫂家跑。吃过早饭，看看雪变大了干不成别的，暖暖就对开田说：我去青葱嫂家坐坐。

青葱嫂的一儿一女大明小明正在院子里扫雪玩闹，见暖暖进来，一人叫一声姑，就又去玩了。青葱嫂正在屋里忙着给孩子做衣服，看见暖暖进来，就开玩笑道：呦，今儿个咋舍得来看我了？这样大好的下雪天，还不赶紧钻到开田怀里让他把你抱到床上？！暖暖举拳上前搋了青葱嫂一下嗔道：让你胡说！

一结了婚，可就把嫂子忘了个一干二净，这年头呀，友情看来是抵不过爱情。青葱嫂还在笑着揶揄。

谁忘了你？天天都在想你哩，这不一得空就来看你了？！暖暖想想这些天一次没来，甚至想都没想起过青葱嫂，满脑子里全是开田，心里确实生了愧意。

天天想我？骗鬼去吧。天天想的都是开田倒是真的，实话给我说，他一夜忙几回？

啥几回？暖暖被问愣了。

忙着——青葱嫂意味深长地笑看着暖暖，暖暖霍然间明白了她指的什么，脸立时羞得红艳艳的，上前又捶了青葱嫂一拳叫：你要再没正经，我立马就走！

好，好，不开玩笑，快请坐。我正有事要跟你说哩。

说啥？暖暖拿起了针线，和青葱嫂一起缝起了不知是大明还是小明的衣服。她过去来，也经常帮着青葱嫂做些针线活。

你是想早要娃娃还是想晚要娃娃？青葱嫂笑看住暖暖。

暖暖的脸又是一热，讷讷道：这事我和开田还真没商量过，你说哩？

要是想晚要的话，可得把关口把好，得去梅家药铺里把有些东西买回去。开田每动你一回，你都要逼他戴上，要不然怀上了再去流，那人可是要遭罪；而且，弄不好还会影响以后的生育，等你真想怀时，又怀不上了。

是么？暖暖吃了一惊，那依你说——

早要,反正女人是要生娃娃的,早生晚不生,早生早安生,况且,女人越年轻,生娃娃越省力,需要使劲时,也有劲来使。你不知道,娃娃下生那一刻,你没劲那可是不行。

暖暖听得瞪大了眼睛……

当天晚上一上床,暖暖就把青葱嫂的话对开田说了,末后问道:你是想早要娃娃还是想晚要娃娃?开田一边亲着暖暖的胸脯一边笑答:我想现在就要……

暖暖是第三个月怀上娃娃的。自从知道自己有了身孕后,一种安恬和幸福的感觉就充满了她的心胸。她常常在心里庆幸,多亏我在婚事上来了一次抗争,要不然,今天的这份日子就不是我的了。不过,每当她想起当初在北京打工的那段日子,想起在北京打工时看到的城里人的那种生活,又感到了一点不满足。于是有天晚上当开田又伸手过来要揽她入怀时,她按住了开田的手说:咱们得定个目标!啥目标?开田被弄得一怔。

咱俩这辈子就说在这楚王庄过了,可咱们的孩子不能再像咱们,让他们就在这丹湖边上种庄稼,既不懂得啥叫美发、美容、美体,也不知道啥叫咖啡、剧院、公园,我不甘心!

那你说咋整?

得让他们将来到城里上学到城里过日子去!

行呀!开田摊了摊手:连我都想去城里过日子哩!能让娃娃们去城里过日子我还能不愿意?

这不是愿不愿的事，要实现这个目标，可不会很容易，咱们得先挣钱，先富起来。我在北京时已经看明白了，你只要有了钱，你就能够在城市里为孩子买到房子，你才能让孩子在城市里落下脚。

明白了，我应该抓紧挣钱，当初，你爹不愿你嫁给我，不也是因为我没钱？开田话音里有点不高兴。钱那个狗东西它老不来俺们旷家，我有啥办法？你光催是没有用的。

你想到哪儿去了？暖暖有些诧异：我这哪是催你？我是在说一个道理。

好，好，我明白！……

看着暖暖的肚子一天天大起来，开田开始高兴，他再不让暖暖干一点点活，想办法让娘给暖暖做好吃的。暖暖常常笑着抗议：你是存心要把我变成一个好吃懒做的婆娘啦？！

端午节到来时，暖暖的肚子已经大得连走路都有些困难了。婆婆替她算了一下日子，说娃娃就要在这几天出生，要她格外小心些。可暖暖闲不住，一早就起来忙着包粽子、蒸大蒜、煮鸡蛋和鸭蛋，预备着全家的节日吃食。不想她把吃食做好正要和全家一起坐下来吃时，肚子却疼开了。婆婆一见她疼得汗如雨下，就让开田赶紧去把庄上的接生婆麦叶婶请来，青葱嫂闻讯也赶了来。麦叶婶看罢笑道：没啥，不过是娃娃不愿在娘肚里呆，急着出来过端午节了。青葱嫂便攥住暖暖的手宽慰她：甭怕，熟了的瓜，早摘一天没有啥；至于疼，你可得忍住，想当妈的女人都要尝这个滋味，这是老天爷专为咱女人设的一个关口，过了这个关口，就是一马平川了。我当初经过这个关口时，眼一闭牙一咬劲一使，也就过来了。老天爷把一个活生生的娃娃给你，你不付点代价哪能行？麦叶婶一边吃着开田为她剥去壳的鸡蛋一边看着暖暖咬了牙呻唤着在床上扭动，笑着说：瞧这动静就不像是一个丫头。待暖暖开始高叫时，麦叶婶不慌不忙地去摸了摸婴儿刚露出的头顶，然后断言说：是个带把的。果然，随后从血水里游出的是一个男婴。当那小子嘹亮的哭声在旷家院子响起时，开田一拍屁股欢喜得跳了起来。

旷家在端午节喜得儿子的消息引来了不少邻居，人们围在院子里给开田道喜，开田眉开眼笑地给人们散烟。麻老四吸一口烟后笑道：这小子倒是会选出生的日子，今后过生日不会缺少好吃的，粽子、鸡蛋、鸭蛋和熟大蒜，样样都有，来得早不如来得巧！九鼎接口道：屈原知道了也会高兴。屈原是谁？麻老四没听明白。连屈原都不知道你还过端午节？这节日就是为纪念他而设的！九鼎对麻老四有些鄙夷。九鼎你别在我面前装有学问，俺不知道屈原是谁俺照样过端午节！屎，谁也不敢把俺隔在端午节那边。再说了，你九鼎有学问你为啥不到北京的大学里去教那些漂亮的女学生？为啥不去当知识分子天天站在台子上做报告？为啥不去拿工资？你为啥还要在楚家庄划船逮鱼外加种小麦栽红薯？

麻老四不服气地叫起来。青葱嫂这时笑着从暖暖的睡屋里出来说：四哥，你甭不服气九鼎，你读书还真没有他多。九鼎，你就给大伙解释解释屈原。见有人夸奖和支持自己，九鼎有些高兴，捋了捋衣袖讲道：人家屈原是楚国的大官，经常和皇帝在一起喝酒吃馍，有时也一起看女人跳舞，后来为一些事和皇帝闹了别扭，加上奸臣挑拨，就不受皇帝待见，不让他在朝里做事了；之后他就在楚国里四处走，据说还来过咱们楚王庄一带。胡屎吹！麻老四打断了九鼎的话。屈原既然是楚国的大官，他来咱这偏远的楚王庄干啥？是渴了想喝咱丹湖水？是他脑子里有了病？九鼎正色道：这话可不是我说的，这是那一年县文化局的光头局长来看古墓时在咱村头说的。那光头局长不是头上只剩一绺头发了吗？他那天一边捋着他那绺头发一边说，咱这一带是当年楚国的发源地哩。麻老四还想争下去，不防屋子里那刚落草的小子不知为何又哇哇大哭起来，慌得开田和青葱嫂急忙又跑了进去。众人见没了主人照应，便失了站下去的兴致，相继走了。

第二天，开田给儿子起了个名字：丹根。暖暖听罢想了一阵，点头说：也行。

暖暖娘是在丹根满月的前一天晚上，悄悄来看暖暖和外孙的。她提来了挂面、鸡蛋、红布外加两身婴儿衣裳。老人对女儿和女婿说：这些东西都是我偷偷准备的，我虽不能过来，可离远处一看暖暖的身子，就知道该办这些东西了。老人边说边亲着丹根的小脸蛋,流下了欢喜的眼泪。暖暖那刻也把头拱到娘的怀里,哽咽起来。娘赶紧劝着暖暖:你这会儿可不敢伤心,月子里伤心就会落下病的……

(9)

有了儿子,开田自然觉出肩上的担子重了,他就常对暖暖感叹:只靠种地挣钱太少,老天爷啥时能睁睁眼,让我也能弄个小官当当,那怕是当个主任也行,好弄来钱养活你们娘俩。暖暖笑着:钱光靠做梦是到不了手的,要紧的是去想切实的办法。开田因此就在种地之余,到处寻找发财赚钱的路子。那天听说村主任詹石磴从乡上带回了一张载有致富办法的报纸,他明知主任一家对自己有气,还是硬着头皮去了村委会的办公室,找到主任要来报纸看。可惜那报上登的致富办法都不是开田这样没有资金的人能学着办的。当他把报纸还给主任时,主任眯了眼笑着说:好,好,你只要想发财就好。

孩子满月不久,暖暖就把孩子交给婆婆照看,自己也下地干活了。那天,两口子正在丹湖边的一块责任田里整地,忽见一辆摩托车停到了他们的地头,一个和开田年纪相仿的年轻小伙从摩托车上跳下来朝开田喊:大哥,要不要大叶庄稼的锄草剂?是从美国原装进口的,我进来三吨,卖得只剩三箱了,我不想再走村串户地跑着销了,你若要,我就便宜些全批发给你,你可再拿去零售赚些钱!开田当时略有些意外地看着对方。他知道锄草剂是一种好东西，自家村子里的人从去年秋天开始在绿豆地使用锄草剂，结果绿豆地再不用锄草了，啥野草也不生，只有绿豆苗长得精精神神，一下子省去了很多力气。他和暖暖对视了一眼，然后转向那人问：真是从美国进口的？

那还有假？那小伙转身去车后的纸箱子里拿出一袋锄草剂递到开田手里：你看看商标，全他娘的英文！这是我的名片，中国国际农用品有限公司驻聚香街特派员，上边有我的电话号码，你买去只要发现有一丁点问题，就可以打这个电话找到我，本人保证全额赔偿！你知道美国的农民为啥有时间跳舞唱歌看电影，还去城里的红灯区玩女人？就是因为他娘的他们有这锄草剂。他们把庄稼种子在田里播完，再把这锄草剂一撒，就再不用管了，剩下的时间就是玩！你说咱中国农民凭啥不用这锄草剂？咱傻吗？！

多少钱一袋？开田被他说笑了，朝暖暖看了一眼。暖暖这时也走了过来，接过袋子去看。

南府和省城的市场上全卖三块五或四块钱一袋，我因为急着有事，批发给你，一块五一袋，你再零售，每袋稳赚两块到两块五，咋样？兄弟我这是让利销售，为的是交你这个朋友，地里这么多人我为啥不在他们面前停车？因为我一眼就看出你是个实在人！

开田点头表示满意，去年他从一家零售店里买的是四块钱一袋,价钱比去年便宜不少,有挺大的赚头。这三箱总共有多少袋?

每箱三十袋,总共九十袋,每袋稀释后够撒一亩地,总共可锄去九十亩地里的草;价钱嘛,你只需给我一百三十五块就行。那人算得很是麻利。

买吧?开田征求着暖暖的意见。

明摆着是赚钱的事情咋能不做?暖暖说:买。富人们的钱不都是一笔一笔赚来的?赚一点是一点。

开田和暖暖喜滋滋地让对方跟着他俩来到家门口,暖暖进家拿钱。她一张一张地把钱递到对方手里,递到一百三十块时,那人挥挥手叫:罢了,那五块钱不要了,咱们交易一场,干吗算那样清?这让暖暖很高兴,就含笑看着那人骑上摩托车走了。

开田那天重回地里干活时是哼着歌儿的,去地里的路凸凹不平,他的脚步也高高低低的,可他嘴里的歌声一直没停。九十袋,每瓶赚两块,稳稳地把一百多块钱拿到手里了,不费力气,转眼之间钱就到手了,你说他能不高兴?跟在后边的暖暖交代他:留下两袋咱自己用,其余的早出手吧。开田当然点头说行。他那天收工时站在院门前喊:卖大叶庄稼锄草剂了,美国原装进口的,三块五一袋。村里人因用过这锄草剂,知道它的好处,又听说是美国进口的,价钱比去年还便宜一点,立马就围了上来,不一会就把八十六袋卖了出去。要不是暖暖预先给自家和青葱嫂家各留下两袋，就会全卖光了。那晚开田因为高兴，不仅晚饭连吃了四大碗面条，上了床还一而再再而三地要上暖暖的身子，暖暖后来捏住他的鼻子嗔道：没有明天了？！……

这年秋天种绿豆时，村里从开田手上买了锄草剂的人家，就都用到了地里。那锄草剂果然厉害，地里不见一棵野草出来，可不料那锄草剂竟然连绿豆苗也杀，凡用了这锄草剂的绿豆地，绿豆苗的叶子也渐渐枯了，到最后，满地的绿豆别说结绿豆角了，连豆叶也没有了，都只剩下了一根茎。

这可把所有从开田手里买锄草剂的人家惊呆了。天哪，好好的绿豆全毁了！连开田家的绿豆地算上，一共是九十亩呐，全都没了苗，楚王庄啥时候经见过这样的事？你说这不是天大的事儿吗？还没待人们来找，开田和暖暖就慌得忙去村委会，按那个卖锄草剂的人留下的电话号码打去电话询问，可电话里回说没有这个号码。两口子这才明白是遇到了骗子。种庄稼的人一季子收入没了，那还得了？当初从开田手上买锄草剂的人家，先是把开田拉到自家地里让他看庄稼被毁的惨状，随后就都围到了开田家门前。开田早被这从没见过的事儿吓住了，暖暖也呆了，扶住门框大气也不敢出。围在门前的人们当然要气要恼要骂人了，麻老四高了声叫：日他个姐，兔子还不吃窝边草哩！你旷开田可真是黑了心，你连自家庄里的人都敢坑了！五十一岁的磨豆腐的詹同方踏了开田家的门槛骂：你个小杂种，为赚那点钱敢把这么多地里的庄稼毁了，还有没有点良心？你叫俺们喝西北风呀！平日劁猪的詹大同更是伸拳捋袖地鼓动众人：咱们揍死这个王八羔子，要不就把他的蛋子挤出来，劁了他！旷家在这楚王庄是外姓人，原本就单门独户没有势力，遇到这惹犯众怒的事更是没人站出来替他们说话。开田知道自己现在不说话是不行的，就低了声对大家道歉说：我上当了，我轻信了别人，我对不起大伙！我是一个混蛋！可人们还是愤愤着不散。最后还是开田他爹架着拐杖出来给众人跪下说：众位乡亲，开田这狗小子受人欺骗，做下了伤天害理的事，是我教子不严呐！我给大伙跪下认错，求大伙容他去找那个当初骗他的人，只要找到那个骗子，一定给大伙赔偿损失……

人们这才算是暂时散了开去。一直站在远处默然看着的青葱嫂这时走过来说：暖暖，你和开田赶紧去找那个卖锄草剂的坏蛋，让他来赔大伙的损失。暖暖满含歉疚地说：嫂子，对不起，让你也跟着受了害。青葱嫂摇摇头道：嫂子根本不相信你们会来害乡亲。

开田忙骑车带上暖暖去聚香街上寻找那个骗子，可去哪里找？名片上的名字和地址都是假的，根本没人知道有这个人。当初又没有问他家住哪里，更没记住他的摩托车车号。开田和暖暖把聚香街跑了个遍，一户一户地查问，没有任何人知道有个中国国际农用品有限公司驻聚香街特派员，也许，他根本就不在这街上住？夫妻俩于是又跑到邻近的两个乡镇上寻，那更是大海里捞针，瞎忙。三天后的黄昏，又渴又饿的开田和暖暖只好空手而归。走到村头，开田一屁股坐到了地上，他实在害怕进村，进了村该怎样向那些遭了害的人家交代呀？他双手捂了脸叫：骗子呀，我日你个八辈祖宗，我哪一点得罪了你，你害我害得这样狠哪？！……

暖暖那一刻身靠在一棵树上，两眼发直地望着正沉入夜暗里的湖水，半晌才说：走吧，事情已经出了，躲是躲不掉的，除非咱跳进这湖里，可要为这点事就跳湖，也太不值了！咱先给大伙解释清楚。

暖暖拉着开田的手刚进家，把寻不到骗子的事给开田的爹娘刚说了一遍，还没有来得及端上饭碗，就有人知道他们回来了。遭了锄草剂祸害的人家便都又相继挤进了院子，把开田围在了中间。开田小心地给大家让了座，而后结结巴巴地说着寻找过程，人们阴沉着脸听着。麻老四没听完就叫开了：甭啰嗦了，俺们不管你找不找到骗子，你只说咋办吧，说不出个办法俺们今天可是不会饶你！……

众人正说着，只听院门外突然响起一阵摩托车声，随即就见几个警察冲了进来。警察们进屋问清了开田的身份后，不由分说咔嚓一声，就把一副手铐戴在了开田手腕子上。其中一个警察亮了亮一张纸说：鉴于你贩卖假锄草剂，蓄意破坏农业生产，我们依法拘留你！说罢，拉上他就向屋外走。开田他爹娘和丹根立马就被吓哭了。暖暖哭着上前去护开田，被警察猛地推开了。开田哪见过这阵势？边走边含了泪叫：我不是故意的……可连他的叫声也很快被摩托车拖走了。

大伙都先回吧，没见人都被抓走了？钱要紧还是人要紧？青葱嫂不知啥时进了屋，对围在门口的人们说。众人一听这话，身子不由一震，相互看了一眼，就都无言地相继走了。

嫂子——暖暖扑到青葱嫂怀里，放声哭了起来。

青葱嫂拍拍暖暖的后背，叹口气问：事情咋会闹得这样大？连警察也惊动了？

可能是谁家上告了。暖暖哽咽着答。你说我的眼为啥就瞎成那样，连骗子都认不出来？开田那天问我要不要那锄草剂，我竟连想都没想就点了头了，我后悔呀！

光哭不行，得想个法子。青葱嫂说，恐怕得找找村干部。老支书常年卧病在床，帮不上忙，只有去找詹石磴。他当村主任，应该能出面保保开田。暖暖点点头，抹了抹眼泪，把怀里的丹根交到婆婆手上说：爹，娘，你们在家，我这就去找詹主任。

在去主任詹石磴家的路上，暖暖几次停下步。在经过了那次拒婚之后，她实在不好意思再去见詹石磴，可不去开田咋办？只有去求主任出面了……

（10）

主任家的房子是一座两层楼，这是楚王庄最好最气派的房子了。暖暖去的时候，主任詹石磴已吃过晚饭，正坐在自家楼房二层晒台的一把椅子上，一边吸着烟一边默望着沉在夜色里的村子。暖暖和主任的老婆打过招呼，就按他老婆的指点，轻脚沿着外楼梯向上走去。詹石磴好像在想啥子事情，坐在那儿一动不动。暖暖在晒台边站了一刹，发现坐在这晒台上能看清全村的景致。那高低错落的房子，那丹湖岸边的小码头，那通往聚香街上的小路，那微露白光的湖水，那隐隐约约的山影，都收在眼里。暖暖就着朦胧的月光看清，詹石磴所坐的椅子是一把木质的大圈椅，上边还带有一个伞状的木遮蓬。这让她有些惊奇：还有这种椅子？她过去听说过詹石磴没当主任时是个木匠，看来，这个奇怪的椅子应该是他自己做的。

主任。暖暖喊了一声。

詹石磴闻唤慢慢转过脸来，仿佛是眼睛不好，在月光里足足看了暖暖有一袋烟工夫，才哦了一声，说：呦，是开田家的？有事？

暖暖的眼圈立刻红了，声音中带了哽咽说：俺家里出了祸事，来求主任帮忙了。

是吗？出啥事了？詹石磴说着站起了身。月光下他的身影显得又高又大。

暖暖于是就急急地说着家里发生的事情，胸脯因为伤心，急剧地起伏着，一双丰硕的奶子也在一上一下地颤动。詹石磴眯了眼默然听着，细细的一线目光始终停在暖暖的胸上。

主任，俺只能来求你了。

警察们真的来把开田抓走了？詹石磴似乎很吃惊。

是呀，来了两辆摩托车。

怎么可以这样？事情还没弄清楚嘛，干吗急着抓人？

月牙儿就在这时沉到了山后，晒台上一下子暗了下来，暖暖看不见詹石磴的脸色，可对方的这些话却让她心里一热。起风了，风由村前的丹湖湖面上过来，踏着村里的树梢，向村后的山林跑去，将一股浓浓的水腥味送进了暖暖的鼻孔。詹石磴打了个响亮的喷嚏，他弯腰将手中的烟头在地上摁灭。他爹，该睡了！院子里传来他女人没好气的一声喊。暖暖知道这是在催她走。睡你的！詹石磴不耐烦地回了他女人一句。

主任，这件事你得管管呐，开田他确实是受骗，他咋能会蓄意去害村里人？这事不能当违法治他呀！

詹石磴叹了口气，淡了声说：锄草剂的事开田的确做得有些不近人情，坑了自己庄里的人，大家都是抬头不见低头见的，能不落骂名？是不想在这庄里住了？用这个法子赚钱那可是蠢到家了！

主任，俺们实在是上别人的当了。你看开田平日是个骗人的人吗？那天我也在场，听着那人说得那样好，又是美国原装的，价钱又那样便宜，俺们就没有多想，就动心了……暖暖低声辩解着。

那你要我咋办？詹石磴看定暖暖仍旧眯了眼问。

去给乡上派出所的领导说说，把开田给放回来……

詹石磴没再去听暖暖的恳求，只是无声地舒了一口气。旷开田被抓走了！楚暖暖哭起来了！当初，旷开田和楚暖暖悄悄结婚时多得意呀！詹石磴这会儿还清楚记得那天上午发生的事情，当几个孩子把旷开田和楚暖暖正办喜事的消息带到院里时，他是怎样的震惊啊！他压根就没想到在楚王庄会发生这种公开欺侮他的事情，竟敢有人把我们詹家看中的女人生生抢走？！他被惊愕在那儿许久没有动弹，他的第一个反应是不相信，肯定是孩子们弄错了，在我的地盘上怎么可能出这事？待看见天福爷黑了脸带着气急败坏的弟弟来到院里，他才吸了口冷气，才知道事情是真的发生了；他的第二个反应是怒气冲天，这是反了，是真真要反了，自从他十几年前当上主任以来，从无人敢如此公然和他作对，真是反了天了！这不是明摆着朝我头上撒尿吗？是执意要打我们詹家人的脸么？旷开田，你他娘的是真吃了豹子胆了！以他当时心里的那股怒气，他是真想立马领人去彻底砸了旷开田家，把那个自己做主要嫁旷开田的贱货楚暖暖再抢回来。可他最终没敢那样做，他常在乡上开会，他知道那样办是犯法的，前不久，赵家庄的主任就因为打了一个村民而被派出所抓走了。奶奶的，现在动不动人们就跟你论法了，好，好，那咱们就论法吧！他后来能出面去旷家门前制止弟弟闹事并送了二十元礼钱，是对心里的怒气压了多次才做到的。他就是想让人们看看他是多么照法办事，这个狗日的法呀！

詹石磴对暖暖是在她从北京打工回来才开始留意的，过去，他还真没拿眼细看过暖暖。俗话说，山窝里出凤凰，这楚王庄位于伏牛山里，加上又临着中原上最大的丹湖，是个山清水秀的地方，所以出美女就多。庄上的姑娘们一个个都长得身材修长唇红齿白，有些当爹娘的看上去形体相貌都十分平常，可生出的女儿却一个个水灵标致。传说当年楚国国君后宫里的许多嫔妃都出自这一带。庄上长得好看的姑娘原本就多，再加上村人娶来的媳妇里也有好多美貌女子，所以身为主任的詹石磴看女人就有些挑剔。不是特别动心的，他很少去细看她们，更别说跟她们拉扯了。他留意到暖暖是在一个后响，他按乡上渔政部门的要求，去丹湖边把庄上几家打鱼的人集中起来，给大伙讲不许用小眼渔网捕鱼以保存湖里鱼苗的事。他正讲着，只见一个乳胸高隆体态匀称穿得像城里人的俊悄姑娘向人群走来。他一怔，以为是从别处来的，不由得停住话很恭敬地问：请问，你是找人吗？人群里轰地发出了笑声。坐在那儿听他讲话的楚长顺这时急忙站起来说：主任，这是俺家的大丫头暖暖，来听你讲话的。詹石磴这才哦了一声，才暗暗惊叹：真是女大十八变，他印象中她还是一个不起眼的丫头，怎么转眼间就变得这样惹眼了？看来楚家祖坟是占了好风水，能养出这样漂亮的女子！也就是从那天起，他的眼睛开始经常在村里的年轻女子中寻找暖暖的身影了。瞧那脸蛋，那奶子，那屁股，多勾人呀！他有时看着看着就流了口水。有几天，他已经在琢磨着怎样接近暖暖了，可就在这时，他自己的娘找他来了，说他弟弟石磴看中了楚长顺的大丫头暖暖，想娶她做媳妇，要他找人去把这件事办下来。他听罢半晌没有做声，他当然不敢对娘说自己也看上了暖暖，他已经是两个孩子的爹了。他最后叹了口气带着无限的遗憾对娘说：弟弟的眼睛也挺尖的，行吧，我去办。就是自此，他又让暖暖远离了自己的视线。弟弟看中的女人，他不能再有非分之想。

那天过后没有多久，他就把天福爷找了来，让他去提亲，没想到天福爷回来说暖暖不愿意。这让他有些生气，就自己亲自去了一趟楚家。他自信这件事他一开口说就准会成的。果然，楚长顺答应得挺干脆。有了楚长顺的应允，詹石磴便以为这桩亲事是板上钉钉，不会再变了，就给自己的娘回了话，让弟弟做好娶亲的各样准备，包括刷房子、定喜期、做家具等等事情。娘和弟弟听了都很高兴。詹石磴根本没有想到事情还会起变化，没有想到村里那个不起眼的旷开田敢在他的头上动土，把他们詹家要娶的女人生生夺走了。你他娘的真是胆大包天，连我也敢欺负了！你是活得不耐烦了！更令他生气的是暖暖，竟然主动往旷开田的怀里扑，真是个该打的贱货。我们做官的老詹家难道比种地的旷家还没有吸引力？我会让你知道詹家的厉害的！……

其实今天晚上暖暖刚一走到他家的院子门口,他就在晒台上看见了。贱货,你到底来了,我估计你也该来了。你当初不是坚决不进我詹家的大门吗?你竟敢强行和那个旷开田结婚,玩我和我们詹家个难堪,让我们在全村人面前丢脸,好嘛,那我们就来比试比试本领,我就不信你不会老老实实地躺在我们詹家男人的身子下边!我就不信你能躲得开!现在你的声音挺柔软的嘛,不像那天对我石梯弟弟说话时那样凶了。詹石磴仍站在原处,只在脸上露一丝冷笑。

求主任去给乡上派出所的领导说说真情,开田确实是冤枉……

惊动了警察就是碰住了法,这年头法可是厉害,恐怕我这个主任是管不了了。

你是主任,他们应该能信你的话。暖暖的声音中带了哀求,至于村里受锄草剂祸害的人家,俺们以后想法赔他们的损失。

恐怕不会那么简单吧?詹石磴的两只眼眯得更小了。贱东西,现在你知道来求我了?!当初你急着嫁给旷开田的时候,怎么没想起我们詹家?

主任,现在只有你出面最好,你和乡上的人熟,求你救救开田。暖暖终于没忍住眼泪,任凭它们流了下来。

詹石磴又点着了一根烟,深深吸了一口。哭了?这会儿知道哭了?泪珠子流得还真不少。当初你拒婚时可是没哭过,你那时多么得意,你做得多么大胆,先把婚礼办了,先做了旷开田的媳妇，然后看你们詹家有啥办法？婚姻自由。按法办事。你当时说得多么理直气壮，现在怎么哭了？流泪了？你应该笑呀，笑我们这些人多么容易就被你捉弄了，你多么聪明呐！

主任，开田是你的村民，你不能不管啊！

在这楚王庄，谁家有事我这个当主任的都不会不管。好吧，我明天去乡上给人家说说试试。詹石磴把烟头扔到地上，拿脚在烟头上狠劲地搓着。随后才慢腾腾地说：我明天去若是能说通，那自然好；要是说不通，你可不要抱怨我，这毕竟是事关法的事呀！

那当然，先谢谢你了，主任。暖暖连忙鞠着躬……

（11）

主任的态度让暖暖略略有些放心，可她知道这年头办事光凭嘴说不行，于是第二天早晨一起床就又去代销店里买了两条烟两瓶酒装到一个布兜里，赶到詹石磴家院门前等。看见詹石磴推上自行车出来，暖暖忙上前把那个装烟酒的布袋挂在了他的车把上，说：主任，这点东西你带上，不好让你去空口说话。要是需要请人家吃饭，你就请吧，回来了我再把钱给你送过来。詹石磴叹了口气说：不应再花钱的，好吧，既是你已经买了，我就带上，给警察们做个见面礼。

詹石磴那天出了村骑上自行车后，脸上是漾满了笑意的。楚暖暖，你到底知道求我了，总算懂些事了，以后我还会让你更懂事的！……

到了乡政府所在的聚香街上，詹石磴倒没去别处，而是径直进了乡派出所的大门。乡上的警察和各村的头儿们都熟悉。所长和几个警察看见他，都热情地过来招呼着：詹主任来了！詹石磴就从暖暖给的布兜子里掏出一盒香烟给大家散着，边散边说：我今儿个来，是专程为了慰劳诸位弟兄的，你们能把那个用假锄草剂坑农害农的旷开田抓起来，可真是为俺楚王庄人除了一害，老百姓都高兴呐！这不，大家专门凑钱买了烟酒让我送来，向你们这些人民警察表示俺们的谢意。说着，就把那些烟酒都掏了出来。所长有些不好意思，阻止道：詹主任，这样不好，抓坏人是我们的本职工作，不应该说什么谢不谢的。詹石磴就装了生气说：这是村民们的一点心意，又不是贿赂，你要不收可是会伤全村老百姓的心。所长见他如此说，只好挥手让一个警察收下，然后领着詹石磴进了自己的办公室。

所长把一杯茶水递到詹石磴手上，说：詹主任，自从接了你的报案电话后，我们就开始了紧张的查证取证工作。眼下旷开田毁田的全部证据已拿到手，他本人对自己卖假锄草剂的事也供认不讳，照说我们已经可以移送检察院起诉，但还有一个疑点没有弄清，就是他坚持说这锄草剂是别人批发给他的，他并不知道这些锄草剂是假的，可让他说清卖给他锄草剂的人的情况，他又说不清楚。不过据我们观察判断，他很可能也是个受害者，这就让我下不了决心。

詹石磴喝了一大口茶水，慢慢地咽下之后才开口说：根据我这些年同这些祸害农民的家伙打交道的经验，他们没有一个不是能言善辩会耍滑的。他们一旦被抓住，总会找各种借口为自己开脱，这旷开田平日在村里就是一个操蛋货色，什么坏事都敢干，所长你可一定不能心慈手软！

眼下这件事有两种处理办法，所长看着詹石磴说：其一，让他写出保证不再重犯，并答应慢慢赔偿当初买他的锄草剂的人家的损失，然后放出；其二，继续拘押并找到他单独犯罪的证据，然后起诉。我想听听你的想法。

詹石磴闻言猛地站起叫道：所长，你可不能把这个祸害人的坏蛋放了！我今天来就是想告诉你，受旷开田祸害的那些人家，都气恨难忍，一直在商议着要集体到乡里上访，坚决要求严惩旷开田，只是因我在压着他们才没有来。一旦他们知道上边要放旷开田，那些人八成就会拿着镢头斧子拥到乡上来！

所长显然有些紧张，忙说：你可要继续做好那些人的工作，一定不能集体到乡上闹事，我这边抓紧调查，只要他是坏人，我是决不会饶过他的⋯⋯

那天的正午时分，詹石磴一人走进了聚香街上最有名的八仙酒馆，要了红烧鸡块、酱牛肉、香炸湖虾和丹湖鱼头四个菜，外加一瓶卧龙黄酒，轻酌慢饮起来。直喝到太阳偏西，才晃出酒馆骑上自行车悠然地离开聚香街。

离着村子很远,他就看见了暖暖站在村头等他。他让一个得意的笑在眼中一飞而过,把一副愁容拉上脸孔,这才向暖暖骑了过去。

主任,让你辛苦跑了一趟。暖暖满含希望地迎过来:他们答应放人了吧?

他下了车,先叹了口气,用充满同情的语调说:暖暖,你可要挺住,情况很不好。我找派出所的领导求了半天,人家死咬住这是坑农害农的大案,不仅不能放,还一定要严办。这件事你要看开些,别太伤心,也许,这是开田命里该有的一难吧。

暖暖的脸唰一下可就白了,声音中立时带了哭腔:他们要咋着严办?

可能是要判刑,不过像这种事情,即使判,我想也超不过五年。几年之后,开田不是又回来了嘛。詹石磴的声音显得十分轻松。

暖暖哇的一声就哭开了。她怎么也没想到还要判刑。天呀,几年时间,人要受多少罪呐!再说,人一判刑,日后即使释放了,也成了刑满释放分子,是犯过法的人,那可怎么能行?

詹石磴这时把眼移向不远处的丹湖,去看在薄暮的水面上飞翔着的一对白鹭,以此来遮掩他眼中涌出来的大团快意。哈哈,你也尝尝难受的滋味吧,甭总让别人去难受。你当初和旷开田欢欢喜喜上床去过新婚之夜时,想没想过我的弟弟他心里的滋味?

主任，还有没有别的啥救人的办法？暖暖抽泣着问。

我这里是没有了，我今儿个在街上碰见乡长，也求了他，可人家都是一样的口气：严办。你说我还有啥办法？这年头国家讲究法律，一讲法律，事情就不好办了！要我说，你就想开点，在家把孩子和公公、婆婆照顾好，等着开田服完刑回来，照样过日子。你们不是都还年轻？人这一生谁敢担保不遇点灾遇点难？有啥不得了的？一忍也就过去了。

不，不……暖暖捂了脸哭着跑开了……

詹石磴那天是哼着小曲进家的，进家就让女人去炒下酒菜。女人闻闻他的身上，不高兴地嘟囔道：酒气还没散，可又要喝了？喝！为啥不喝？今天是最值得喝的一天，詹石磴快活地叫着：我要来一个庆贺，庆贺那些胆敢和我詹家作对的人得了他们该得的下场！我会让楚王庄的人都知道，谁敢与我作对，谁就甭想活得安生！……

第二天半晌午的时候，詹石磴才出了村子优哉游哉地向自家承包种树的那面山坡走去。自从当了主任，他很少有起早上山下地的时候，他家山上和地里的活，多是村里巴结他的年轻人主动来帮他干的。他常常是站在山脚和地头，用手指点指点就行，偶尔，也会掏出口袋里的香烟，给帮忙的人散一遍。承包山坡种树，是劳力多的人家才能干的事情，比较费力劳神。詹石磴所以坚持要承包这个山坡，是因为这面坡上的树原本就长得很好，他只需在个别空处加种一些辛夷树就行了，而且过几年他就可借口树太密，伐一些卖钱。

今天的活路是给新栽的辛夷树根部施肥，妻子已先他上了山坡，正和前来帮忙的弟弟詹石梯一起把运上山坡的土肥向筐子里铲。弟弟前不久已经和邻村的一个姑娘结婚，且已分开另过，照说自己的责任山上和责任地里也有活干，可他知道哥家的活得靠人帮着做，就赶了过来。

怎么没有别人来？詹石磴站在山脚问妻子，我昨日不是让你找几个人吗？

这个时候家家都忙，再说，村子里出去打工的人也多，没有几个壮劳力了。妻子说。咱自己干吧，甭惊动别人了。

嗨，你这个女人！詹石磴脸上现出了愠色，出去打工的再多，村里总有做活的人吧？自己干？这得干到啥时候？娘的，逢到要宅基地盖房子，要计划指标生娃子，要减少摊派款子时，都来找我了，帮我干点活倒没人了？石梯，你去村里给我把麻老四、同方、九鼎他们几个喊过来。石梯应了一声就跑走了。妻子白他一眼，说：屁大一点活，都要去惊动别人，你不会学着干一点？万一你以后不当主任了，咋办？

你说这是啥屎话？詹石磴不满地瞪了一眼女人，不当主任了？谁能不让我当主任？老子当了十几年主任，在楚王庄谁能顶替了我？

我听别人说,主任都是要选的。女人边说边提上装了土肥的筐子,自己开始干了起来。詹石磴见状也只好上前相帮着把筐子提上,他边随着女人向前走边很不高兴地说:你这个女人,说你傻还真是不能,靠选还能把我选下来?咱们村不是都选过几回了?都选住谁了?不还是我吗?告诉你,这楚王庄能把我扳倒的人只怕还没生出来!

俺这不是替你担着心嘛。女人叹了口气,俺是怕你有些事做得太过,惹下麻烦出来。

把你的心放到肚里吧,啥事该咋着办我清清楚楚。你只管把孩子们和家里的事张罗好就成,我的事用不着你来操心——话音未落,麻老四、詹同方、九鼎和石梯几个人就跑了上来。麻老四边跑边喘吁吁地叫:哎呀主任,这些粗活怎好劳你动手?快给我们吧。嫂子也真是的,为啥不提前给俺们打个招呼,这些活咋能让你们亲自干?跟俺们还讲客气?说着,已夺下詹石磴手上盛土肥的筐子,动手干了起来。詹同方也笑道:主任没明没夜地为咱楚王庄人操劳,俺们要再不相帮着干点粗活,心上能过得去?詹石磴这时叹口气说:行,你们几个还算有良心,知道心疼我这个主任。实话给你们说,我每天可真是忙得晕头转向,全村几千号子人,啥屎事都来找我,啥屎事都得我来操心。就说你们几个被旷开田祸害的事吧,你们的绿豆地没了苗,我比你们还急,不停地往乡上跑,希望乡上严肃处理那个狗小子,保证让他赔偿你们的损失。不说别的，单是我的屁股，都让自行车的座子磨疼了！

那是那是。同方附和着，跟了又问：乡上最后会咋样处理开田？

现在还不清楚，詹石磴说，反正不严办他我想你们是不会答应的，对吧？

对，对。狗日的心太狠，连村里人都敢坑——詹同方话到这儿，戛然而停，而且眼直盯着不远处的山脚。詹石磴扭头一看，才知道是暖暖红着眼站在那儿。有事，暖暖？詹石磴的脸冷了下来，高了声问。

俺想求你领俺再去乡上一趟……暖暖的眼泪又流下来了。

没有用的！詹石磴边说边向暖暖走过去：我昨儿个不是已经给你说清了？这种坑农害农的事情，上边不会轻办的！你可能没看过报纸，报纸上一直都在要求严查严办坑农害农的人！

可这事情俺们实在是冤枉呀！

要不你自己去试试？！詹石磴眯起了眼睛。

我？乡上的人我一个也不认识。

我说的你不相信，你自己又不敢去，你让我咋着办？

暖暖的嘴张了张，却没有出来声音……

（12）

暖暖又是一夜没有睡觉，前半夜是在慌乱后悔地哭，当初真是不该鼓励开田买那些锄草剂呀！后半夜是在费尽心思地想。咋办？去求谁才能救了开田？暖暖把自己的亲友们想了一遍，除了种田的就是打鱼的，没有谁能帮得了这样的忙。那就自己去乡上找人吧，也许能在乡上找到一个好心肠的官，能听自己倾诉冤情，会把开田放了。

暖暖拿定了主意，早上起床就把丹根给婆婆抱了过去，然后自己换了衣服，拿了些钱便要出门。婆婆知道她要去乡上找人救开田，跟过来流着泪交代：见人多说软话，千万别同人家吵，可不能再让人家把你也扣下了。青葱嫂听说暖暖要去乡上，忙拿了三盒黄金叶牌香烟过来说：这是你长林哥上次卖猪时人家奖励的好烟，我没舍得让他吸，今儿个你带上，到乡里见着当官的给人家散散……

暖暖过去多次来过这聚香街，可并未留意派出所在啥地方，今儿个走到乡街上，问了几次才算找到派出所。但到了派出所门口，拦住几个出门的警察探问开田的情况，那几个警察不是说不知道就是说案子还没结，眼下不让见面。没办法，暖暖只好转而去乡政府，直接找乡长吧，他是一乡之长，管着派出所，也许他能让派出所把人放了。

暖暖虽然在北京住过，但进乡政府大院却是第一回，加上又是求人，不免心里有些发怯，于是走得有些迟迟疑疑。正是这迟疑让看门的男子留意到了她，过来把她拦住了：干啥？你想干啥？

我想见见乡长。暖暖的回答里满是怯意。

湖光山色

见乡长干啥?

我有冤枉。

乡长不在,走开。那人很干脆地挥着手。

大哥,我确实有冤要向乡长说。暖暖掏出青葱嫂给的黄金叶烟,抽出一支递过去,那人挡开她的手:不吸,不吸,快走开!暖暖一时不知该咋办,眼圈便红了,带了哭音求道:大哥,俺娃他爹被派出所抓了来,他是冤枉的,求你让俺见见乡长。说着,就把手里的那支烟又强着塞到了那人的手上,那人的面色此时和缓了些,接过烟夹在了耳朵后边,压低了声音道:这政府大院是不让上访的人进的。你要实在想见乡长,就站在大门外。他待会儿要出去,到时候我给你丢个眼色,你拦住他抓紧时间说你的事。谢谢,谢谢大哥。暖暖急忙朝那人鞠了一躬。

暖暖于是便站在乡政府大门外,睁大眼看着进出的人,不大时辰,当两个中年男人向大门走过来时,那看门人轻咳了一声,朝暖暖使了个眼色,暖暖就急忙迎上去叫:乡长,我有冤枉呀——

络腮胡子的乡长愣了一下,停住脚问:哪个村的?啥冤枉?

暖暖就急急地答道:楚王庄的,俺叫楚暖暖,俺们娃他爹叫旷开田。

旷开田?——乡长截住暖暖的话头,拍着额头想了一阵,皱起了眉头问:是那个卖假锄草剂坑害乡亲的旷开田吧?

是的,可那锄草剂俺们是从别人手上买的,根本不是故意要害乡亲们——

你们村主任来汇报过这桩事,说村里近百亩的绿豆地都没了苗,这后果可是很严重。你们是农民,还不知道农民种地的那份艰难么?怎么能做下这事?眼下事情正由派出所调查,我帮不上你什么忙,咱们只有一起来等待结果,好吗?

能不能先把人放了?俺娃儿小,一家就指着他干活哩。娃他爷爷还有病,也受不了惊吓。

那得由派出所根据调查情况来定,我不能下命令,好了,再见,我还有事要出去办。乡长急匆匆地绕开她,向远处走了。

暖暖绝望地呆立在那儿,看来见了乡长也是白搭,开田不可能被放出来。这可怎么办好?暖暖的眼泪便又流了下来。

哎,大妹子,别着急,那看门人这时走过来,低了声说:你男人叫啥名字?犯了啥事?我来替你向派出所问问情况,光哭可是没有用的。

暖暖于是又把名字和事情说了一遍,那人说:你站在这儿等等,我去传达室里打个电话给你问问事情到了哪一步。说罢就又进了传达室。暖暖就站在那儿心乱如麻地等。大约有顿饭工夫,那看门人果然又走了过来,小了声说:大妹子,给你问清了,眼下能不能放了你男人,关健不在派出所,而在于你们的村主任。只要他同意放,这边就会放,赶紧回去找你们主任吧!

哦?暖暖吃了一惊。

湖光山色

派出所基本上判定你男人是属于上当受骗后又害人的，这样的事，只要当事者答应赔偿受害者的损失，一般都可以放，可你们村主任咬定不能放，这就麻烦了，明白？

暖暖的身子打了个冷颤，她一边向那人鞠躬一边说：谢谢你大哥，你可帮了我大忙，让我知道了船究竟是在哪儿弯着……

暖暖骑上自行车没命地踏着脚蹬，几乎是飞回楚王庄的。进庄时，太阳刚刚沉到后山的那边，鸡和鸭们刚刚准备进笼歇宿。她没有先回家，而是径直去了村委会办公的小院子，还好，詹石磴还坐在他的办公桌后眯了眼抽烟。老支书常年有病，詹石磴是这院子里的实际主人。

听说你今天去乡上了，我就坐这儿等你，咋样，带没带回好消息？詹石磴看见气喘吁吁的暖暖，平静地指指一旁的一把椅子，示意她坐下。

主任，你不能这样对待开田！暖暖没坐，径直说。

这是啥意思？詹石磴声色不动，我该咋样对待开田？奖励他？给他戴上大红花？陪他喝一瓶老白干？

我已经问过了，我都明白了，开田现在能不能放出来，全在你！是你不让放的。

是吗？詹石磴笑了一下，真的问清楚了？

当然。

那就好，我以为他们不会告诉你，看来你还是有些办法的，你找的谁?

主任,求你让他们放了开田吧。开田确实不是存心做坏事,他是上当受骗又害了别人,俺们自己的二亩绿豆不是也绝了收?俺们真要知道那是假锄草剂还能朝自己的地里使吗?

那恐怕不行!他毁了村里的庄稼,祸害了我的村民,我身为主任,理当为民伸张正义,因此,他必须受到惩罚!詹石磴声音虽然不高,但说得斩钉截铁。

这恐怕只是借口吧?你要惩罚他的真正原因是因为他娶了我,是因为我没有嫁给你的弟弟。暖暖直盯着詹石磴的眼睛。

随你怎么说吧。詹石磴又接上了一根烟,长长地吸了一口,很悠然地弹了一下烟灰。最好别把私事和公事搅到一起,好吗?

主任,你要为当初的事生气就把气撒到我身上吧,那不怨开田,是我不愿嫁给你弟弟的。我和你弟弟平日没有接触没有感情基础,我不爱他。尽管我自认为我没有做错什么,可我还是愿为那件事给你们一家造成的伤害给你赔个不是,也许,我当初应该换另外一种做法更好。暖暖的声音里满是歉意。

仅仅是赔个不是?詹石磴一直眯着的眼睁开了。

那你要我咋着做?

詹石磴又把眼眯了起来,让一束若有若无的光在暖暖的胸前晃。

赔钱?也行,你可以先说个数,待俺家从这回的灾难中缓过劲来，一定赔你！我先给你写个保证，行吗？

我从来就不缺钱。詹石磴吐了个好看的烟圈。

那我给你赔礼。暖暖说着，扑通一声朝詹石磴跪了下去。

这恐怕没有啥意思。詹石磴一副无动于衷的样子。你和旷开田当初把我们老詹家的脸踩到地上，现在一跪就算完事了？有那样便宜的事？

你说要我咋办？暖暖脸涨红着站起身，显然在强忍着心里的气愤。你说个办法，行吧？我按你说的做。

这种事你还能不明白？詹石磴的眼睛得更小了，吸了一口烟，定定地看着烟头上的火吞食着烟丝。

我确实不明白，你说吧，是以后常让开田去帮你家种地？你知道他种地的手艺还行。

地我倒是想种的，你有那么好的地……詹石磴没有说下去，一双眼也扭向了墙角。

暖暖在短暂的一怔之后脸唰地红了，她听明白了，她知道詹石磴嘴里的"地"是啥意思，嗷，你这个狗东西！原先压抑在眼底的气愤转眼间都涌了出来，只听她怒极地低吼道：你这个下流的东西！我没想到你会这样下作！我过去还是高看了你，把你当成了主任，原来你是个畜生！畜生！

骂完了吧？詹石磴不气不恼地站起身子，挥了挥手中的钥匙道：我们都该回家吃晚饭了，你的公公婆婆还在等着你的消息哩,走吧,咱们别在这儿闲磨牙了。

狗!猪!暖暖怒不可遏地骂着,边骂边转身跑出了门……

(13)

暖暖一脸怒色地推着自行车进院门时,家里养的那条黑狗欢喜地摇着尾巴迎过来,仍在暴怒中的暖暖嗵地朝狗踢了一脚,同时骂道:死狗!不要脸的东西!黑狗被这无故而突然的袭击弄得委屈地叫着跑向远处。婆婆抱着丹根过来,一看暖暖的脸色和举动,就知道没有好消息。老人没有再问什么,只是把丹根放到暖暖怀里,自己去倒了一碗开水,用小勺舀了一勺白糖放进开水碗里搅搅,递到儿媳手上。

暖暖的嘴唇刚挨住糖水碗,眼泪就流了出来。詹石磴,你个狗东西,你竟敢这样要挟人?!说得多么冠冕堂皇,为村民伸张正义,原来肚里藏着这样肮脏的东西。你睁眼看看我是谁,我会顺了你的心意?!懵懂无知的丹根哪晓得妈妈心里的难受,手抓着妈的胸衣摇晃着身子哼哼着要去吃奶。暖暖匆匆喝了几口水,忙把上衣解开,将奶头塞到了儿子嘴里,一边听着儿子吞咽奶水的声音,一边任眼泪向衣襟上滴嗒。

现在咋着办?詹石磴起了如此歹意,你再求他也不会动心了,难道真要等着开田被判刑?去告詹石磴?可咋告他?他说他要为村民伸张正义,他错在哪里?他的理由光明正大。开田呐,咱们当初真真是眼瞎了,怎么会买了假锄草剂,把整我们的把柄送到了詹石磴手里，我后悔呀……暖暖那天晚上躺到床上，根本不可能睡着，脑子里想的全是这些事情。天快亮的时候，婆婆拍响了她的睡屋门，隔了门缝小声说：暖暖，开田他爹刚才让肚子疼给疼醒了，非要问清开田啥时能回来不可。我骗他说后天回来，可他不信，一定要见你。要不你就去他床前给他说一句，先宽宽他的心。暖暖闻言心被揪了一下，忙起来穿衣，赶到公公的病床前说：爹，我昨儿个去了乡上，人家派出所已经答应过几天放开田出来。你骗我的吧？躺在那儿的老人在灯光下将两只眼直盯着儿媳：要真有这好消息，你昨晚回来时会过来给我说的。暖暖的心又起了一阵揪疼，她真想把实情说出来，可怎么开口？爹，我昨晚回来时身子太累，所以没过来。娘给你说的信儿是真的，开田后天能回来。老人苍白的脸上泛出一片红晕，显然是信了儿媳的话，眼里露出欢喜说：能回来我就放心了……

安慰罢公公回到自己屋里，暖暖呆坐在床上许久没动，直到天色大亮婆婆拉动风箱开始做饭，才下床出来。不答应了詹石磴的要求，怎么可能让开田很快回家？要不，今儿个再去派出所一趟，再想法子求求人？

那天上午，暖暖又骑自行车去了乡上，可到了派出所门口，看门的警察又拦住了她。她恳求再三，但那警察坚持说旷开田的案子还没结，她进去也没用，始终不让进。无法，她只好又去乡政府门前找了那个看门人，看门人摇摇头说：不是让你去求求你们村主任嘛，怎么又来了？暖暖不好说出真情，只能流着泪说：主任不答应，他坚持要让判俺娃他爹的刑。看门人听了，忙又拿起电话拨起号码来，片刻后，那人放下电话说：你们村当初买了假锄草剂的几十户人家，今儿个又联名写了信，刚刚送来，要求严惩你男人，事情更麻烦了。暖暖无言，自然明白这事是谁促成的，知道自己再在乡上待着也无用，就起身对那看门人说：大哥，谢谢你帮忙，俺回了。看门人追出门外好心地交代：一定要多求求主任，让他把村民的火气消消，要争取不判刑，一旦判了刑，日后就是释放了，也成了刑满释放者，对你们儿女今后的前途不好……

看门人的最后一句话像石头一样地砸在了暖暖心上，使她陡然明白，如果开田真的被判了刑，除了开田受罪、家里名誉受损之外，还会给儿子丹根带来影响。天呐，丹根，我决不能让你受连累！你要真成了刑满释放者的儿子，说不定就断了你日后上学、当兵、做官、进城市的路，不！可咋样才能让詹石磴发发善心呢？詹石磴，你不能仅仅因为我当初没跟你弟弟结婚，就对我们一家下手。咋着办？赔钱，他不收；赔礼，他不要。难道真要顺了他的心思不成？狗东西，天下竟有你这样的男人？！

暖暖推着自行车，几乎是一步一挪向楚王庄走的，边走边在问自己：咋着办？咋着办？可眼见到了村边的那个刻有楚王庄仨字的石柱子下，还是没有想出一丁点办法来。她把自行车支好，

湖光山色

将身子靠在石柱子上，两眼发呆地望着正向暮色里沉去的村子，渐渐地，就又有泪珠子从脸上滚了下去，不知过了多久，只见她抬手抹了一下眼泪，推起自行车径向村委会的小院走去。

夜色已经浓起来，喧闹了一天的村子正在沉入安静，各种响动包括羊叫声都在降低。村委办公的房子四周，除了詹石磴正在锁门弄出的声音之外，没有了别的动静。暖暖径直走到詹石磴身后，咳了一声。

詹石磴闻声扭过脸来，夸张地叫道：嘀，是暖暖，回来了？听说你今天又去了乡上，见到了哪个当官的？有没有带回好消息——

在哪儿做？暖暖截住了他的话，冷冷问。

做啥子？詹石磴有一刹没听明白，愣在那儿，不过他只看了一眼暖暖那冷若冰霜一副豁出去的样子就全明白了，一丝得意随之浮上了嘴角，他什么也没说，只是转身又打开了门，走了进去。

暖暖回望了一下四周，没有别人，也没有别的声音。她将含满不甘和屈辱的双眼闭了一瞬，才挪开了步。她刚迈过门槛，门就在她身后一下子关死了。屋里黑得很，她模糊看见屋角放着一张床，她再一次将眼闭上。她听到了他的呼吸声，感觉到他走到了自己身边。

俺丹根他爹明儿个必须回来！

行。

如果你敢食言，我就舍命跟你——她的话音未落，就觉得自己的身子一下子离了地，跟着便被扔到了床上，她本能地去捂自己的胸脯。

捂啥子？又不是我强迫你，自己脱！

暖暖呼地坐了起来瞪住詹石磴，不过片刻之后，她又慢慢抬手，咬了牙去解衣扣。

这身子是不错，瞧瞧，多白多嫩多暄和，我以为我们詹家人是没有资格碰的，原来也是可以——

詹石磴——暖暖愤恨地刚要张嘴骂，不防一双奶子倏地被抓起，她立时疼得吸了一口冷气。

多好的庄稼地呀！詹石磴边说边猛地掰开了暖暖那雪白的双腿……

十

（14）

暖暖走到拘留室门前时，身子还因为对詹石磴的气恨在发着抖，看见开田之后，她心里的气恨才被对开田的疼惜压下去。仅仅几天时间，开田的外貌就发生了如此大的变化，已满身都是委顿和惊悸了。当初开田做梦也没想到自己还会被戴上手铐关起来，刚进来时他在惊慌中不停地喊着：我冤枉啊……警察被他喊烦了，用指头敲着他的脑袋问：你们村的九十亩绿豆是不是让你弄得颗粒无收？开田只好点头说是。既然是了你还叫啥子？警察朝他的屁股上踢了一脚。可那锄草剂是别人卖给我的。别人在哪？你找出他呀，自己干了还往别人身上推？警察又在他的头上狠敲了一下。我冤枉呀——开田只好再次喊……

初看到暖暖时，开田似乎有点不相信，抬手抹了抹自己的眼睛。直到一个警察打开了他手上的铐子说：看在你们村詹主任的面子上，饶你这一次，回去就想法把各家受的损失赔上！开田才一边喏喏应着：中，中，一边向暖暖走过来，猛地扑到了暖暖的身上。暖暖没说别的，也没有流泪，只是拍拍他的后背低声说：咱们回吧……

当天晚上，楚王庄因锄草剂被毁了庄稼的人家，男主人都被喊到了村委会门前。开田低了头站在人群正中，暖暖则站在墙角的阴影里。人们看见被放回来的开田，自然又是一阵低声议论和叫骂，直到詹石磴威威武武地走过来，吵吵骂骂的人群才静了下来。詹石磴威严地咳了一声，高腔大嗓地说：开田做下这事，丢脸！可大家伙又吵又骂，也丢脸，一个村的人，有事不会慢慢说吗？各家因锄草剂而来的损失，由开田来赔，可从今以后，谁也不许再去旷家吵闹！怎么个赔法？正常年景，一亩地绿豆的亩产在四百斤左右，咱按四百斤赔；一斤绿豆照市价一元二角钱算，就是四百八十元。各家毁了多少亩地，开田就按这个数额来赔偿，只是你们也知道他的家底，他无力一次给大家赔清，他一年给每家赔一点，直到赔清为止，咋样？

众人见主任如此说，就都没再说别的。麻子老四后来表态道：行，就照主任说的数额赔吧。大伙也不是有意要跟开田过不去，实在是都要过日子，承受不起这个损失哪……

人们散走后，暖暖走过去要拉开田回家，不想开田一屁股坐到了地上，双手抱住了头呜咽道：天呐，扣掉自家毁去的二亩绿豆地，还有八十八亩要赔，按一亩四百八十元算，整整要赔出四万二千多元,家里的全部存款只有一千二百多块,还有那样多的赔款去哪里弄呀?!暖暖低声说了一句:人没有过不去的坎!走,先回家吧。青葱嫂这时走过来说:俺家那二亩绿豆地的损失,你们就不必再操心赔了。暖暖感动地叫了一声:嫂子……

暖暖扶开田进了家,开田娘过来抱着儿子哭了起来,开田爹也架了拐杖过来看着儿子流泪,只有暖暖默默端水过来给开田洗着手脚。

开田当晚躺到床上,两眼一直在睁着。暖暖把丹根哄睡放下之后,翻过身伸手把开田的头揽到自己怀里,低了声附耳宽慰他:别急,只要你人回来了就好,钱的事咱慢慢想办法还。开田那一刻一下子呜呜哭了起来,把眼泪鼻涕抹满了暖暖的胸口和奶子。暖暖一边拍着开田的后背一边说:我算了算,去掉青葱嫂家,咱要赔的总共是四十一家,每家先赔他们一百元,就会把事情先稳住。咱家存有一千多元,把咱们的自行车、地板车、电视机还有我在北京买的那块手表先折价卖了,我明早再回娘家去,从我爹手上先借点钱,把每家一百元赔上再说。开田哽咽着说:岳父还没原谅咱们哩,咋能再去向他借钱。暖暖说:你别担心,我去求他,他要实在不借,我再想别的办法……

暖暖第二天吃了早饭,就向娘家走。她知道爹还在气她,可这个时候,也只有回娘家求助了。她还没有进院门,娘就看见了她,忙急步迎出来拉她到院门一侧说:你爹在家里,你先给我说说你们赔人家钱的事,究竟要赔人家多少?暖暖就细说了情况。娘一听说要赔那样大的数额,也惊呆在那儿,半响才说:开田这孩子办事还真是差池,捅下这样大的娄子,这可咋办?暖暖说:这事是我让他干的,不能怨他。母女俩正这样低声说着,暖暖爹这时走出了院门,娘怕男人再骂女儿,急忙把女儿遮到身后说:是我让暖暖回来的,你要骂就骂我吧。不想当爹的倒轻了声道:有话进屋去说,站这儿干啥?娘一听这话,忙拉了暖暖向院子里走。进了屋,娘就先替女儿说了当下遇到的难处。楚长顺听罢好长时间没有吭声。暖暖已经拿定主意,若爹借这机会再骂一句,自己立马就走。不想爹停了半响只开口问:需要多少钱?暖暖一愣,忙答:千把块钱就行。爹不再说话,进里间摸索了一阵,出来把一卷钱递向女儿:这是一千六,你们手上总得有点零用钱。暖暖的眼泪一下子流了出来,哽着声说:爹,不用这么多。当爹的把眼一瞪:叫你拿你就拿住,啰嗦啥?你们总还得吃穿吧!暖暖接过钱转身要走时,爹忽然又开口道:记住,遇见难处时不能光流眼泪,要想法子,尤其不能埋怨。这个时候你们俩要齐心协力,不能埋怨开田,这个时辰埋怨人最伤感情,懂么?!暖暖急忙点头。回去吧,记住多宽宽开田的心,别让他闷下病!爹说完挥了一下手。

暖暖刚要走,奶奶拄着拐杖从屋里出来说:人哪,没遇见灾时,胆要放小,别以为灾难就落不到你身上;人遇到了灾时,胆要放大,要信这世上没有闯不过去的灾难!你和开田这会儿就要把胆放大,要想着总有一天会翻身,甭总往绝处想。

暖暖把头点点,抹了一把眼泪,出了娘家的门。

有了这一千多块钱,加上原来屋里的存款和自行车、地板车、电视机、手表折价卖的钱,暖暖和开田给几户闹得最凶的人家每家赔了二百块,给剩下那些受锄草剂祸害的人家除青葱嫂家外,每户赔了一百块钱。这一来,算是把人们的激愤情绪暂时平息了下去……

(15)

就在暖暖和开田暂时松口气想着怎样继续挣钱还账时,没想到开田爹忽然躺倒了。老人原来只是腿不能动,不过架上拐杖总还能在屋里院里走走,现在则是完全卧床了,整夜地咳嗽并且说胸口憋着疼。开田知道爹的病与自己办的错事有关系,老人受不了这样大的惊吓,所以心里很难受。他找来梅家药铺的梅老大夫给爹号了脉,梅老大夫说先吃几剂药看看,可不想病越来越重,到最后连呼吸都困难了。开田和娘及暖暖都慌了。开田和暖暖便忙借了辆地板车拉着老人去了聚香街上的乡医院,医生一检查说是肺气肿,得住院治疗。两口子惊得半天出不了声,跟着就为老人办理住院手续。暖暖不是第一次和医院打交道,可也没想到治这病竟要花如此多的钱,只是那么几天时间,来时带的三百来块钱就没了。她让开田赶回家借钱,开田哪有脸回村里借钱?

就去找外村的几家亲戚借,可人家都知道他家亏空太大,不愿多借。开田把嘴皮磨破,也才算借到一百多块,这点钱如何够用?没法,暖暖做主让把家里的那头母牛卖了,开田慌道:牛卖了以后犁地咋办?这头牛干活可是又老实又不惜力气。走一步说一步吧,先把眼前的这道坎迈过去再说,以后有钱了再买。暖暖做了决定。那是一个早饭时分,暖暖趁村里人都在院门前吃饭的当儿,让开田把那头牛拉到了院门外,暖暖站在那儿喊:卖牛了,谁想要谁就来。人们闻声,相继端了饭碗走过来看。麻老四最先问价钱,暖暖说:这头牛你们应该都知道的,干活从不会偷懒耍滑,俺们实在舍不得出手,眼下因急等钱用,只好卖了。它要在牛市上,少说也能卖一千五,可眼下你给一千三就卖。麻老四撇了嘴道:要这价码就没谱了,你这头牛已经生过两胎牛娃了,母牛一生娃,力气就减半,更别说生两胎了,给你七百二十块钱,行,我就要了。暖暖一听这个价,心疼得一揪。开田也急忙摇头说:四哥,你这一刀砍得太狠,哪能给压这样低?这可不是卖猪。麻老四知道暖暖和开田急等用钱,压低了也只有卖,所以并不松口,说:七百二已经够高了,这年头,去聚香街上的牛市上一走,啥样的牛买不到?我这个价买你的牛也是为了救你的急!站在人群中的九鼎对麻老四这趁火打劫的做法有些看不过去,说:这样吧,一千块我买了!暖暖和开田还没来得及开口,麻老四已气急败坏地叫起来:九鼎,你个狗儿子有钱是吧?想显你富有是吧？想显富你为啥不去买一百张膏药贴到身上？那不是人人都知道你富了？！为何偏偏要来你四哥面前显摆？存心来坏我的生意？！九鼎带了讨饶的笑容道：四哥，一头牛大家都想买，你出你的价，我出我的价，这咋能算坏你的生意？！麻老四其实早看上了这头牛，知道日后把它拉到牛市上，卖上一千六完全没问题，哪能让九鼎买去？于是就黑着脸说：我出一千零五十。九鼎又开口道：我出一千一。麻老四气得鼻子都歪了，只好忍痛再抬一次价：一千一百五。九鼎又道：我出一千二。麻老四气得跺了一下脚叫：好，好，你小子有钱，你的腰比老子的尿粗，俺们穷，俺们争不过你。说罢气哼哼地甩手走了，边走边怒冲冲地骂：九鼎，但愿你明早出门就摔跟头，把你的两个门牙全磕掉！但愿会有土匪去你家抢一回，把你的老婆都抢走，叫你显摆！暖暖这时就忙对九鼎说：那你就把牛拉回去吧。九鼎摇头道：先拉回你们院里，晚点我再来拉。围观的人们这才散了。九鼎牵着缰绳把那头母牛又拉回到旷家院里，才又说：我知道你们家舍不得这牛，庄户人家没牛做地里活也不方便，就别贱卖了，仍留在你们家用。我给你们一千二百块钱，算我借给你们的，待你们有钱了就还我。暖暖一听眼泪就下来了，开田也感动地说：九鼎，老哥我日后有钱了，会回报你这救难之恩！九鼎摆着手说：啥回报？日后我有难了，你帮帮我就行了……

有了九鼎这一千二百块钱，暖暖才算把公公住院的事应付了过去。

开田爹出院的那天,暖暖和开田借了个地板车把老人拉回了村,刚走到村口的小码头前,忽见青葱嫂扶着男人长林正从黑豆叔的小船上下来,长林的一只胳臂上缠满了绷带。暖暖吃了一惊,忙上前问:长林哥这是咋着回事?青葱嫂抹了下眼泪说:咱两家可是都交了背运,你长林哥在南府一家建筑队打工,不小心从架子上摔下来,把右胳臂摔了个粉碎性骨折。暖暖当时惊得半晌说不出话,青葱嫂有两个孩子还有公公婆婆,长林哥这一伤,青葱嫂一个人可咋能应付?

你甭担心我。青葱嫂看见了暖暖脸上对自己的担忧,故作轻松地说:这点事吓不倒你嫂子,啥日子我都能对付过去,倒是你和开田得放宽心,你们可是一个灾连一个灾……

老人的病的确把暖暖和开田又向难境里推了一步。着急加上劳累,使得开田的嘴角和嘴唇上起满了水泡。暖暖一边忙着给开田熬去火的茅草根茶喝,一边劝他把心放宽些。开田叹口气说:等秋庄稼一收完,我就也出去打工,得赶紧想法子挣钱呐!

暖暖点头说:行,到时候我在家里照顾老人和丹根,你出去找个挣钱的门路。

说话之间,紧张的秋收就开始了,割谷子,摘绿豆,掰玉米,收棉花,楚王庄的家家人就都忙了起来。在锄草剂的事没出现前,开田因心疼暖暖,想她要给孩子喂奶,又要帮娘做家务,便把地里的活都揽了下来，很少让她下地干活。现在暖暖知道开田身心都累，就坚持要下地，说孩子已经离开怀了，他奶奶能照料，爹吃的汤药我也会提前煎好，我去帮你干点活心里还畅快些。那天午后开田要去地里掰玉米，暖暖执意要一同去，开田只好答应。开田家的玉米地在村子西北的山坡上，爬上去得两顿饭工夫，临到要出院门时，开田看见暖暖衣服前襟上没干的饭迹，想到她一大早就爬起来忙碌，一阵心疼又起，就说：算了，你别去掰玉米了，去那块地里要爬高下低，累。你去湖边咱那半亩谷地里把谷子割了吧，来回都是平路，割多少算多少，待我回来后再去接你。暖暖道：怕啥，我又不是泥捏的，爬个山坡就能累坏了？可开田假装生气把眼一瞪：少啰嗦！就扭头走了。

暖暖知道开田这是心疼自己，也就没有再犟，便担上两个筐子去割谷子。今年的谷子长得不错，穗大粒饱，谷秆子都被压弯了。暖暖到了地头放下担子，立刻挥镰干了起来。她估摸，以她割谷的速度，今天后晌加上明天前晌割完应该没有问题。

午后的湖边田里一片安静，四周除了草丛里和谷棵里偶尔响起几下蝈蝈的叫声外，再无其他的响动。暖暖弯腰麻利地割着，小棒槌似的谷穗碰撞着暖暖的小臂，谷叶子的尖棱不客气地在她的手腕子上划出道道血痕，谷秆在她的镰刀下嚓嚓地倒下。汗珠慢慢从她的额上和鬓上渗出来，向颊上流去，每过一阵，她得直起身，用手背去把颊上的汗珠抹去。不知道是第几次直腰去抹汗时，她突然瞥见詹石磴骑着自行车从地头经过，便忙又弯下腰去割谷秆，假装没看见他。狗，猪！她立时在心里骂着。自从有了那个屈辱的傍晚之后，她再也不想看见詹石磴的身影，甚至一听别人提到他的名字，她就感到恶心，就觉得有一股恨意从心里升起。她从不让自己去回想那个傍晚，每当那个傍晚的情景一在她的脑子里出现，她要么急令自己去想别的事，要么急忙去找一件事做，好把思缕岔开。她决定永远把这桩屈辱埋在心底，不让它再见任何人，当然包括开田，甚至也包括自己。她多么希望自己永远都不再想起它，可刚才只看了詹石磴一眼，那晚的情景就又翻腾着向她的眼前涌了过来。她发狠地用牙咬紧下唇，让自己的目光集中在谷秆子上，企望把那些涌到眼前的情景再推回到内心里。——嗨，那不是暖暖吗？她听到了詹石磴的一声喊。她浑身的肌肉立时紧绷了起来：狗东西，你竟还敢喊我？！以她内心的那股冲动，她是真想抬头朝他骂上一串话的，可她最后决定不理他，就当这世界上再没有他这个人了，理他倒会引来他更多的话。

嗬，暖暖，离这样近我喊你咋不应声？

暖暖听见他在向自己身边走来，可依旧没有直腰，仍在割着谷秆。

我去乡上开会回来，刚好看见你在这儿，唉，咱俩有多长时间没见面了？詹石磴边走边说着，自从那个傍晚后，你就——

滚！暖暖猛地抬头吼了一句。她看见詹石磴就站在离她几步远的地方，看见他一脸笑容，看清了他刮得铁青的胡楂，也看见他的鼻子上沁满了汗珠。

咋了，这样大的火气？詹石磴依旧笑着：俗话说，一日夫妻百日恩，咱俩也可说是做过一夜夫妻——

暖暖猛把手中的一把谷秆朝詹石磴的脸上砸过去，跟着弯腰去地上抓起了一块土坷垃叫道：你快滚！

詹石磴没有吃惊，而是依旧笑道：你这样可不好，好像我俩是仇人似的，其实我俩有过最亲密的关系。实话给你说，自那次以后，我天天都在想你，你那身子真是——

呼的一声，暖暖把手中的那块坷垃朝詹石磴扔去，可惜，扔偏了。那块坷垃在詹石磴身后的地上摔得粉碎。

詹石磴仍旧没生气，而是压低了声音说：你看，这会儿四周没有一个人影，咱俩为啥不能再亲热一回，就在这湖边青草地上，肯定是另一番滋味——

因为气恼也因为羞辱，暖暖的眼中涌出了泪，她知道，如果再在这儿停下去，就会听到詹石磴更多不堪入耳的话。她弯腰拿起勾担，挑上筐子就走……

（16）

暖暖坐在家里生气流泪，可一听见开田的脚步声，她又急忙抬手把眼泪抹去。开田这天后晌在玉米地里干得很顺利，太阳刚斜到村后的山顶,他就差不多掰完了。当他挑着从地里新掰的两大筐子玉米穗子进院,看见暖暖已经坐在堂屋里,不由得有些惊奇:回来了?他放下担子,走进灶屋从锅台上拿起一个碗,去水缸里舀了一碗凉水,咕咚咕咚喝到了肚里,这才边向堂屋里走边心疼地问暖暖:割了多少?你自己挑回来的?

暖暖没有回话。

他一愣,定睛看去,才发现暖暖眼角有泪痕。

咋了?累?还是出了啥事情?他有些着慌,他知道暖暖心性刚强,不是那种动不动就抹泪的人。

暖暖依旧没有答话,只是双手捂脸抽咽起来了。

究竟出了啥事?他走到暖暖身边弯了腰急切地问。是担的谷子溜了担子,散了?他环顾了一下屋里院中,发现装谷子的筐里是空的。

暖暖哭得越发伤心了,要不是她手捂了嘴,那就是放声号啕了。

开田的心在往下沉:一定是出了大事情!是岳父家出了啥意外的事?岳父得了急病?前几天他还去了一趟岳父家,那老人的身体还行呀?!是不是爹下湖——

不,不是,是那个狗……

狗?开田惊问,狗咋了?哪条狗?

以暖暖内心里的那份委屈和气恨,她是真想把詹石磴的所作所为全给开田说出来,让开田去狠揍詹石磴一顿,可话到嘴边她又强咽了下去。她知道开田的脾气其实也厉害,万一说出后他一怒之下闹出大事,那这个家就又要不安生了。她实在不想看到家里再出事,于是就改了口说:也不知是哪家养的狗,在我干活时老绕着咱家的地块在那里叫,把我气得吓得再也无心干活了……

开田一听笑起来:嗨呀,我以为是出了啥大事,原来是因为一条狗,罢,罢,你不要再去地里了,那点活我明儿个抽空就去干了……

也是从这天起,暖暖不敢再要求去地里干活,只在家做些家务,她实在是怕再遇到詹石磴了。

原来说收罢秋要让开田去城里打工,谷地里的事一出,暖暖也不敢让开田走了。他要一走,家里只剩下两个老人和丹根,詹石磴要再朝自己动手动脚可咋办?同他闹开?太丢人!带上丹根和开田一块去城里打工?家里两个老人谁照应?再说开田到城里都没有着落,可怎么安排她和丹根?思前想后,暖暖没让开田走。

在家也要想办法挣钱,总不能窝在楚王庄空耗日子,村里有那么多家在催着还钱哩。一开始暖暖先让开田把春天收的一筐子大蒜和秋天收的一筐子南瓜挑到几里外的一个采石场,卖给了他们的伙房,可也就是卖得了几十块钱而已,这点钱和他们的需要相差太远。后来又想搓麻绳卖钱,可那东西卖得的钱也少得可怜,暖暖这时就想到了爹的渔船,让开田和爹一起下湖捕鱼,不也是一个挣钱的路子?暖暖把这想法和开田说了,开田点头道:这当然好,只是不知爹愿不愿让我去帮他。暖暖说,反正爹下湖捕鱼需要帮手,眼下是禾禾在当帮手,你去肯定比她强,明早我就带你去见爹。

第二天早上,约摸是到了暖暖爹该摇船下湖的时候,暖暖和开田来到了湖边小码头上,暖暖朝船上的禾禾说:我有些针线活想让你去帮我做,让你姐夫今儿个替你下湖吧。暖暖爹这时自然不会说什么,便朝禾禾挥手:去吧。

开田这是第一次上岳父的渔船,一心想表现表现,上船就抓起了桨要去摇,可那船竟滴溜溜转着不向前走。岳父笑了,岳父于是坐在他的对面,仔细给他讲划船的要领。开田是聪明人,很快就记在了心中,没有多大时辰,就划得自如了。加上他有劲,划得船呼呼地向前走,很快就到了下网的地方。开田用心地看着岳父下网,虚心地问着下网的诀窍,暖暖爹没有儿子,也愿意把诀窍说给女婿,这样一个想学,一个愿教,船上的气氛就很好。到了正午,开田又抢着用煤油炉子下面条,面条下好后,浇了蒜汁,先恭恭敬敬给岳父盛一碗递过去,老人坐在船头吃时就很满意。这是开田和暖暖结婚后首次单独和岳父相对,所以做一切事都很小心。

这天捕到的鱼虽然不多,但开田留给岳父的印象不错。傍晚靠岸时，开田就装着不经意地说：爹，跟你下湖这一天我可是学了不少东西，我还真想继续跟你学学捕鱼哩。老人一听便说：你要想学明儿个就再来吧，让禾禾在家做家务行了。开田巴不能有这句话，当下就急忙点头说：好，好。

就是自此开始，开田上了岳父的渔船学了打鱼。没有多久，他就能独自下网起网了。每天很早，他就上船做下湖的各样准备，一待岳父上船，就立马启行。傍晚收船，他总是在岳父去和收鱼的讲价过秤时，耐心细致地清洗船舱。一来二去，岳父喜欢上了他，再不说让禾禾上船的事，一直让他做着帮手。关于每天打鱼的收入，开田问都不问，他估计岳父不会让他白干。果然，没过多少日子，岳父每晚卖了鱼都要把钱分成两半，让开田拿走一半。这样，开田每天大约有十几元的收入，在这没有农活可干的日子，有这份收入让开田很是满足。

然而好景不长，随着天气的逐渐变冷，每天捕的鱼在日渐减少，到雪花一飘，就基本上捕不到鱼了。那天傍晚收船时，岳父说：时令到了，咱们该歇船了，明儿个不用下湖了。开田听罢在心里叹道：唉，这个挣钱的法子也不行了。

开田一脸愁容地进院后，暖暖就明白是爹停船了，忙安慰道：别愁眉不展的，咱再想别的挣钱法子。

第二天是开田娘去凌岩寺烧香的日子，暖暖见婆婆走路一摇一晃，担心她受不了，就说：娘，你年纪大了，到寺里的路又那样远,我和开田替你去,你在家歇着吧。老人没再坚持,说:也好,我的腿脚一年不如一年,以后上香的事真得你和开田去办了。说罢,便把盛了香裱和供香馍的篮子递给了她。开田没事干心里烦,也乐得跟暖暖去寺里走一趟。

这是暖暖和开田结婚后第一次进寺烧香。暖暖走到寺院门口,在心里无声地说:佛祖,你这段日子可是没保佑我们旷家,是嫌我过去冲撞过你么?是的话,我今儿个来给你赔罪了!她在大雄宝殿摆上供香馍,烧罢香裱磕完头之后,又在心里许愿道:佛祖,你老人家既是主张善有善报恶有恶报,你就该让那个卖锄草剂的小子和詹石磴得到报应,要么丢财要么丢官,他们做的事可是太下作!许罢愿,恰逢天心师傅进殿有事,她忍不住上前朝对方鞠了一躬说:师傅,我能不能问你几句话?

施主请讲。天心师傅回了一礼。

佛祖对于香客所求的事,是否都能答应?

只要所求之事不逾天理人情,应该能应。

许愿人太多,他不会忘了吧?

佛光普照,焉有遗忘之理?!

他所应许的事,一定能落到实处?

信则灵。

暖暖那天临出寺门时笑了一声:卖锄草剂的,还有詹石磴,你们等着吧,你们的报应就会来了!……

(17)

飘了两场小雪之后,丹湖上就变得安静无比,湖面上除了偶尔有一条载人的小船驶过外,便只有波浪在寂寞地涌动着。湖边的楚王庄这时也安静了许多,只有狗和鸡们仍在村中乱跑,人们大都躲在屋里暖和,很少有人到屋外走动。可在旷家,没有热劲的太阳刚一升起,暖暖就把织了一半的一张大渔网挂在了门前的老辛夷树上,忙着织起来。织了渔网去卖,是她最近想出的挣钱的新法子。得想办法赶紧弄钱呵,近几日,又有几家人来催要欠款,已经把开田吓得躲到他舅家了,这个家,是太需要钱了!暖暖边织边想,但愿这张网能多卖点钱。半晌午时,丹根由他奶奶抱着出来,扎煞着手喊着要吃奶,暖暖只好停下手,把丹根接过来抱在怀里,撩起前襟把奶头塞进儿子的嘴里。趁这当儿,她抬头向丹湖看去,目光跟着一只鸟在天上飞。天呐,快点暖和起来,好让俺们下湖捕鱼挣钱吧。她正这样想着,忽见一条小船由湖里划过来,她认出那是村里黑豆叔的那只小船。平日里由东岸来的人很少,偶尔来一两个,也多是到凌岩寺烧香的香客,可今儿个从船里下来的,是一个城里打扮的男子,不大像香客,既没带香褙也没带供品,倒是背着一个鼓鼓囊囊的帆布大包。那人从船上跳下,付了黑豆叔钱后,大约是看见这边有人,就径直向旷家门前走来。通常,由城里来的人多是找村主任詹石磴的,心情不好的暖暖此时不愿多话,便把目光又扭到了网上。

嗨，老乡，你好。

听到人家的问候，暖暖只好扭过脸，应了声：好。她这才注意到，来者差不多是一个老头了，身子精瘦精瘦的。老伯，是要去凌岩寺里烧香？她礼貌地问。

不是。老人摇着头。

那是——？

随便转转，听说你们这儿的后山上有一道用石头砌起来的长长的墙，绵延了许多山头，可是真的？那人喘吁吁地问。

有是有，可那墙早就东倒西歪的，没有一点用处了。暖暖想了一下答道。她为这城里老头关心后山上那道不起眼的石墙感到了一点惊奇。

我是在丹湖东岸碰到你们村里那位叫黑豆的船主的，他告诉我说你们这儿的后山上有道长墙。那人还在喘息着说。

那墙真的没有用处了。暖暖又耐心地解释了一遍。

你或者你们家里人能不能带我去看看？老头却依旧笑看着她问。

没啥看头，就是一些石头块子。暖暖可没有心绪领他上山看石头。

当然不是让你们无偿领我去，我会付报酬的。

尽管暖暖心绪不好，可她闻言还是笑了：要啥子报酬，你要实在想去，我领你去一趟就是，走点路还能要钱？

这样吧，你领我去，我给你二十块钱。

暖暖一愣：二十块钱？真的？

那还有假？老者也笑了，要不，你现在就把钱拿住。说着，竟真的掏出两张十元的票子递过来。

暖暖有些不好意思地推开对方的手，说：我还没有帮你忙哩，哪好意思就收你的钱？你等一下，我把娃娃放到屋里就领你去。说着，就扭身朝院里走。进院门时，心里就涌出了一份真正的高兴：二十块钱，就是四十斤麦子的价钱呐，我正为钱发愁，竟真有人来帮忙了，是不是佛祖他老人家看我去送了香火，又见我可怜，就派了这个人来？

暖暖进屋把丹根交给婆婆，顺手拿了一把砍柴的镰刀和一根捆柴的绳子，出来就领着那老头向后山走了。后山上的那道石砌长墙暖暖去的次数多了，小时候跟爹上后山打柴，长大了上后山割喂猪喂羊的草，都要经过它的身边，有时还坐在坍塌的墙上边歇脚边吃过干粮。上山的那条小路，她闭了眼也能摸到。她和老人互通了姓名，知道老人姓谭，叫谭文博，是从北京来的。老伯，你住北京啥地方？暖暖因为对方来自自己当初打工的地方而感到了一丝亲切。海淀，北大附近，北京大学你去过么？暖暖摇着头，跟了又问：你大老远的跑到俺们这个又偏又穷的小地方干啥？总不会是就为了看一道石头墙？

我呀，从一本书上知道你们这个地域过去曾建有一道石墙，不知道是否真有其事，就特地来看看是否还有遗迹。山路难行，老人又背着东西,边走边说,没走出多远,就喘开了,暖暖见状有些心疼,不由分说从他背上把他的背囊拎了过来说:我替你背吧。老人没多推辞,只笑道:真谢谢你了,小楚。

午饭两人是边走边吃的,老人从自己的背囊里拿出了面包和火腿肠,同暖暖分着吃了。暖暖虽然在北京打过工,可从没舍得买火腿肠解馋,这还是第一次吃,咬了一口,暗暗称奇:真是香!就舍不得吃完,趁老人没有注意时,把半截火腿肠塞到了裤子兜里,预备着晚上拿给丹根尝尝。

由于老人走得慢,他们爬到那道石砌长墙边时,已是后半晌了。暖暖估摸那老人会失望,就指着那长墙怀了点歉意说:你看,就是这个倒塌的样子,确实没啥用了。没想到那老人却异常激动,脚步跟跄地扑到长墙旁,急急地掏出眼镜、放大镜、笔、锤子和一些暖暖看不明白的工具,在墙上仔细地察看、敲砸、丈量、记录起来。暖暖先坐在一旁歇息了一阵,之后就在附近砍起了柴,偶尔回头看一眼忙碌的老人,心里觉着好笑:对这道老辈子就有的无用的石墙,值当这样认真?

那老人一直忙到暮色升上来,连他自己带来的水壶都忘了摸,更不用说喝水了。

走吧。老伯,再不走就天黑了。暖暖提醒道。老人这才抬起头看了看天,说:好,好,走。目光中仍有些恋恋不舍的味道。

当两人往回返时,老人满心高兴地说:小楚,很感谢你带我上来，你知道我今天发现了什么？一道长城呵！

长城？

对呀，这道石墙初步可以判定是楚国在其中后期时修的长城，目的是抵御秦国入侵。

楚国人修的？暖暖一脸茫然。

是的，你们今天生活的这块地方，历史上属于楚国，楚国最早的首都就在离你们楚王庄不远的地方。

暖暖恍然记起村里九鼎说的有关楚国屈原的那些话，笑笑：我……听说过楚国的一些事，可不大晓得这石墙是……

你当然不知道，这些离你今天的生活已经太远。我过去只是从一本史书上知道，在楚国和秦国多次发生战事之后，为防秦兵入侵，楚国在这一带的山上筑有长城。我这次出来，并不敢抱真能找到的希望，没想到在老黑豆和你的帮助下，竟一下子就找到了。你不知我有多高兴啊！

它已经没有任何用处了。暖暖觉得有必要再次提醒一下。

是的，它已经没有任何使用价值了，可它有研究价值！懂吗，孩子？！……

老人在回来的路上兴奋地说了一路话，大部分暖暖都听不太懂。暖暖几次想问他晚上住在啥地方，是不是有人在等着接他，可一直插不上嘴。直到走到村边时，老人望着已经完全变黑了的天空，才猛地停步说：小楚，我今晚是要住到你们村了，能不能在你家借住一宿，我付你钱行吗？

暖暖有些迟疑道：住当然可以，只是俺家的屋子不像城里的屋子那样宽大亮堂，床也是老式的，只怕你住着不合意。

没事，只要有个睡觉的地方就行。我经常外出，什么艰苦的地方都住过。这样吧，咱们预先说定，我在你们家借住一晚付你五十块钱，我跟着你们一家吃一顿晚饭和早饭，再另付三十块钱，加上你给我带路应得的二十元报酬，总共一百元，行吗？

暖暖笑了：借个宿，吃顿饭，在我们这儿是不收钱的，谁没有个出门求人的时候？你只要不嫌弃俺们乡下人就行了。

钱一定要给，这也是你应该得的！老人边说边就把一张百元的票子塞到了暖暖手上。暖暖有些吃惊，我就这么轻易地得了一百元？二百斤小麦的价钱哩！她把票子捏了一阵，想推辞，又不舍得，迟迟疑疑犹犹豫豫地装进了衣袋。

到了家，公公婆婆见暖暖把一个城里老人带到家里，都有些意外。暖暖一面礼让客人坐下，一面就把和老人相识的过程说了一遍，婆婆听罢忙去做饭。婆婆向灶屋走时，暖暖跟了过来小声交代：娘，把你做饭的手艺拿出来，这老人家可是已经为今天的晚饭和明天的早饭付了三十元钱。婆婆就小声抱怨她不该收人家的钱，出门人谁没有个借宿的时候？暖暖说并不是我要收的，是他坚持要给的，你把饭做好让他吃饱咱不亏心就行。

婆婆那天晚上可是把平日练出的做饭手艺都拿了出来，炒了

湖光山色

四个菜：一个油煎干南瓜花，一个辣椒炒干豆角，一个韭菜炒鸡蛋，一个蒸马齿菜。饭是暖暖自己和面擀的长面条。饭菜端上小饭桌，暖暖满含歉意地说：家里没有肉，只好让你吃素了。老人高兴地尝着菜，叫道：好吃好吃，我喜欢，吃素对人身体好。老人一连吃了两大碗面。放下碗后他对暖暖笑道：我好久没有吃过这么饱了。他还笑着对暖暖说：我要有你这擀长面的本领，早开农家面馆了。暖暖被夸赞得脸都红了。这是暖暖许久以来最高兴的一个晚上。

安顿老人在空屋里睡下，暖暖回到了自己的睡屋，那当儿丹根已经让婆婆脱了衣裳躺下了，暖暖脱衣上床后，忽然想起放在裤兜里的那半截火腿肠，忙掏出来朝丹根嘴边递去，说：尝尝！啥？丹根有些惊奇。北京那个老爷爷给的，是用肉做的，香得厉害。丹根咬了一口嚼着，点了点头说：妈，好吃。别吃完，留一点让你爹回来后尝尝。暖暖悄了声给儿子交代……

第二天早上起来，那老人对暖暖说：我还想在这儿再工作几天，你能不能继续陪我上山？如果可以，我每天再给你加三十块钱报酬，算上吃住费用，每天一百五十元，如何？暖暖当然急忙点头，织渔网哪有这事挣钱快呀？有这样一个挣钱的机会送到面前，还有不答应的道理？早饭前，暖暖先是回了一趟娘家，让妹妹禾禾快去开田舅家把开田叫回来，让他不要躲了，然后就准备了两份干粮，预备带了中午在山上吃。

早饭后，暖暖替老人背上背囊，又领他上了山，陪他沿着那倒塌的石墙一点一点向前察看、测量、计算、记录。当晚返回时，开田已从舅家回来了，暖暖先给开田说了认识老人的经过，然后把老人给的钱放到了开田手上。开田又惊奇又高兴，说：这真是从天上掉下了个挣钱机会。之后，暖暖就把开田向谭老伯做了介绍，老人笑着对开田说：那明天就麻烦你陪我上山了。

从第三天开始，就由开田陪着老人上山。开田对那道石墙当然也熟悉。那老人在开田的陪伴下，又一连忙了九天。那些天里，开田和暖暖从老人那里知道了很多事情。老人告诉他们，这条长城最早是楚国人修的，后来倾废了；到南宋时，金兵南犯，南宋的军民又把这条长城加以修整，作为抗金的一道屏障。从城墙上所砌石头的断茬可以看出，有的石头由山体上取来得早，有的由山体上取来得晚。老人还告诉他们，城墙后边留下的那些石头房基，能看出是当年守卫城墙的军士们的营房，那些营房中大间的是供军官住的，小间的是供士兵住的。老人还告诉他们，城墙后那片被石块隔成格子的开阔地，是当年的演兵场，在没有战事的时候，军士们就在这片场地上练兵。开田和暖暖听得很有兴趣，他们没想到这些已被他们看过无数次的石头，竟可以做出这样多的解释……

老人临走那天握住开田的手说：谢谢你们两口子这些天给我的帮助，以后有机会，我可能还会再来。

来了我们还陪你。暖暖真诚地说道。她对老人心存一份感激,那天她和开田一直把老人送到湖边坐上黑豆叔那条摇去东岸的小船,她内心里真希望老人以后还能再来。这十一天里,让旷家有了一千六百元的收入。这些收入对于开田和暖暖来说,是太宝贵太及时了。开田就是用这些钱,给索要最急的几家还了些款,继续给爹抓药治病,把一个冬天的开销对付了过去……

(18)

春节,就在这桩意外的事过去没有多久,一步一步地走来了。尽管家里钱紧得要命,想着家里有老有小,暖暖还是坚持让开田去称了几斤花生油,在腊月二十九后晌下锅炸了些油饼、藕盒和麻叶,预备过节。炸完吃食之后,暖暖用筛子把各样炸品拣了一些,端上向青葱嫂家走去。

因为要应付自家的穷日子,暖暖又是好久没来青葱嫂家了,进屋一看,才知因了长林哥的断胳臂,青葱嫂也把家里的一点积蓄花光了,过年连花生油也没舍得买,剁的饺子馅也都是素的。大明小明一见暖暖端来了油炸的吃食,哪还客气?慌慌地先叫声姑,跟着就上前抓起来吃。看着两个孩子的吃相,暖暖的眼泪下来了,说:嫂子,欠你们的赔款一分都没还,让你们过这样艰难的日子,真是抱歉。青葱嫂笑了说:快别说赔款的事,咱两家眼下是都遇见了鬼,不过鬼拦路是拦不了多久的,说不定过段时间,咱的日子就又好过了。老辈人不是常说嘛,三十年河东三十年河西，保不准以后咱们还会富起来哩。暖暖抓住青葱嫂的手道：嫂子，每回见你，你总是让我心里生起一股劲……

一开了春，开田和暖暖就又忙活开了：给麦地里施肥，育红薯苗，打红薯埂，种南瓜、豆角，栽韭菜、茄子、辣椒，一个家要应付的活儿实在太多。这天，两口子正在地里栽辣椒，开田娘抱着丹根来了，说：他爹，家里来了一男一女两个城里人找你们，快回去看看。开田一愣：城里人？咱在城里哪有熟人？暖暖担心地说：别不是又为那些锄草剂的事来找你麻烦？开田拍拍手上的土，吐口唾沫说：尿，是福不是祸，是祸躲不过，走，回去看看。暖暖放不下心，就也相跟着回去了。

开田进院看见两个城里穿戴的年轻人坐在那儿，心里有些忐忑地问：你们没有找错人吧？两人中的那个男的起身，先看了一眼手上的一张报纸，又看了一眼开田，笑道：找的就是你！我们是看了谭文博先生发在报纸上的这篇文章和照片后，特意来找你和楚暖暖女士的。谭文博？哦，谭老伯。开田和暖暖一下子放了心，开田上前接过对方递过来的报纸一看，嚛，上边不仅有山上那道石墙的照片，还有一张他和暖暖与谭老伯的合影。我的天，我们还上了报纸了？！你看你看，丹根他妈！开田高兴地把报纸递到了暖暖手上。

我们是天津大学历史系的研究生，他叫晓景，我叫小婧，看了谭先生的文章后，就生了来看看楚长城顺便来拜访你们的心，想麻烦你们也给我们当回向导，如何？那女的这时也走近来说。

就是去看山上那石墙吧？行！你们跑这样远来，陪你们上趟山还不容易？！开田痛快地答应着。

顺便问一下，你们怎么收费？那男的问。

收啥费？开田被问愣了。

就是陪我们去看一趟楚长城的费用。

开田差一点就要笑开了，怎么会收费？！他差一点就要说出根本不收费的话了，可就在这时，暖暖开口了，暖暖说：三十块。她说得一脸平静。开田有些吃惊地看定暖暖。

加上在你家吃住的费用呢？女的问。

一人一天再加六十。暖暖答。上次谭老伯来时俺们也是这样收的。

行，咱们说定了，先付你两天的。那男的痛快地由衣袋里掏出钱包，抽出三百元的票子就塞到了开田的手里。

捏住票子的开田那个高兴呦，这差不多够赔一亩绿豆的款了。开田问：咱们啥时上山？两个学生说：你觉得啥时好？开田当然希望他们能在这儿多停一天，可他还没有开口，暖暖已经说了：明天吧，你们今天后响先歇一歇，今晚饱饱地吃顿我们农家的饭，明天好轻轻松松上山去。两个人就点头说好。开田于是就和暖暖去收拾那间原先的仓房也就是原来给谭文博老伯住的屋子，让两个研究生放下行李歇息。因为就一间房一张床，开田先是怕他们不是两口子要分开睡，后见他们没有提出再要床，才放了心，才明白他们是两口子。开田问他们晚上愿意吃啥饭，有玉米糁红薯稀饭加白馍，有放绿豆的小米稀饭加菜包子，有芝麻叶豆面条，有放山野菜的白面条，我老婆都能做，你们愿吃啥都中。晓景和小婧商量了一阵，说愿吃放绿豆的小米稀饭加菜包子，开田就对暖暖点头说：中，就做这个，再炒四个菜。交代完，开田说我地里还有点辣椒没栽完，我得去继续栽。那个小婧听了，很新奇地说：栽辣椒这活儿我还没干过，我们能不能跟你一起去看看？行呀，那还不容易？走！开田就一脸喜兴地领着两个城里学生去了栽辣椒的地里。

开田多少天来都没有这样高兴了，有两个城里的大学研究生一脸新奇地看着你干活，过去哪有过这事？他麻利地用手扒窝，栽苗，浇水，封窝，边干边向他们讲着窝距行距多大最好，哪一种苗结辣椒最多，哪是菜椒苗哪是尖椒苗。两个大学研究生听着看着，后来就跃跃欲试地说：我们可以帮你干吗？开田求之不得地说：行呀，把袖子挽起来干吧，庄稼活，最好学！两个人于是就下田干了起来，开田便停下手，指点着他们怎么干。麻老四这当儿从地边经过，看见这场景，很是惊异，走到开田身边悄声问：这哪来的城里人来帮你干活？开田对麻老四在锄草剂的问题上死死相逼一直耿耿于怀，这会儿就故意淡然地低声说：两个城里的亲戚来看我，见我在忙着，就非要帮忙不可。麻老四一愣：

你还有城里的亲戚？咋？因为俺们穷，就不能有个城里亲戚了？开田装出很不高兴的样子，告诉你，我表姑表舅他们都在天津，天津，知道吧？就是出大麻花的地方，明白？我当初一下子赔你们那么多钱，有些就是他们给的。我日，这个我过去还真不知道，要是早知道，当初为锄草剂的事我也不会那样着急。麻老四赔着笑脸说。开田听见这话，差一点就要笑出声来了……

第二天早上，开田陪着晓景、小婧两个学生上山去看楚长城。路上，开田看着他们两个人高兴的样子，在心里嘀咕道：真是鬼迷了心窍，花这么多的钱跑这样远的路来看一道倒塌了的石墙，有他娘的啥用处？放着那些钱在城里下馆子吃油条喝胡辣汤看电影多好！不过，也幸亏他们来了，要不然我们可怎么挣钱？

旷先生，你夫人做的饭可真是好吃。小婧这时说。开田有一刹没有应声，后见她一直看着自己，才明白那个旷先生是指自己，夫人是指暖暖，于是就有些受惊地说：农村媳妇，只会做个粗茶淡饭，只要你们不嫌弃就行了。哎，以后你们还是别叫我先生的好，我总觉得那不是和我说话，你们要么叫我开田，要么叫我大哥，咋样？中，中！小婧学着开田的话音，把清脆的笑声撒得满山满岭都是。

看着他俩兴致勃勃的样子，开田就担心他们到了石墙边会失望，因为那毕竟只是一道倒塌了的石头墙，他暗暗琢磨着，如果他们真是失望了，就领他们去看几个山洞。开田过去上山放羊砍柴，最愿去的地方就是那些山洞，山洞里的石头奇形怪状，他觉着那才是值得一看的地方。可没想到，两个人看见石墙之后都惊得啊了一声，长久地不动，随后才又向墙边奔去，默默地摸着看着测着量着说着记着。开田见他们没有失望，就放了心，悄声地跟在他们后边，慢慢地沿墙向远处走着……

太阳当顶的时候，开田找了一块平坦的地方，把带来的干粮摆出来，把晓景、小婧喊过来吃饭。干粮是煮玉米棒子和素菜包子，外加几个咸鸡蛋，晓景边吃边说：开田大哥，你帮助谭文博先生发现这道楚长城，可是一桩大功劳。开田一笑：这东西老辈子都在这山上，除了你俩和谭老伯，没谁觉着它还有用处，也不会有人留意它。小婧说：这道长城的发现，验证了许多史书上的东西，对研究楚国的历史会很有帮助，人们会越来越觉出它的重要，也许它将来会成为一个热闹的旅游景点。开田听不甚明白，他也不想去问明白，石头砌的墙就是石头墙罢了，实在看不出它能有啥真正的用处。历史上楚国的事于我有何关系？过去的楚国的事再重要，也没有我眼下挣钱还债重要，只要你们在这儿多住几天，每天给我一百五十元就行了。

晓景和小婧那天一直看到天黑才下山，而且说可能还要再看几天。开田一听当然高兴啦，他们多看一天，自己就可以多挣一天的钱，他当即就表态说：你们只管放心去看，我一直陪着你们就是。那天到家，吃过晚饭晓景、小婧去歇息之后，开田高兴地对暖暖说：明天你去杀猪的门宽家，割上一斤猪肉，明晚炒两个荤菜，好让他们吃了高兴，他们多住一天，咱就可以多弄一百五十块钱哩。开田照料爹吃过药，又过来帮助暖暖蒸第二天准备带到山上吃的素包子。两口子在灶屋里收拾完，出来经过那间早先的仓房如今的客房时，见屋里的灯已经灭了，知道客人已经睡下，不由得放轻了脚步，忽然间，两个人几乎同时听到了哗啦哗啦床上高粱秆的响动，开田和暖暖就相视一笑。开田还要听下去，暖暖忙在暗中拉起他的手扯着他走了。进了自家的睡屋，开田笑着低声说：没想到城里人和咱一样，办起这种事儿，响动也这样大。暖暖没接腔，脸已经红了，开田跟着就过来抱住暖暖说：咱也向他们看齐，弄一场。暖暖依旧没说话，只是含羞脱着自己的衣服。这晚开田上了暖暖的身子，就有些放肆起来，而且边做还边说：咱跟他们城里人比比，看谁有力气，看谁弄出的响动大。吓得暖暖慌忙抬起一只手去抱紧了开田的腰，另一只手去捂了开田的嘴……

晓景和小婧一连在山上看了五天，后来那几天，开田陪了他们上山后，就没再跟在他们身后，而是趁机去山坡上拾些干树枝砍些干树根，晚上下山时背回家当柴，开田想，这也叫一身两用吧。最后一天下山时，晓景对背柴的开田说：开田大哥，我和小婧经过考察，认为这道长城很可能是楚国在公元前312年左右修的，这时，楚国衰落的迹象已开始出现，只是楚国的当权者尚未

146　　湖光山色

意识到。楚国是在这一年进攻韩国的雍氏的,秦借救韩攻楚,秦军在丹阳也就是今天的河南西峡县丹水以北地区大败楚军,斩首八万,俘掳了楚将屈匄等七十多人,攻占了楚的大片土地。这样,楚国的这一带就成了与秦军对峙的前线,大约为了反攻也为了防止秦军的进一步南侵,开始在这一带征召民夫修筑了这道长城。

那离如今有多少年了?开田听得懵懵懂懂,问。

两千三百多年。

嗬,这样久?!我老爷的老爷都还没生下来哩,那你们还看它干啥?

最直接的目的是为了了解那个时代军事工事的构筑情况,研究那个时代的防御与进攻思想,当然,还有许多别的。小婧说。

能不能为你们挣点钱?

两个研究生都笑了,晓景说:恐怕不能。

那我就劝你们一句,不能挣钱的事还是别干,白忙活一场,咱傻呀!要说,我不该说这话,你们来不是还给了我钱嘛?

两个研究生就都笑了……

晓景和小婧临走时与开田、暖暖有点依依不舍,除与他们照了合影、留了电话和地址外,小婧还执意要把自己的一件褂子送给暖暖,暖暖哪好意思收?两个人推了好长时间,后来暖暖见推辞不过,只得把自己结婚时青葱嫂送她的一块花布给了小婧。小婧抱了暖暖的脖子说：大嫂，你要是在俺们天津城里住，照城里的样子一打扮，肯定会有好多男人来追你。说得暖暖脸又红了。小婧又说：你做的农家饭可真是好吃，我会记住你，你以后若有了去天津旅游的机会，请一定到我家做客。暖暖笑着说：俺手笨，家里又穷，这几天慢待了你们，以后你们要有空儿，再来玩。暖暖给两个人带了些核桃，还煮了咸鸡蛋。开田和暖暖一直把晓景和小婧送到湖边，看着他们上了黑豆叔那条摇向东岸的小船。

这五天时间，开田又挣了七百五十块的现金，他给催要欠款的七家人，一家又还了一百，暂时算解了急。暖暖叹口气说：以后要是经常能有人来看这楚长城，全吃住在咱家，那可就好了。开田笑道：哪会有那样的好事？做梦吧。

（19）

晓景、小婧走后的第二天，开田吃过早饭下地干活走到村边，刚巧和主任詹石磴走了个对面。自从出了锄草剂的事后，开田见詹石磴总有点不自在，觉着给人家添了麻烦，可这时已经无法再躲，他只好硬着头皮迎上去。开田呐，听说你来了城里的亲戚？是天津的？詹石磴先开口招呼。哦，是的，主任。开田答着，想擦身过去。没向他们借点钱，把那些欠账都还上？借了一点，这年头大家过日子都不容易。开田可不想同主任聊这个话题，他含糊地说罢，就急忙走开了。

开田现在就盼爹的病能早点好，只要爹的病好了，娘能侍候他，他就想带了暖暖和孩子一起去广东打工，再不在这楚王庄看人的白眼。

可爹的病总不见好。

这天午后，他去乡上医院给爹买了几味梅家药铺没有的中药回来，经过村口码头时，只见几个城里来的青年男女正从黑豆叔的小船上下来，并且在问去旷开田和楚暖暖家怎么走，因为有了前次天津那两个研究生的来访，他就没有惊奇，便迎过去说：我就是旷开田，几位可是找我？那几个人便都叫：对，对，就是找你！其中一个人还打开手里的一张报纸，让开田看上边登着的一张照片，那是他和晓景与小婧在楚长城上的合影。我们是湖南的大学生，祖先都是楚国人，看了这篇文章后，特意想来看看楚长城。我们也想食宿在你家，也请你当向导，如何？开田知道这又是一个赚钱的机会，忙笑着应道：中，中，请跟我来。

开田领着四个有说有笑的年轻人进到院里，高声叫：丹根他妈，来客人了。暖暖因为有了接待天津那两个研究生的经验，出来一看，就明白了是怎么回事，忙给几个学生一人倒了一碗白开水，又倒了两盆凉水让他们洗脸洗手。之后才把开田拉到屋里说：咱家就那一间空屋子，如今一下子来了两男两女四个人，咋着住？总不能让人家四个人挤一间屋子吧？开田想了一刹，说：要不，让他们中的两个人去邻居家借住？暖暖嗔怪地瞪他一眼：

净出馊主意，去别人家借住，那住宿费不就要让人家得了？这样，把咱俩的睡屋腾出来，让他们住，咱夜里到灶屋打地铺。开田点点头道：行，就照你说的办。之后，暖暖又上前给学生们讲价钱，说：上次天津的晓景他们来，连当向导带吃住，俺们一天一人收他们一百五十块，你们来，还是这个价，不知你们愿不愿意？那些学生听了后都说：行，行，就一百五十块吧。当下就有个领头的便把第一天的六百块钱递到了开田手上。开田捏住钱顿觉一阵畅快，又是一笔钱到手了。天呐，保准是凌岩寺的佛祖在保佑俺们！

暖暖原本想延长他们在家里住的时间，就像上次劝晓景两人那样劝他们也先住下歇歇，可这些学生们年轻，想跳想蹦的样子，一点也不想歇，当下就提出要上山，开田只好说：中，中。随即去院里把埋在那儿的白萝卜扒出了四个，用水一洗，每人递了一个说：俺们这儿没有水果，给你们一人一个萝卜，吃下去又解渴又耐饿。四个人都笑了，就边啃着萝卜边出了门。开田临出门时悄声问暖暖：晚饭加四个人吃，你能不能忙过来？要不，去找禾禾来帮忙？暖暖摇头说：你去吧，把客人陪好就行，家里的事你不用操心。开田就把刚收的六百元塞进暖暖胸口的衣袋里说：保存好，要像护你奶子那样保护好钱。边说边拍拍暖暖的两个奶子。放心吧你，哪一回给你丢了钱？暖暖白他一眼。自打两人结婚后，开田就总是把家里积下的一点钱都装在了暖暖胸口的衣袋里,他知道暖暖对自己那个地方看得最紧,当初暖暖没过门时,他几次想摸摸她那个地方都没有如愿。

等日后咱们富了,我会好好地让你享福!到那时也像戏里唱的那样,给你配几个丫鬟!

吹吧,你!暖暖笑了……

这四个人上山见了长城后,也一样的高兴冲动,也是又量又记又拍照。其中一个男的,还仰靠在城墙上,大声地叫着:褐色的石头呀,你躺有多少年?你可曾记得我的祖先?可曾听过他的呐喊?可曾见过他手挥利剑?可曾看到他鲜血飞溅?可曾知道他为了楚国命赴黄泉?……开田估计他这是在作诗,可其他几个人却都笑了。其中一个女的笑道:我的牙都被酸倒了,晚上怕是吃不成饭了!那作诗的男的就朝那女的追过去,直追到远远的长城拐弯处,把女的扑倒在了地上……

四个学生在这里玩了三天,每天都是早饭后上去,沿长城走着看着说着,有时还坐下写着,晚饭前再下山。开田领着他们,按谭老伯当初的说法,给学生们指点着哪是屯兵的地方,哪是练兵的地方,哪是出击的地方,说得一本正经,俨然像一个专家。四个学生走累了歇息时,开田就去山坡上采一些野花给两个女学生玩,找一些奇形怪状的石头给两个男学生看,几个人就都夸开田这向导当得好。最后那天临下山时,其中一个学生站在城墙上,面向西北高声叫着:日月忽其不掩兮,春与秋其代序。惟草木之零落兮,恐美人之迟暮。不抚壮而弃秽兮,何不改乎此度。乘骐骥以驰骋兮,来吾道夫先路……

其他三个人听了就都鼓掌。开田听得糊里糊涂,不明白那人在叫些什么,问那三个人:他这是在喊叫啥子?其中一个女的笑道:他这是在背屈原写的《离骚》中的句子。

屈原……开田努力回忆着九鼎当初说过的那些话。

屈原就是当年的楚国人,是楚怀王也就是楚王槐的大臣。那女的仔细地给开田解释:他为了楚国的利益,坚持合纵政策,可遭上官大夫等人反对,楚王槐信上官大夫而不信屈原,致使楚军在丹淅遭到大败。这长城离丹淅古战场可是不远哩!

开田听不明白,叹口气说:你们呐,还是心闲,要像我,整天操心着挣钱还债养家,哪有心去管老辈子楚国人的事?

几个学生听罢都笑了,其中一个说:你不是也在关心着楚国人的事,替他们守着这长城吗?按你们楚王庄这位置,当年肯定隶属楚国,你其实也是楚国人的后裔,好好守着吧……

这批学生的到来,让开田和暖暖的手里又多了一千八百元。学生们走后的那天晚上,两口子上了床后,开田因为挣了钱高兴,刚想上暖暖的身子,暖暖止住他,攥住他的手一本正经地说:你该想想了!

想啥?开田一愣。

想想这几拨人来看石墙的事。

这事有啥想的？明摆着是好事嘛，他们来一趟，咱就赚一趟的钱。

就这？暖暖瞪住开田。

开田抬手摸摸脑袋，嘟囔着：还能有啥别的？

你呀，不动脑子！暖暖用手指在开田的鼻子上点点。你想没想过，随着报纸上有关这石墙的文章的增多，以后还会有人来的事？想没想过靠这个老辈子就有可谁也不在意的石头长墙，咱真有可能大赚一笔钱？

真的？开田攥紧了暖暖的手。

现在看来，这道石墙对咱们这些种庄稼的农民虽无用处也无看头，可对那些文化水平高的人，对城市里那些爱看古东西的人，却很有吸引力。因此，以后来看它的人，决不会只有一批两批。

哦？你这样看？开田的眼放光了：那咱们该咋着办？

现在最要紧地，是要给来看石墙的人们准备好住处，眼下让四个人在咱家里住已很勉强，得赶紧想办法扩建房子，要不，一批来上五个人家里就住不下了，那就得让来人去别家借宿，吃住的钱就要让别人赚了。

对，对。开田高兴地在暖暖的一只奶子上拍了一下，可转眼间就又皱起了眉：要盖房子就得有宅基地，眼下咱自家的小院，已让三间正屋，一间灶屋、一间仓房和猪圈、鸡圈占得满满的，哪里有可供盖房子的地方？咋办？

你去找找主任詹石磴，好像村民盖房子，他点一下头就行了，咱院门前不是有好大一片空地？我听娘说是咱家没用完的宅基地，应该归咱用。再说了，咱丹根生下来后，村里也还没给宅基地哩。一说到詹石磴，一想起他的那张脸，暖暖就一阵恶心，可这事是绕不开他的。

开田显然也不愿去见詹石磴，一脸难色：去求他？

暖暖叹了口气，说：要想不求他，除非不让他当主任，可眼下咱有这本领？只要他还在当着主任，不求他是不行的。

罢，罢，咱先不说他。开田边说边抱住了暖暖的奶子，将嘴凑了上去……

中秋节的前一天晚饭后，开田正坐在自家屋里为盖房子的宅基地发愁时，邻院的麻老四叼着旱烟袋走进了院子，进院就高腔大嗓地叫：开田呐，我闻见你家院里好像圈着些喜气，这些日子总见你家不断有城里客人来，而且来了你就领他们上山，莫不是有啥子好事？

哪会有啥子好事？开田忙警惕地站起身来。暖暖这时笑着开口说：四哥，城里有几家远亲的孩子们忽然记起了有俺这门穷亲戚，就来乡下看看，来了只有领他们去山上玩玩，城里娃喜欢上山看个野花野草。暖暖和开田都知道，可不敢让这个麻老四知道真相，一旦他知道领着城里人去山上看石墙可以挣钱，他立马就

湖光山色

会把这好事抢走。

嗨，咱生在这背僻地方，真他娘的又受穷又憋气。麻老四蹲在院里，一边吧嗒着旱烟袋一边感叹，咱啥时能像人家城里人，也四处走走看看，见识见识别地方的女人长得啥样子多好。

开田闻言笑了：你口袋里那样多的票子，放那里让他们生娃呀？你不会坐上黑豆叔的船，到东岸上买张车票，一下子坐到南府城，在那里美美地玩几天？听说那里的女人可是长得入眼极了。

嗨，咱袋子里的那点钱还敢去南府折腾？不过日子了？麻老四站起身伸了个懒腰：下辈子吧，下辈子咱也托生成城里人，也找个又白又嫩的城里女人做老婆！哎，开田，你手头现在活泛不？要是活泛了，你就再还我一点欠款，我打算去买头牛娃子来养。

开田的脸立时阴了下来，这个麻老四，整天催债，生怕不还欠他的那些赔款了。狗日的，一点情面也不讲。开田进屋从暖暖手里拿了二百块钱出来说：眼下我手上只剩这二百了，都先给你。麻老四接过钱，眯了眼笑笑：老弟，我敢断定你发了外财，要不然，你衣袋子里是不会装有这样大的票子的。记着，咱可是邻居，有好事别忘了你麻四哥……

送走了麻老四，开田心里生了一种紧迫感，看样子，靠让城里人在家吃住靠当向导赚钱这事，是瞒不了太久的，总有一天村

湖光山色

里人会弄明白,到那时,你如果没有宽敞的房子让人们住,别人肯定就会把客人拉走。得赶紧把住人的房子盖起来!可要盖房,就必须去求詹石磴给批宅基地,其实,我娶了老婆生了儿子,家里添了两口人,村里也应该给我再批一块宅基地。罢,罢,就去求一回。他对正弯腰刷锅的暖暖说:根他娘,我这就去求主任。

暖暖回头看着丈夫,半晌才说了一句:总有一天,咱们不需要再去求他!

木

（20）

开田左手提了后响给丹根买的几个月饼，右手抱着一坛黄酒，不愿而又无奈地向詹石磴家走。他听说詹石磴爱喝黄酒，因此就忍疼把家里酿的一小坛黄酒抱在了手上。

楚王庄中秋的夜晚，已有了几分凉意，从伏牛山深处刮过来的风，吹到人身上，有点冷飕飕的感觉，可开田却走得满头是汗。他知道自己当初和暖暖结婚，让主任很不高兴，现在求他办事，恐怕不会那么容易。他几次都想停下步子扭身回家，可赚钱还债的巨大引力还是让他朝前走了。

将圆的月亮悬在丹湖上空，发出清亮清亮的光，将詹石磴家的新房新院照得清清楚楚，主任家的新房新院盖好后，开田这还是第一次进来。狗日的房子盖得可真是又宽又高又大又气派，这房子要是我的，够我接待多少客人呀！开田提着月饼抱着酒坛进了院子，詹家的狗叫了起来。正坐在堂屋当间饭桌前吃饭的詹石磴闻声扭过头,在看见开田的第一眼时他分明是吃了一惊,他显然也没想到开田还会再到他家来。吆,是开田,快进屋来。他显出少有的热情,起身让着。开田满脸尴尬地把月饼和酒坛放到詹家的饭桌上,装作很随意地说:要过中秋节了,我给侄儿侄女们带几个月饼;家里酿了点酒,味道不错,给主任带一坛尝尝。嗨,这可不敢当。主任客气着,把一个椅子递到了开田手里,问:是有事?

开田也不再拖延,忙一口气说出了自己想要点宅基地盖房子的来意,当然不能说出盖房子的真正目的,只说爹的病久不见好,需要找亲戚们来住下照应。詹石磴听完,沉吟了一霎,说:开田,你老弟平日很少向我开口,今儿个你开了口,照说我应该答应,可你知道,宅基地的事乡上让按人头标准从严把关,不能随便增加,再加上村里的人都在睁眼看着,我要给你家多批了,别的人家也来要可咋办?这样吧,咱们先不说定,让我试着办办看能不能行。开田知道他这是在找托辞,可脸上还是勉强笑着说:主任还能有办不成的事?你多操操心吧。中,中,我一定想法子,你可以先准备盖房子的材料,听到我的消息再动手吧。

开田见对方收了酒和月饼,就估摸着这事能办成,再说自己院门前就有很大的一块空地,是自家上回盖房省下来的,他詹石磴只要点下头就行了。村里批宅基地从来都没有啥子手续,都是詹石磴点个头哼一声就成,不费吹灰之力。既然詹石磴让开田先准备盖房的材料,开田从第二天起他就开始去筹办木料和砖、瓦、沙子、水泥了。木料基本上不用花钱买,开田前几年把院子前后种的树砍有十来棵,一直堆放在院子里,早已经干透,这会儿刚好拿来派用场;沙子也不用花钱,他自己去湖边拉,每天傍晚拉几车,几天时间就拉了一大堆;砖和瓦要花钱买,开田没那么多钱,他就去附近的刘家窑上同相熟的窑主磨缠,让对方答应先佘账,秋后卖了粮食再还,那窑主让开田写下字据,想他有房子在,也赖不到哪里去,大不了把他的房子占了就是,便答应了他赊账的要求;开田把手上的钱主要用来买水泥,待水泥买齐,给村里几个泥水匠和木匠说好帮忙盖房的事后,筹备的事就算做完了,剩下的就是静等詹石磴把宅基地批下来。

开田和暖暖一边收拾地里没干完的活儿一边等着消息,可一等二等,没等来詹石磴的一句话。眼看就到深秋了,再不动手干,就只有等到明年春天再盖了。开田正焦急着,有天忽然乡上的邮递员给他送了一封挂号信,是从北京寄来的。这在旷家可算是一件新鲜事,旷家因没人在外边做事,故从未和邮局打过交道。开田有些莫明其妙地把信拆开去看,原来是北京的那个谭老伯寄来的。谭老伯在信上说,他可能要在大学放寒假之后,带上七八个学生再来楚王庄的后山上考察楚长城,希望开田和暖暖能提前帮他把吃住的事情安排好。开田读完信当然高兴,这就是说,又可以赚到一笔钱了。同时,他也越加焦急,若房子在这之前盖不成，那谭老伯他们来了就只能住到别人家里了。收到信的当天中午，开田就再次去了詹石磴家。他进了詹家院子还没有开口，詹石磴就笑着说：开田，是来问宅基地的事吧？我也就说去找你哩，我为你这事还专门去乡上跑了一趟，难办哪！

咋样难办？开田的心一下子凉了。

不让批呀！乡上说你家的宅基地已经达标了，现在上头让严格控制建筑占地。詹石磴笑得温和诚挚。

尿，实在不批，我就直接在我家门前上回省下的那块空地上先盖。开田有些急了。

那恐怕不行，到时候我可能会带人去扒你的房子！詹石磴的话也冷了起来，而且语气干硬带着压力。开田不敢再说什么，他明白弄僵了吃亏的只会是自己。

开田那天中午是面带苦笑心怀怒气回家的。詹石磴，你他娘的喝了我的黄酒吃了我的月饼不给办事，还有没有点良心？暖暖一看他的脸色就明白了结果，也就没有再问，只咬了牙默然喂丹根吃饭。对这种结果，她是想到过的，她原来还指望詹石磴能看点乡情，看在送他黄酒、月饼的分上把头点了，现在看来不行。

老天呀，这可咋办？开田望着院中自己备下的那些建筑材料喃喃着。不盖了？眼见可以到手的钱不挣了？

我再去求他一次。暖暖忽然说。

能行？开田看着暖暖：他恐怕为当初咱俩结婚的事也还在记

恨着你。

试试吧。暖暖假装平静地说。其实一想到要去见詹石磴,暖暖就感到恶心。可不去见他这房子就盖不成,料已经备下了,不盖不是还要赔钱?她估摸詹石磴拖着不批是在等着她出面,等着她低头,罢罢,就再低一回头,再去求他一回。他会不会再起坏心?谅他不敢当着他家里人的面朝我撒野,我找个他们全家人吃饭的时候去……

虽说了要去,可一连两天,暖暖都没有动身。她心里实在是不想再去求詹石磴,可拖着终不是办法。暖暖最后把牙一咬,在心里叫:詹石磴,你个狗东西,我就去求你一回!老天爷在看着,我们总有不求你的一天!

暖暖是选在第三天的早饭时分去詹石磴家的。她想,这个时候他女人和孩子肯定在家,他即使想动坏心,估计他也不敢太放肆。她手提着十几个咸鸡蛋硬着头皮向詹石磴家走,又硬着头皮拍响了詹家的门。和暖暖的估计一样,詹石磴当着他老婆孩子的面,跟她一本正经地说话,客气地说她不该拿咸鸡蛋来,还问着要宅基地的原因,问着盖房材料准备的情况,问着预备盖房的日期,最后说:这样吧,现在乡上要求村里办事都要正规,批宅基地要先填一张表,你在这里等着,我去村委会给你拿张表来,你填填再说。暖暖点头说行,就看着他出门,自己坐下边同他妻子说话边等他回来。没想到一等二等不见詹石磴回来,直到村里人都吃过饭下地干活时辰，詹石磴才进了院，进院就解释说刚才顺便处理了几件事，所以耽误了时间。这当儿，他的女儿、儿子已吃完饭上学走了，妻子也提上篮子要上山去自家的辛夷林子里干活，暖暖心里暗暗着急，可也不敢走，丢掉这个机会太可惜。眼见得詹石磴的妻子出了院门，暖暖的心中立时紧张起来，问詹石磴：表呢？

詹石磴就笑笑，从兜里掏出一张纸来，指着桌子说：你坐那儿，在这张纸上写写你们盖房子的理由，写写你们想盖几间房，写写想啥时盖，然后我给你盖章。你在这儿写，我去院里忙点事，你一写完就喊我。

这是表格？暖暖看了一眼那张空白纸说。

我说的表格就是这个。

暖暖迟迟疑疑地坐到了桌子前。这时节，詹石磴走了出去。

暖暖舒了一口气，开始放下心来去拿桌上的笔，同时去想存在脑子里的那些字。自从结婚成家之后，因为要忙家务忙还债忙照料病人，暖暖写字的机会实在不多，许多字都得想想才能记起它们的模样。就在她皱眉去想的时候，隔墙上的一个小门突然打开，詹石磴几步就从隔壁走了进来。暖暖惊得扭头去看，她还没有来得及做出任何反应，詹石磴已扑到她面前一下子抱住了她。她这时才意识到，她的警惕性还是低了。她拼命地反抗，使劲张嘴想去喊叫，可詹石磴的手一直把她的嘴捂得紧紧的。她在失去抗拒气力倒地的那一瞬间,在心里绝望地叫了句:开田——

暖暖的眼泪无声地流了出来。

好了,起来吧。发泄完的詹石磴站起身子去穿衣服,同时把暖暖的衣服扔到了她的身上。

呜——暖暖捂着脸压抑着声音哭了起来。

回去告诉开田,让他盖房子吧,就在你们现在的院子前盖,想盖多大就盖多大,没人会拦你们。实话跟你说,没有啥子表格,也不需要填啥子表格,只需要我说一句"行",你们就可以盖房子了!

暖暖依旧在哭。

有啥哭的?咱们也不是第一回,你又不是个大姑娘,担心我弄了嫁不出去?你娃娃都生过了嘛,多我这一回就不得了了?别给我装正经!我早就给你说过,在楚王庄,凡我想睡的女人,还没有我睡不成的!这下你信了吧?!你一次次地躲我,躲开了吗?

……狗……猪……暖暖呜咽着骂道。

回去吧,开田还在等着你的消息哩。当然,你要一直想在这儿哭也行,想喊人还行,想去乡上告我更行!你只要不想要自己的名声,不想在这楚王庄住下去,不想一家人安安稳稳地过日子,你干啥都行!

呸!暖暖把一口唾沫吐到了詹石磴的身上。

好了,消消气,门后的盆子里有水,把你的脸洗洗。詹石磴声色不动地说。咱是一回生二回熟，越弄越有滋味，哭啥？这种事有啥不得了的？！能难受得要死要活？比得了伤风发烧比受了凉拉肚子还难受？我就不信！

猪……狗！暖暖嘶声叫着……

暖暖那天走出詹石磴的院子时，去丹湖湖边站了好久好久，那种受了奇耻大辱的感觉使得她真想立刻就跳进湖里去死，死，死了就再不用去操心还账，再不用去操心给公公买药治病，再不用去操心盖房子，再不用去看开田那张忧愁的脸，再不用去想世上的任何事情，也再不会去受这样的侮辱……可她舍不得的东西也太多了，开田和儿子，爹、娘和妹妹，公公和婆婆，特别是儿子。一想到儿子从此将失去她的照顾，她的心就疼得受不了了……

她冷静下来后在湖边蹲下洗了洗脸，她把水捧起浸在脸上，在心里叫：老天爷，凌岩寺里的佛祖，还有湖神爷，你们该看见詹石磴对我做了什么，你们要是还能显灵，就治一治他吧……

暖暖勉强装出正常的神色向家里走，刚迈进自家的院门，开田就迫不及待地迎上来问：咋样？他答应了么？

盖吧，就在院门前的空地上，咋盖都行。暖暖淡声说。

真的？开田脸上露出了喜色。

还能有假？！暖暖的声音一下子带了怒气。

好，好，可你的眼咋有些发红？

进了灰揉的,丹根,快过来让妈亲亲。暖暖赶紧转移话题,她怕再有一霎她就会因忍不住委屈而流出眼泪。所幸开田也没再细问,他已经高兴地出门去叫泥水匠了。

在开田盖房子的那些天,暖暖一次也没有走出院门……

（21）

开田沉浸在盖房子的忙碌之中。在乡下,盖房子对任何一家来说都是大事,对开田更是这样。这三间房子几乎把他家里所有能投的东西全投了进去,还不说赊的那些砖和瓦。还好,房子盖得颇为顺利,开田请来的泥水匠、木匠和漆匠都很尽力,质量也还不错。完工的那天,尽管家里除了一点粮食再无别的任何东西,开田还是觉到了高兴,他把儿子丹根高高地举过头顶笑道:我们旷家办成一件大事了！暖暖当时啥也没说,只是背转脸抹了下眼睛。

楚王庄的人对开田盖起三间新房子多是不解,觉着他家的房子又不是不够住,家里有病人,外边又欠了一屁股债,不想着还账倒先去盖房子,真他娘的不会谋划着过日子。个别当初买他锄草剂的人家,还走到开田的新房门前说:开田,你敢盖这房子,就证明你小子手里还有票子,为啥不还了欠我的那点钱？逢了这时,开田就紧忙抱拳作揖道:还,还,我在记着呢,手上一宽裕保证马上还！

房子收拾好不久,冬天就到了。开田用剩下的碎木料又打了八张简易床,在新房的东西套间里各放了四张;又用家里过去积下的高粱秆织了八领箔,去舅家表哥那儿又借了点钱买了八床褥子,让暖暖和娘缝好了八床被子。当这一切收拾好后,开田和暖暖开始焦急地等着北京谭老伯的消息,他们现在最怕的就是谭老伯改变主意,天哪,你可是一定要来,你要不来,我们这日子怕是都过不成了,投入的东西太多了!快到学校放寒假那些天,开田和暖暖吃不下睡不好,一天几遍地跑到丹湖边的小码头上去看,只怕谭老伯不来了。

还好,谭老伯说话算数。在一场小雪过后的一个后晌,开田正在院子里用垛起的干草喂羊,就听见谭老伯在院门外喊:开田、暖暖在家吧?开田闻声高兴得一蹦好高地跑到门外去迎,好家伙,他果然是带了一帮青年学生来。开田一数,连谭老伯一共是十一个人,四女七男。谭老伯笑着:我信上说只带七八个人,临时又加了名额,你这里怕是住不下了吧?

住得下,住得下!暖暖也在脸上露了笑意,她已经许久都没笑了。她让开田在新房子里安排住八个人,四男四女,让谭老伯一个人住在原来的仓房里,让另两个男的住她和开田的睡屋,她和开田、丹根仍搬到灶屋里打地铺。谭老伯看着旷家的新屋直夸奖:好,好,我原来还以为你们帮我去邻居家找了房子,得分散住,这下好了,大家晚上也能聚在一起讨论问题。这三间房子已有了客栈的味道,怎么样,我给你这新房子起个名字行吧?

中，中。开田笑着。

谭老伯转对他的一个学生问：我走时让你带几支毛笔和一筒红漆以备考察时做记号，带了吗？那学生一边答着带了带了一边就去背包里掏出了毛笔和红漆。谭老伯拿过笔，蘸了漆，在新房的门楣上唰唰就写下了三个字：楚地居。学生们都拍手说好，开田和暖暖虽看不出好在哪里，可也拍了手。把人们安顿下来后，暖暖就紧忙问自己最关心的问题：谭老伯，这每人每天的费用您说个数，我们好去操办！

咱们之间好商量，我先说个数，你们嫌少了就再添些，连吃带住加上你们其中一人当向导，每人每天付你一百块，如何？

中，中。开田不敢让自己笑出声，天呀，这一天就是一千一百块哩！咱啥时做梦一天挣过这么多的钱？

先给你六天的钱，你抓紧去买米买面买菜买肉，顺便再买十一个枕头。你既然开了这楚地居客栈，就要给每个客人配个枕头。谭老伯边笑着说话边给开田数出了六千六百块钱。开田捏着那些钱手都有点哆嗦了，长这样大，他的双手可是从来没有一次拿过这样多的票子。他回到灶屋，摸出那些钱先让暖暖看看，然后抽出二百块钱装进自己兜里，把剩下的钱一张一张仔细地全塞进暖暖胸前的贴身衣袋，直塞得暖暖的胸脯鼓起好高。暖暖说：还不如把钱放家里，你看我这胸脯子，高得像刚生了丹根时那样，多难看。开田说：还是塞到你胸口我放心，难看就难看

湖光山色 167

吧。接下来，暖暖开始为谭老伯他们准备晚饭，开田自己骑上从麻老四那里借来的一辆破自行车，赶紧去聚香街上买了枕头买了几斤猪肉几斤羊肉几只鸡和一些青菜，外带一瓶三块六毛钱的白干酒。回来时顺便拐到岳父家，要暖暖的妹妹禾禾明天过来帮忙做饭，并且声明：每天给禾禾开六块的工钱。岳父一听有些不高兴：说啥工钱？该帮忙就帮忙，哪有一家人办事先说钱的？

当天的晚饭就在新房的当间吃，没有可供十一个人围坐的大桌子，开田就把灶屋的两扇门板卸下，并排放在地上，把饭菜摆在门板上。因为是头一顿饭，暖暖做得很丰盛，肉块子切得也很大，好让他们有嚼头，又把那瓶酒分倒在两个大碗里，让大家轮着喝。谭老伯和他的学生们在城里显然没有按这样的方式就过餐，一个个都觉得新鲜，吃喝得十分兴奋。村里的小孩子们见一下子来了这样多的城里人，也都感新奇，便围在门前看热闹。开田去赶开那些孩子们时，忽听麻老四站在近处的暗影里问：开田，来这样多的城里人是要干啥？亲戚，都是亲戚，来看看我爹娘。开田答，他可不想让麻老四知道真相。尿亲戚，你以我是傻瓜？我刚才问过两个城里的学生娃，他们说他们过去根本不认识你。是，是，他们中只有几个是咱亲戚，剩下的是这几个亲戚带来玩的学生。开田又紧忙遮掩。你驴日的肯定在玩名堂！你玩吧，老子早晚会弄明白！麻老四使劲朝地上吐了口痰。你看你看，四哥，我给你说瞎话弄啥？开田有些着慌，他怕麻老四弄明白了真相，会抢走他赚钱的机会。谁家不会让人留宿吃饭？谁家不会带人上山去看那石头堆的长墙？

第二天吃早饭时，暖暖的妹妹禾禾来了，开田说：你姐昨晚熬夜蒸包子预备我们今天带上山，累得够呛，你今儿个多辛苦点，让你姐歇歇。暖暖挥手让他快走：家里的事不用你操心。开田于是就带着谭老伯他们一行人上了后山。

到了山上见了长城，那些学生们自然又是一阵惊叹。这时他看见有个小伙子从一个小箱子里抱出了一架机器，对着楚长城就嘤嘤响了起来，他很感新奇地问这是啥家伙？那小伙子说：摄像机，拍电视片子用的，你看过电视吧？那里边的东西都是用它拍的。开田惊奇地上前摸摸，有些不相信地问：你能把这楚长城拍到电视里去？那小伙子笑着点头：当然。这当儿，就有一个女学生拿了个玉米棒子似的话筒，站在那摄像机前一本正经地说：我现在就站在丹湖西岸的楚王庄后山上，我的身后这条用石头砌成的石墙，就是前不久经谭文博先生考察，认为是楚时修的长城的一段……开田看着那女学生，觉得她的声音很好听，脸也长得耐看，可奶子不大，胸脯没啥看头，屁股也小，没有让人想摸的感觉。要是暖暖穿上新衣服站在那儿，准定比她好看比她让人心动。正这样想着，那嘤嘤响的摄像机忽然朝他对了过来，他吃了一惊，忙向在一旁测量着啥的谭老伯跑过去叫道：老伯，你看你看，它咋会对着我了？谭老伯笑道：你对这楚长城的考察也出过力，拍拍你也是应该的，你也可以把你对这长城的了解说说。说啥？这东西老辈子就撂在这儿，我爹小时候就在这儿放羊，我小时候也经常来山上砍柴，累了，就在长城上睡一阵，有时也在上边撒尿，没有谁知道它的金贵，自打谭老伯你来了一趟，才让人想起它了……

开田那天还跟谭老伯说了好多话，没想到拿机器的小伙子都把他和他的话弄到机器里了。傍晚下山的时候，那小伙子就放给开田看，开田一见自己出现在一个小电视机里，又是挥胳膊又是跺脚地不停说话，吃惊之余又十分欢喜，连声叫着：我日，我日，我日！

就是从这天起，谭老伯他们开始了他们的考察活动。他们从长城的起始处开始，又是用眼观察，又是用钢尺测量，又是用锤子敲打，又是用钢笔记录，又是用摄像机和照相机拍照，上上下下，跑左跑右，忙得不亦乐乎。开田的任务就是给他们说出周围的山、谷、川、河、村、坳的名字，说出大树、灌木、野草、石头的叫法，指出上山下山的路径，判断天是阴是晴有风没风风大风小，再就是提着两暖瓶开水，背着中午吃的肉包子和咸菜。天很冷，山上的风比山下的风还要扎人，吹得人脸生疼生疼。开田看着他们嘴上哈着白气在石砌的城墙上下忙碌，心里直想笑：这划得着吗？可他却希望他们能长期这样忙下去，他们忙一天就要给他一千多块钱哩！

有一天谭老伯他们正在忙,开田放下身上的东西去一个山坳里撒尿,忽然看见麻老四在那个山坳里趴着,开田吃了一惊,叫:你在这干啥?!麻老四冷笑着:干啥?弄明白你小子玩的把戏!开田故作听不懂:啥把戏?我能有啥把戏可玩?麻老四道:你不是说你这些亲戚是来看你爹娘的吗?那他们跑到这山上干尿?开田笑着:城里人到了乡下不是觉得新鲜嘛,总想四处走走看看。这山上他们没来过,就上来了。麻老四瞪起了眼:你他娘的去骗傻瓜吧,我这双眼又没瞎,他们明明在量那条石头墙,你以为我没看见?你老实说吧,他们是不是想买这石墙上的石头?开田一听,差点大笑起来,狗日的麻老四,咋能往这上边想?!不过开田觉得,让他这样想也可以,只要他不来干扰自己挣钱就行,于是就故做神秘地说:他们是有这个意愿,不过眼下还没说要多少。麻老四一听这话,扑过来抓住开田的手恳求道:一旦他们定下来要,你可一定要给我通个信,让你老哥我也挣点钱。这石墙上的石头从来没人管,扒着又十分容易,我一天就能给他们扒下来五六方石头,他们真要买,可是咱赚钱的一个好机会。我们兄弟虽不同姓,可平日也是亲如手足,咱俩一定要共同富裕呀!开田连忙点头,心中却冷笑道:亲如手足?当初因为锄草剂的事,你差点就对老子动手了。共同富裕?你做梦去吧!……

麻老四的跟踪让开田再次意识到,事情的真相早晚要被村里人知道,靠留人吃住和当向导赚钱的事,别人早晚会跟他争着做。自己必须继续做准备,好让将来别人来争着做这事时自己处于更好的位置。

谭老伯他们的考察活动,一共持续了十二天。十二天里,开田和暖暖一直在紧张地忙着,不过收益也的确很大,谭老伯给的总钱数是一万三千二百元,买吃喝用品只花去了一千五百多块,剩下的都装进了暖暖胸前的那个口袋。谭老伯临走那天,拉着开田和暖暖的手说:我们这次回去,会将在这儿拍的电视片交给电视台播放,那样,知道这楚长城的人就会更多,也许,以后来这儿看长城的人也会越来越多,你们这楚地居客栈都会盛不下的。开田嘴上没说啥,心里却在欢喜:但愿但愿,人越多越好……

谭老伯他们走后,开田先把盖房子时欠窑上的砖瓦钱全部还上,又给当初被锄草剂毁田的人家每亩还了一百块钱。剩下的那些钱开田让暖暖用针线缝死在她胸口的衣袋里,那是一个夜晚,开田手捏住衣袋口让暖暖缝,暖暖穿针走线时开田说:真没想到咱这小家小户也会有这样大一笔款子,有了这笔钱和那三间新房子,我这心里就不慌了。暖暖没有说话,只是默默地缝着,缝完,低头咬断线,就脱衣躺下了。开田看了眼暖暖那丰腴白嫩的身子,一下子又来了劲,俯过身就亲起暖暖来。待亲到暖暖的脸颊时,嘴唇忽然触到了水,他始是一愣,后来才明白那是暖暖在流泪,不由一惊:咋了?哭啥?暖暖抽咽着越发哭开了。开田慌了,问:究竟是为啥?咱这会儿应该高兴呀!他哪里知道,暖暖是因为忽然想起自己为盖房子所受的那些屈辱才伤心的。见开田愣在那儿，暖暖只好说：我是为咱赚了钱高兴。开田一听，才又笑了起来，说：咱们高兴的时候还在后头，谭老伯不是说了，以后来看这楚长城的人，还会更多？！

要真是来看长城的游客更多了，咱楚地居客栈能盛下？这次接待十一个人咱一家三口就得打地铺，要是一次来十三个人呢？住哪儿？暖暖看定开田问。

还能一次真来十三个人？

不是没有可能，万一真来了呢？

那依你的意思咱该咋办？

再盖几间房，把咱这楚地居客栈弄大。

还要盖房子？把咱刚赚的一点钱再扔出去？开田吃惊了。

不是扔，电视上说这叫投资。咱乡下人不是也说，舍不得娃子套不住狼吗？

詹主任让盖么？

暖暖的脸上现出了一股恨意：我当初去见詹石磴要宅基地时，他说过我们可以随便盖，想盖多大就盖多大。

那……就盖？

盖！大不了我们盖完之后没人来住，就再卖了它！

（22）

没有再对任何人说，旷家就又盖起了房子。因为兜里装有钱，两口子这回扩建房子时就容易多了。木料、石灰是买的，砖和瓦还是到窑上赊的。窑主这时对开田已有了信任，他说赊多少窑主就给多少。暖暖大着胆子，说既是又动工盖一回，就干脆多盖几间，在楚地居客栈的东西两边各盖三间厢房，在南边垒了一道院墙起了一个门楼，这样，楚地居客栈就成了一个很规整的院子。

村里人这时就越加惊奇：开田的儿子还小，娶儿媳妇还遥遥无期，干吗要花如此多的钱来盖房子？麻老四笑着：开田，你是不是打算盖了房子好在里边像驴一样打滚玩？开田笑笑，并不答话。詹石磴也有些意外，专门来到旷家盖房子的工地上满眼狐疑地看着，不解地问开田：你是准备盖了房子卖么？开田不置可否地笑笑，更不敢说出真正的用意。暖暖她爹楚长顺觉得女儿家一次盖这样多的房子是不会过日子，就过来对开田和暖暖说：干啥事都要量力而行，你们外边还欠着别人的钱，这样大兴土木不怕破产么？暖暖把爹让到屋里小声说：俺们这是打算盖好后接待客人用。楚长顺更是不高兴道：咱这个偏僻地方，哪有外人来当你的客人？你以为这是南府城呀？开田站在一旁也不解释，只笑着说：爹你放心，没有八成把握我们是不会干的。老人叹了口气道：你们可别再像上次买锄草剂那样上了当！

没想到暖暖爹的担心还真应验了，房子盖好几个月，也没见一个人来看楚长城；没有人来看楚长城，自然也没有人来楚地

174　　　湖光山色

居吃住。这样多的房子空在那儿没有用处,可让开田着急了,他夜里唉声叹气地说:咱的好运莫不是就那么一点点?已经过去了?也许当初不该冒然把钱都扔到这房子上,如今手里没有一个活钱,可怎么好?暖暖拍拍他的后背说:别慌,沉住气静等,我不信对这楚长城感兴趣的只有那么几个城里人。可等来等去,依旧不见一个人影。暖暖的心里就也慌了,当初赊窑上的砖瓦其实是有利息的,赊一千块砖一月的利息是五十元;赊一千片瓦一月的利息是六十元。若房子一直这样空着不挣钱,这利息就有些背不起。于是她便对开田说:你在村里放放口风,就说咱的房子想卖,看看有没有人愿买。开田一边后悔地捶着腿,一边忍疼点着头。

开田想卖房的口风放出去很久,才有一个长年在西岸山坡上放蜂的外地养蜂人来问价钱,开田让他实心实意地出个价,那人说:我一个养蜂的能有多少钱?给你五千块顶住天了。暖暖一听这个价,还不够还欠人家砖瓦窑主的钱,急忙把头摇着说:不卖,不卖!楚长顺听说了开田和暖暖要卖房的事,当下跑过来埋怨道:你们这不叫过日子,这叫瞎倒腾,都是二十几岁的人了,怎么连划算着过日子都不会?俗话说,吃不穷,穿不穷,划算不到会受穷。你们这样个干法还能不受穷?开田是原本就不敢在岳父面前说话的,这时只能吞吞吐吐地回口:这个…不怨……我……暖暖笑着说:爹,这的确不怨开田,盖房的主意是我出的……

一天晚上,暖暖和开田正坐在新房屋里发着愁,青葱嫂忽然兴冲冲地跑进来叫:开田,快去看,电视上播你了!开田和暖暖闻声一愣,开田最先明白过来,丢下抱在手上的丹根就跑了出去。可待他和暖暖跑到青葱嫂家里,电视屏幕上已经没有开田了,只有谭老伯还在上边。老人正笑着介绍楚长城的长度、宽度和高度以及石块的砌法。开田惊奇地看着电视里的画面,我的天,照得这样清楚。谭老伯脸上的那根白胡子都看得见,他脚下的那丛茅草也看得那样明白,还有城墙,石块与石块之间的缝隙也看得很清。狗开田,你只顾着你一个人上电视,为啥当时不告诉大家一声,让俺们也跟你一起去沾点光!青葱嫂笑着骂道。开田只是一个劲地傻笑着说:天,真没想到,真没想到。

开田和后山上的石墙上电视的事第二天就在村里传开了,人们都觉得惊奇和意外,可没有一个人理解这件事的真正意义。人们都只在议论开田凭啥能上电视,麻老四带了几分鄙夷对开田说:当初那些城里人来,你小子跑前跑后,原来就为上一回电视呀,尿,这事老子不眼气!詹石磴也只是不屑地笑笑:上一回电视有啥不得了的?我们这些主任在乡上开会,南府电视台的人来拍过几回哩,只是在电视里放时你们没看到罢了。开田也只是觉着高兴,并没想别的,只有暖暖心里知道,他们扩建楚地居这事是办对了,赚大钱的机会就要来了。

开田上电视这事过去没有多久,一天正午时分,楚王庄的村边码头上忽然一下子靠上了几条像黑豆叔家小船那样的运人船,从船上呼啦啦下来了二十几个年轻大学生。学生们嘻嘻哈哈地下船之后,就径问旷开田家的住处,直向旷开田家走。开田那阵子正在自己的老院子里吃饭,猛见这样一大群城里学生站到院门口,一时有些发怔,不知发生了啥事。暖暖立时明白是自己盼望已久的生意来了,忙站起身说:是来看楚长城的吧?欢迎欢迎。这时学生中的一个领队自我介绍说他们是河北大学历史系的学生,就是来游览楚长城的。开田这才急忙放下饭碗,领了这群学生向新盖好的楚地居客栈走。开田数了数,一共是二十二个人,七女十五男,完全住得下。只是新盖的东西厢房只安了床,还没来得及买被褥、枕头,开田把女学生安排在正房里住,让男学生们分住东西厢房。学生们见房子和床都是新的,院子里很干净,就很满意。开田先说被褥晚饭时可以铺好,然后就同那个领队的谈食宿价钱。领队问:过去谭先生他们来住宿是多少钱一天?开田说:他们连吃带住加上当向导,每人每天一百二十块钱,你们人多,可以少交点,每人每天一百一十块咋样?那人略一思索点头说行吧,就掏出了一叠钱数出四千八百四十块交到开田手上道,先给你两天的费用,两天若不走,就再付你。开田喜滋滋拿了这钱,先去给暖暖看了看,然后让她把其中的两千元先缝进她胸口处的袋子里,之后又交给她几百块钱,让她准备晚上的饭。接下来他去找了岳父,给了他一千多块钱，请他再找个邻居帮忙，拉上地板车去聚香街上买十四床被子和褥子另加十四个枕头，务必在天黑之前回到村里，两个人的工钱是五十元。楚长顺听罢瞪了一眼女婿：跟我你还讲钱？！开田就急忙说：好，好，不讲钱。之后开田又对暖暖的妹妹禾禾说：你还得过去帮你姐姐做饭，把这拨客人送走后给你买一条裙子外加一件衬衫。禾禾笑着说：姐夫的空口许诺最大方！开田忙笑着保证：一定说到做到！

那些学生们洗了手脸，歇了一阵后，就提出要上山看长城。暖暖想延长他们住宿的时间，多住一天就是两千多块钱哩，便说：这个时候上山太晚了，还不如让俺们娃他爹现在领你们去丹湖边玩玩，明天一早再上山。领队的说：好，就去湖边玩玩吧。暖暖便把开田叫到一边，给他做了些交代，让他带着那些学生去湖边了。

村里人一见来了这样一大群城里学生，都觉得新鲜，便纷纷出门看着开田领了他们向湖边走，互相探问着这些人是来干啥。詹石磴也觉着十分惊奇：娘的，这些人来村里怎么会不找我倒先去找了旷开田？村里的娃娃们都欢喜地围上去，新奇地看着那些大学生们。詹大同家开的小杂货铺就在湖边，里边摆着些晒干的葵花盘，那些学生一见，争着上前，转眼间就把几十个葵花盘子买光了，詹大同大喜过望，平时他一年也卖不出这么多。他拍拍开田的肩小声说：谢你了，这是你小子办的唯一一件好事！

湖边除了一些青草、芭茅、柳树和地上的一些野花之外，并没有多少惹眼的东西，那些学生们照了一阵相之后，就问开田还有什么可看的地方。开田心里着急起来，眼看离天黑还早，要是没有可看可玩的，这些学生们肯定会不高兴。急切中他想起了谭老伯上回说过，当年秦兵追赶楚兵时，曾在这丹湖边有过一次大战，于是便一本正经地说：你们要仔细沿着这湖边走走看看，这里其实是一处古战场。当年，楚军和秦军在丹阳大战之后，败退的几万楚军来到了这里，准备歇息歇息再战，没想到十万秦军紧跟着追到了这儿，两下就在这湖边再次摆开了战场。楚军是惊魂未定，秦军是乘胜追击，战争打得十分惨烈，结果几万楚军将士大部战死，据说当时这湖岸上全是尸体。

哦？学生们顿时都安静下来，凝望着湖岸旁的草地和湖里清澈的湖水。

也许，我们还有可能在这儿找到当年战死者留下的兵器。一个学生说罢，众人便都沿着湖边向前走了，边走边留心地看着脚下的草丛。开田松了一口气，跟在他们身后走。但愿他们能真的找到一件旧时的兵器，他们总算有了事做，只要能拖到天黑就行，他们多住一天我们就可以多赚一天的钱呐。

我过去读屈原作品的时候，领队的人这时忽然开口道：曾看过一则史料，说屈原的《国殇》那首诗歌，是在这一带写的，是屈原为在一场大战中死去的将士写的祭祀乐歌，会不会就是为这场战事而写?

不是没有可能。一个学生接口。

另一个学生紧跟着背诵道:

操吴戈兮被犀甲,车错毂兮短兵接。

旌蔽日兮敌若云,矢交坠兮士争先。

凌余阵兮躐余行,左骖殪兮右刃伤。

霾两轮兮絷四马,援玉枹兮击鸣鼓……

开田默默地听着,他听不太懂,可他看见学生们都在认真地听着,心里也高兴:以后再来人,也要把他们领到这湖边,让他们在这里消磨一段时间……

第二天吃过早饭,开田就领着他们上了山。看到长城,学生们欢呼起来,人很快四散开,有的拍照,有的坐在石头上画起来,有的边看边在本子上记着什么。开田正要给几个学生讲讲当初谭老伯给他说的那些东西,忽听麻老四在背后高声叫道:旷开田,你过来!开田闻声一怔,扭身走过去问:四哥,有事?麻老四冷笑道:我这会儿才明白,你小子是借领这些人来看这道石墙,让他们食宿在你家,你好赚钱!狗日的,我问你几次,你都不说真话,一心要吃独食!你他娘的跟我还是邻居,你还有没有点邻居味?开田见他这样说,知道已瞒不过去,就笑道:四哥,你知道我因为锄草剂的事欠了大伙的钱,不想法子能行?你家产万贯的,伸出个指头比我的腰都粗,还在乎这点小钱?麻老四气哼哼地叫:明给你说,老子也要这样做,你别想再吃独食!说罢,扭身就走。开田心里暗道:只怕你小子这会儿动手已经晚了。

这批学生总共在楚王庄停了四天。开田和暖暖得了将近一万块钱,扣去各项开支,剩有七千来元,这使他们迅速还上了因盖房子而欠下的那部分款。这次接待,金钱上的收入固然重要,更重要的是让他们坚信了自己扩大楚地居客栈是对的。更让他们高兴和意外的是,那批学生走后的第三天,又有十六个山东的年轻大学生来了。山东的大学生刚走,河北保定又来了十二个学生。保定的学生还没走,开封又来了十一个。开封的那些学生那天由湖边上岸时,麻老四上前拦住说:我家也可以食宿,欢迎到我家去住。那几个学生先到了他家,原已准备住下,可一看旁边有家楚地居客栈,进去一看,房子是新的,地面、床、被褥和桌子都很干净,立马就又要住到楚地居客栈里来。直把麻老四气得吹胡子瞪眼睛,可终究也不敢拦。

这几批客人走后的一个晚上,暖暖对开田说:咱们该做一件事了。开田一愣,问:啥事?暖暖道:好好想想。开田搔着头发想了一阵,也终是没想出来。暖暖叹口气说:该去帮帮青葱嫂了,咱们当初欠人家的赔款,人家可是一分没要,咱现在手上宽裕了，不能忘了人家。

咋着帮？多给他们一点钱？

多给钱他们不会要，青葱嫂是多要强的人，能无故多要你的钱？我看这样，咱把青葱嫂雇到楚地居来，让她帮咱为客人们做饭。现在游客一多，做饭我已经忙不过来。她做饭的手艺比我还好，她一来，加上禾禾，饭菜上咱俩就不用再操心。我也能从厨房里腾出身子，好和你一起来忙接待、导游的事。她来做饭，咱管吃之外，每月给她开四百块工钱，她也好补贴家用。

四百块的工钱是不是太高？开田皱了皱眉头。

高啥？再说，咱不是想用这个法子来帮帮她吗？长林哥的断胳膊已经残废，他们家的日子比咱们前段日子好不到哪里去。

行吧，就依你说的办。

暖暖于是就找到青葱嫂，不说还钱不说帮助的话，只说请她来帮忙做饭的因由和条件。青葱嫂当然高兴，很爽快地答应了，责任田里的活原本就不够她做，她正想找个挣钱的门路哩。青葱嫂答应的第二天，就来上班了。暖暖一给她说完做啥饭炒啥菜烧啥汤，她手脚麻利地就去忙了。

暖暖知道麻老四没拉住客人对她和开田怀着怨气，心想都是邻居，为这事结下怨气不好，应该把挣钱的机会给他一个，于是就找到他说：你替我们带一批客人上山看石墙，我们一天给你二十五块，愿不愿干？麻老四拉不住客人，只好退而求其次，想一天挣二十五块也成,总比一块不挣好些。便心有不甘地说:行吧,你们旷家挣大钱我挣小钱,老天爷倘是看见,他会知道这不太公平!……

一连几批游客走后,开田有天晚上锁好客栈门回到后院,和暖暖一起去数挣得的钱。天哪,一沓一沓的,除了可把外欠的钱全部还完,还剩有几千元。开田高兴得手舞足蹈,在屋里翻了一个跟头。暖暖也觉得肩上和心里一下子轻松了,自从锄草剂的事出来之后,她从没有这样轻松过。她高兴地仰头向天道:钱呐,从今以后,俺们可不用去受你的欺压了!……

(23)

春天是越来越向深处走了,楚王庄的村边、湖畔、山坡和田埂上,青草绿得格外喜人,各样野花开得也越加惹眼了。提着竹篮拉着丹根去菜地里割头茬韭菜的暖暖,走在田埂上看着满眼的野花,心情愈加好起来。好日子还在后头!她对自己说。我们现在已有了楚地居这份资产,还能赚不来钱?妈,这是啥?在前边摇摇晃晃跑着的丹根,在田埂边揪了一串花问。喇叭花,孩子,这叫喇叭花。它可以干啥用?丹根瞪大了眼睛。它是让咱种庄稼人看的。种庄稼的人看了能有啥用处?看了就能心情好,小宝贝。心情好了能干啥?丹根瞪住妈妈继续问。心情好了就能——暖暖被儿子问得没了词,于是就弯下腰低了头,猛朝儿子的脸蛋上亲了一口道:心情好了就想亲你呀!边说边就胳肢起儿子的痒处来，母子俩于是就抱在一起笑成了一团……

由于要不断接待来看楚长城的游客，需要大量的青菜，所以暖暖就说服开田把湖边的这块庄稼地改成了菜地，种上了茄子、韭菜、西红柿、菜豆角、苋菜、芹菜、小白菜、菠菜、黄瓜等十几种蔬菜。开田种菜的本领虽没有种粮高，但因了这湖边的土地特肥，各样蔬菜的长势倒也喜人。暖暖今天就是来割头茬韭菜的，昨天又来了一伙山东的游客，游客们提出吃韭菜鸡蛋大包子，暖暖想前晌割了韭菜收拾好馅，后晌就让青葱嫂她们给客人蒸包子。

进了菜地，暖暖交代丹根站在田埂上玩，自己就下了菜畦割起韭菜来。头刀春韭异常鲜嫩，镰刀刃割断韭菜杆后，一股略带一点辣味的青鲜之气立时沁满了暖暖的鼻孔。她麻利地从割下的韭菜里抽出一棵最嫩的，掐去根和梢，转朝儿子叫道：丹根，来，尝尝。丹根闻唤跑到妈的身前，张大了嘴朝妈妈伸去。丹根嚼了几下，辣得他伸出了沾满青色汁液的舌头，惹得暖暖立时笑了起来，紧忙伸嘴将儿子舌上的韭菜汁吸到了自己嘴里。

太阳正在悠然地向高处走，天蓝得和清澈的湖水近似，几只鸟儿从地头的草丛里腾起，欢叫着直朝湖边的芭茅棵里飞去。暖暖把天上的鸟儿指给儿子看，自己随即又转身麻利地割起韭菜来，今天，是她许久以来脸上笑纹最多的一天。

割完一畦韭菜暖暖折回身时，忽然看见詹石磴站在自家地头，脸上的笑容顿时像受惊的鸟一样飞走了。她装着没有看见他，低了头继续去割韭菜，但手上的动作显然变迟钝了。嘿，见面怎么连个招呼也不打呀？！詹石磴这时带了笑开口道。暖暖听了依旧没有抬头，只照样割着自己的韭菜。倒是丹根这时走到暖暖的身边叫道：妈，有人喊你。暖暖这才停下镰刀，抬头朝詹石磴冷冷道：站这儿干啥？

到底是有钱了，口气大多了！詹石磴煞有介事地感叹道。暖暖呐，你过去见我时说话可不是这个样子。

暖暖恨恨地瞪他一眼：你要没事就赶紧走开，我可没有工夫跟你闲磨牙，我要干活了。

事情嘛，倒也没有大事，就是想来告诉你两桩事，一个，是想你，特别是——

你要再胡说我可敢用镰刀砍你！暖暖立了眉猛把镰刀砍到了面前的土里。

好，好，咱不说这个。詹石磴眯眼笑了一下，咱说另一桩事，你家靠着让去看石墙的城里人住宿，已经赚了不少钱。我打算对今后来到咱楚王庄的游客，实行分配住宿制，把他们分去各家住，好让其他人家也来赚点钱，实现共同富裕，如何？

暖暖的心里一沉，带了恨意说：你又想主意来难为俺们了！俺们赚这点钱容易吗？俺们要不这样做，欠人家的钱啥时能还上？

唉，谁让我是主任呢，当主任就得为全村人着想呀，上边不是说让所有人都富起来么？好事不能都让你一家去干呐。

那你也不能强着把游客分到各户食宿呀，人家游客愿住谁家就住谁家才对。

这道理你应该早给我讲讲，说实话，我是天天盼着见你哩。詹石磴眉眼都笑到了一起：在这楚王庄，我天天想见的人其实只有你，你那双奶子让我——

丹根，咱们走！暖暖知道他接下来还会说什么，拉起丹根的手，提了菜篮就怒冲冲地走了。走出好远之后，她才发现自己一只手里还紧攥着镰刀。狗东西，真想一刀砍了你！砍死你才解气！老天爷呀，你要是有眼，你就让这个做了坏事的人掉到湖里去！

施主忙呐。一声招呼猛在一旁响起，暖暖闻声抬起脸来，才见是凌岩寺里的天心师傅提一只小桶站在路边。暖暖忙鞠躬问候道：师傅好，你这是——

去丹湖放生。天心师傅指了指手中的小桶：每年寺里都要做几回放生的事，这是本寺先辈师傅们传下的规矩。

我帮你提桶吧。暖暖按下心中的不快，松开丹根的手上前要去帮忙。天心师傅忙摇头说：不用，就到湖边了，让老衲把事情做到底，心里才安生。说着，就头前走了。因为前边回村的路紧靠着湖岸，暖暖就拉着丹根跟在天心师傅身后走。到了湖边，只见天心师傅双膝朝着湖水跪下，双手合十放在胸前默念了一阵什么经文，然后伸手去小桶里捞起几尾不大的草鱼和一只小甲鱼放进了水里。

鱼,是鱼,妈!丹根这时欢喜地喊着跑到了天心师傅身边。

暖暖慌得想去拉住儿子,不想天心师傅已转身抱住了丹根,边看着那些放生的鱼儿在水中游远边轻拍着丹根的肩说:孩子,它们是鱼,可在佛家人的眼里,它们也和咱们人一样,是活物,是生灵,我们无权去取走他们的生命。丹根哪能听懂这些话,只是说:我外爷会捉住它们的,我外爷会下网逮鱼。暖暖听了这话脸上有些尴尬,天心师傅在起身时注意到了暖暖的神色,淡淡笑道:人入佛家和人在俗界,要求是不一样的。我们出家人做我们该做的事,你们可以做你们该做的事,两界中人可以互不相扰,你不必心中不安。

暖暖有些感动,忙把丹根拉到身边说:快给爷爷鞠躬。小丹根照妈的吩咐,胡乱地鞠了一躬。天心师傅笑着拍拍小丹根的头,而后抱拳道:老衲告辞回寺了。就在天心师傅转身的那一刻,暖暖忽然冲动地叫道:老师傅,有一句话不知当不当问?

佛家人主张,有疑即问,方能渐趋明朗之境。

你说人要是生出了憎恨之心可咋着办呢?

佛家人讲的是慈悲为怀,很少去说到憎恨,不过你今天既是问了,我就随便说说。天心师傅捻着手中的佛珠,声音缓慢:人的心里,在平常日子,是没有恨意这种东西的,有的只是对生活的某种期盼。可只要自己的身子、名誉和利益受到了别人的伤害，尤其是自己无错而对方有意的伤害，恨意就会生出来。在人心里的恨意中，憎恨是最重的一种，它通常是人感到自己受到了最厉害的伤害之后才会滋生。人心里的恨意，不管是哪一种，都会随着日子的来去慢慢变淡，可这种憎恨，变淡的速度很慢很慢。而且它常常会促使人去动手。

动手？暖暖的眼瞪大了。

对，就是报复，被伤害的人要让伤害自己的人也生出痛苦，报复不了伤害者本人，就报复他的家人亲友，甚至他的邻居和完全无辜的人。天下很多让人痛心的事，就是在憎恨的驱使下生出来的。正是因为这样，佛界中人把憎恨看作很可怕的东西，看作尔等俗世中人的最大威胁。我等僧众常念的经文中，就有祈求佛祖驱除世人心中憎恨的内容。

佛祖能么？暖暖问。

佛祖肯定会尽力。不过佛家讲的是人人可以修行，可以动手拔除自己心中的憎恨。施主何以忽然问起这个来？

我只是随便问问，暖暖努力一笑，请师傅随我去家里吃午饭吧。

谢了，老衲回寺了。天心师傅抱拳一揖，就转身走了。直到天心师傅走出很远，暖暖还拉着丹根站在原地。佛祖，我感到我的心中已生出了憎恨，请帮我把它拔除吧……

(24)

暖暖知道詹石磴一向说话算话，怕他真的把来看楚长城的人都强行分到各户，所以当晚就忙把詹石磴的话说给了开田。开田听罢也是一惊，忙问暖暖：咱们咋办？暖暖沉吟了一阵之后，说：我估计他这是在变着法子催咱给他进供哩，听说村里的胡大头每酿出一缸黄酒，都要先给他送一壶；詹国立每杀一头牛都要给他送十来斤牛肉；黑豆叔每卖出一批中药材都要给他送几条烟。咱接待了这么多客人，不给他上供他能心里高兴？罢罢，咱破钱消灾，就也去给他送点钱吧。送多少？开田有些心疼。五百吧，他那胃口，送少了恐怕不行。开田只好用写春联的红纸包了五百块钱，另外又抱了一箱原准备卖给游客们喝的卧龙白酒，去了詹石磴家。

詹石磴那阵刚吃过晚饭，正坐在饭桌旁剔牙，看见开田抱着酒箱子进来，一点也没意外，只是起身笑道：开田你可是稀客，快坐快坐，你抱这些酒来干啥？跟我还见外？你家如今客人多，让客人喝才对。开田自然心疼这些东西，可脸上还得摆满了笑说：主任你当初支持我盖客栈，让我赚了点钱，你说我能忘记你的恩德？你这里我早就说要来的，只是几拨游客连着到，弄得我手忙脚乱的，就耽搁到今天。喏，这几个零钱给孩子们买件衣裳，也算我这个当叔的一点心意。说着，就把那个红包塞到了詹石磴的衣袋里。詹石磴也没有推让，只是递给了开田一支烟说：

吸，娃他舅前几天捎过来的，红塔山，云南的烟，云南知道吧？在大西南，那个地方雾多，烟叶就滋润，味道正，做出的烟比咱们这儿的烟吸起来又平和又香。

开田把烟凑到鼻子下闻着，夸张地吸溜着鼻子赞道：香，这烟是香，可惜我不会吸！跟着又说：主任，来看石墙的游客，他们要真想去别家住宿，咱没话说，可因为我有了那个楚地居客栈，你就别强着分配，还是让我来做吧，日后真要赚了钱，还能没有主任你一份？我又不是傻瓜，还不知道这都是你关照我的结果？还能不知道谢你？！

詹石磴长长地吸一口烟，笑道：开田你说这话还算讲良心，当初，不是我救你，乡派出所能放你出来？当初，不是我让你盖房子，你能有这个楚地居客栈？只要你还在记着我这份情，那你就照旧做下去，至于村里人都想揽客赚钱的事，我替你挡住！只是你可不要一个月不照我一回面哟！

开田心里一惊：娘的，一个月就让给你送一回？不过嘴上还是紧忙应承着：那是那是……

和詹石磴有了这个约定之后，暖暖和开田的心算暂时安定了，接下来最让暖暖操心的，就是咋样才能让来看楚长城的人在自己的客栈里住的时间长一些。眼下来的游客，多不是对楚长城有研究兴趣的人，他们一般是后晌到，在客栈住下，第二天上山看一天长城，晚上下山再住一晚，第三天早饭后就走了，一共是两个晚上五顿饭。要是让每拨客人都能住上四个晚上,那赚的钱就能翻一倍了。暖暖于是就苦想留客的办法,她最先想出的点子是让游客们去看凌岩寺。凌岩寺离楚王庄不远,建筑规模又很大,除了寺内的殿堂壁画及和尚们念经做佛事的场面可看之外,还有为圆寂的大德高僧们建的塔林,有双珠山泉,有千亩竹林。如果游客们去游览一遍,也差不多得用一天时间。开田却有些担心,说:寺院到处都有,人家未必就愿去看。暖暖道:这就要靠咱的嘴了,咱得把游客们的心说动。开田摆手道:我可没这个本领。暖暖说:那我就来试试。

不久,就有一拨游客来看楚长城,客人们看罢长城回到楚地居吃饭时,暖暖就向他们说道:俺们这儿还有一处地方值得一看,那就是建于唐代的凌岩寺,离我们楚王庄也就三里远。这座寺是公元七百年间修的,距离楚长城的修建已经是千余年了。看罢楚长城再看凌岩寺,你会觉得我们的先祖真是不得了,修工事一修修出一条长城,修寺庙一修修出那样多的殿宇。看楚长城你看的是一种气魄;看凌岩寺你会看出一种精致来。这寺院一千多年来几毁几建,但只要它在,香火就一直很盛。在这儿拜佛祈愿最灵,丹湖西岸的人有句话叫:凌岩寺里烧炷香,家财人丁两兴旺……游客们被暖暖说得心动了,都表示愿去寺里看看。连站在一旁听的开田也有些意外,低声对暖暖道:没想到你的嘴变厉害了,说起来头头是道。暖暖笑着说:咱如今既是干了这一行,就得学着练练嘴，告诉你，为了说这些话，我可是看了几本书哩。

　　第二天早饭后，暖暖就带着那帮游客往寺里去了。在寺院门口，刚好碰见天心师傅，暖暖就忙上前鞠了一躬说：师傅，有一帮游客想进寺里看看，不会打扰你们吧？那天心师傅回了一礼说：哪能说到打扰？佛祖要超度众生，正期望着人们都能来到他的面前，快请进吧……那天，游客们先是被寺院里的恢宏建筑和精美壁画吸引住，后又新奇地看着僧人们做佛事的肃穆场景，最后又在寺院四周的参天古木、千顷修竹、百座塔林间饶有兴味地穿行，听蝉鸣鸟啼、泉水叮咚，直玩到头黑才回返。

　　这是一个很好的开头。

　　但遗憾的是，来去寺里看一趟也就一天时间，并不能使游客们停留太久。要继续想法子才好。那天，游客们走空后，暖暖边打扫院子边琢磨这事时，只见自己的爹提着两条鲤鱼来了，老人进院就对丹根喊：根呀，姥爷给你送鱼来了。暖暖忙迎上去接了鱼给爹让座，说：这鱼留下你和娘吃吧，丹根还能没好吃的？老人笑道：我昨天下湖，因是顺风下网，不知不觉中竟把船摇进了湖心三角迷魂区。我一看航标，慌得急忙向外摇，没想到就在这当儿，那带烟火味的烟雾出来了，罩得我的两眼连船头都看不清。我就闭上眼不变方向直劲摇船，还好，没出意外，很快就把船摇了出来。这两条鱼就是我从烟雾里摇出船后打到的，我想，这鱼和我往日打到的鱼不太一样，就带来让咱丹根尝尝吧。暖暖一听爹这话,心头不由一动:烟雾?三角迷魂区?对,可以带游客们去湖中心看看那奇怪的烟雾,管它是什么原因造成的,只要能延长游客们在咱家的居住时间就成!暖暖给爹把自己的想法说了,老人一听也来了兴趣,说,对呀,到湖中看看那烟雾,来回走慢点差不多得一天哩。老人自然明白客人们在楚地居客栈住的时间越长,女儿女婿赚的钱才会越多。

暖暖喊来在后院忙活的开田,眉飞色舞地说:待游客们看完楚长城和凌岩寺要走时,再告诉他们丹湖里有个迷魂区,能看见一种奇怪的烟雾,并且在这烟雾里能看见自己想要想看的东西。我想,游客们听了这话,没有几个人不愿去看看。

这倒是一个留客的法子,只是坐谁家的船去?咱哪有船?开田搔着头发。

就坐爹的船吧,把爹的渔船改作游船。暖暖说得很干脆。

啥?老人一怔:我不打鱼了?

打鱼能赚多少钱?一天累得要死,最多也就是二十来斤鱼,咱要是载人去游湖中三角区,每人每次最少要他十块钱,咱那船收拾一下坐十二个人没有问题,十二个人一趟就是一百二十元呐!游客多时,一天跑两趟你说能赚多少钱?

这……倒也在理。老人点着头:你们看着办吧。

咱说干就干,明天开田就去聚香街上买点漆,把船重漆一遍,弄得新崭崭的,再在船上固定十二个小凳子,把舱盖也再换成新的,待下一拨游客来,咱就试一回,行吧?

老人犹豫了一阵,算是把头点了。站在一旁的开田还是有些担心,说:万一没人去看呢?

干啥事不冒点险能成?咱当初盖楚地居客栈时不是也冒着险?暖暖拍拍开田的肩膀算是把事情定了。第二天她就催开田去买漆买其他什物收拾自家的那条渔船。十来天之后,那条原来看上去破破烂烂的渔船,便被开田油漆一新,改造成了一条颇像样的游船,船上固定了十二个凳子,每个凳子上还有一条安全带。

大约半月之后,从徐州来了一伙看楚长城的游客,总共二十一个人。暖暖照过去的办法,先安排他们在客栈住了一夜,第二天带他们上山看长城,第三天领他们看凌岩寺。第三天的傍晚,暖暖给他们说了看湖中迷魂区烟雾的事,为了引起客人们看迷魂区的兴致,暖暖说得极有诱惑力:俺们这儿还有一景,你们要是不看那可是遗憾。在我们的丹湖里,有个不大的三角区,在那儿经常可以看到一种奇怪的烟雾,坐船去近处看那烟雾,能在那烟雾里看见自己心里想要的东西;倘是不小心进入了那烟雾里,会晕眩会迷魂会有危险降临……那些人先上来多不相信会有这样一个地方,后见暖暖说得认真,就都半信半疑地表示愿去看看。第四天早饭后,暖暖和开田便带他们到了湖边。每人自动交了十元钱。之后,暖暖就带着十二个人先上了船。

那一天湖里风平浪静,天上的太阳也晶光澄亮,水面上的能见度很好。暖暖爹坐在船尾,稳稳地驾着游船。暖暖站在船头,一边给游人们介绍着四周小岛的名字,一边禁不住有些担心:游人们会感兴趣?

船到了湖心三角区外停下,暖暖刚说了一句:我们前两天看的楚长城和凌岩寺,是人造奇观,我们今天请大家看的是一种自然奇观——她的话音未落,面前原本平静的湖水上突然就有一股白色的烟雾生起并弥漫开来,游客们都瞪大眼惊叫起来:哟……

这烟雾暖暖过去看见过不止一次,可此刻见它毫无豫兆地突然升起,心里还是感到了有一种被震摄的惊诧生出来,她的眼睛一眨不眨地盯着看那烟雾变浓升高体积变大,最后,她在那翻腾着的烟雾顶部看到了一大片房子……

房子,这说明我心里还想要房子。暖暖喃声道……

当楚家的这条被改装的游船向岸边返回的时候,船上的游客们一直在议论纷纷,每个人的脸上都满是惊异和兴奋。船靠岸那刻,岸上的游客忙走到水边,大声地问着船上的人:喂,看到了吗?船上就有人应道:看到了!那烟雾真是奇了,硬是从水面上一股一股生起,而且能看见烟雾里还有各种景致……

开田朝岳父走过去,岳父正坐在船头默默地吸烟,开田轻叫了一声:爹,还行吗?老人点点头:还好,客人们都很高兴。开田把一卷钱塞到岳父的衣袋里:这是刚才收的那一百二十块船票钱。老人把钱又掏出来放到了开田手上:放你身上吧,万一我下湖出了事,不是扔到水里了?

那天剩下的一趟三角迷魂区之行也很顺利,游客们都为有这新的经历和见识而兴奋不已。直到晚上,客人们还在议论这次湖心之游,还在惊奇丹湖里竟还有如此神奇的地方,还在猜测造成那烟雾的缘由。因为有了游凌岩寺和湖心迷魂区这两个项目,客人们在楚王庄就又多停了两天两夜,开田和暖暖赚取的食宿费又多了不少。那天晚饭后,开田把二十一个客人交的二百一十块船票钱全塞到了岳父手里,老人有些不好意思,红着脸把钱又塞到了丹根衣兜里,说:咋能都给我?开田笑道:待下次我给船上安了机器后,赚的钱咱再对半分。说完朝暖暖使个眼色,暖暖就上前又把钱放到了爹的手里:让你拿你就拿住吧,放你那里和放俺这儿还不是一样?

(25)

湖中迷魂区之游很快吸引了游客,来游楚长城的人几乎都要再游一趟迷魂区。游客一多,只有暖暖爹那条装了机器的船就不够了,暖暖于是找到九鼎,说服他把他的渔船做番改装,改装费由旷家出,之后来替楚地居拉游客去迷魂区,每往返一趟给他六十元钱。九鼎觉着这比打鱼轻松多了,且收入有保证,就痛快地答应了。

旷家如今每天的收入已很可观,客栈里的食宿费,楚长城和凌岩寺的导游费,再加上去迷魂区的船票费,大小票子每天都够暖暖和开田数上一阵子了。但他们渐渐发现,有些游客由东岸过来,为了省钱,并不进他们的客栈找他们的导游,而是直接去看楚长城和凌岩寺,有的看完就支个小帐蓬在山上露宿。这些人的钱也必须要赚,你既然来到了楚王庄,就得留下点钱来。暖暖想了一宿,想出了一个主意。第二天一大早,她让开田去找到庄里有名的两个懒汉赤肚和大嘴,问他们愿不愿做不干活却能挣钱的事儿。两个家伙说那当然干。暖暖于是就让他俩各扛一根木头跟着她和开田走。两个人边走边嘟囔着:不是不干就能挣钱嘛,为啥还要扛木头?暖暖也不理会他们,只与开田拎着斧头和锯在前边走,一直走到后山脚下通往楚长城的那个路口。这路口宽不过五米,两边都是陡崖,上后山看楚长城仅有这一个路口可以过去。暖暖就和开田动手在这路口树了个简易木栅门,在旁边又搭了个很小的卖票棚子,让赤肚和大头两个人守在木栅门两旁,交代他们凡由此上山的人,只要不是楚王庄里的乡亲,一律得到卖票棚子里买一张十元的门票,不然,谁也不许上山。

暖暖说:你俩每守一天,给你们一人十元钱。这事儿的确既轻闲又能挣钱,赤肚和大嘴眉开眼笑地答应:中,中,中!开田在一沓白纸条上写了个"楚"字,盖上自己的私章,就算是上山门票了。他亲自卖票,外地来的游客以为这规矩是政府立的,就老老实实地买票上山,一天下来,开田竟弄了二百三十块钱,扣掉给赤肚和大嘴的,净落二百一十块。娘的,这可是白赚呐!开田高兴得几乎要跳起来,同时在心上后悔早没想起这个主意来。要是从一开始有游人来就卖票,那如今已经多赚了多少钱哟!

天在一天天地变暖,由东岸载游客过来的大小船只也在一天天地增多,终于,五一劳动节到了。开田长这么大,还从未关心过这个劳动节,更没有体验过这个节日的好处,可现在,他忽然知道了这个节日对于自己的重要。因为就在这一天,来楚王庄旅游的城里人第一次达到了一百九十七人。这么多穿得花花绿绿的城里人一下子都在楚王庄的湖边下了船,让楚王庄的人吃惊不小。大人小孩都涌出来看热闹,男人们新奇地看着游客们手上拎着的照相机、摄录机和奇形怪状的水壶,女人们则羡慕地看着女游客们的穿戴。麻老四的女人惊叹着:看看人家那裙子,敢把大腿都露一截,要在咱村里,不招惹得男人们去摸才怪哩!青葱嫂悄声说:瞧瞧那个女人穿的裤子,把屁股蛋子绷得那个紧哟,连屁股沟多宽都一清二楚,都不怕蹲下身时把裤子绷开了?九鼎的女人听罢笑了,说:裤子绷开了才能勾引男人哩,人家这才真叫浪,哪像咱们,就会躺到自己男人怀里哼几声!……詹石磴也意外地走过来看了一阵,他以为有人会问谁是村主任,没想到一个问的人也没有,谁也没有理会他,只有人在叫:谁是楚暖暖?哪位是旷开田?詹石磴只好在心里骂了一句:城里人有钱没处花了,跑到这儿来看烂石墙!暖暖和开田真是又惊喜又慌张,我的娘哟,竟然一下子来了这样多的游客?!暖暖一边让妹妹禾禾去上山的路口替开田卖门票，一边喊来麻老四和另外几个预先雇好的导游，把游客们分批领上后山去看楚长城，随后才又交代青葱嫂去把九鼎的老婆惠玉雇来，赶紧蒸馒头轧面条，预备给下山的游客们吃。可住怎么住呢？把游客们分到各家去住？一旦开了这个头以后就再难独干这一行了。一定要想个法子！暖暖拍着自己的额头在那里苦想，开田则揪着自己的头发在院子里来回转圈。暖暖想了一阵说：有一个法子不知能不能用？

啥？开田瞪住暖暖急切地问。

用高粱秆搭窝棚子，在湖边一下子搭它几十个不就成了？过去庄上有些人家办喜事，来的客人多了，就用的是这个法子，眼下天又不冷，我想能行。

中，是个法子。开田高兴地一拍手，我这就去办。随即便雇了两拨人，一拨人拉上地板车去聚香街上买被褥；一拨人拿上现钱去村里各家收购高粱秆。然后用高粱秆在湖边的空地上搭了近七十个简易窝棚，每个窝棚可住两到三人，窝棚的地面上一律铺上麦草和苇席，然后再放上被褥。由于窝棚的门口都对着湖面，每个窝棚一夜只收五十元，满是山野味道。看完楚长城下山的游客们见了都很喜欢这种住处，不到一顿饭工夫，窝棚就全都租了出去。

这一天，暖暖和开田可真是赚大了，仅上北山看楚长城的门票就卖出了一千九百七十元。禾禾这天奉姐姐之命卖门票，晚饭前来给姐夫交钱时,开田笑得嘴都合不拢了。晚饭时,青葱嫂和九鼎的老婆还有另外几个临时雇来的女邻居手脚不停地下面条、蒸包子,一碗面条卖到六块钱,一个包子卖到一块钱,还是供不应求。加上客栈里的收入和游凌岩寺的导游费,再加上去迷魂区的船票钱,开田这一天的收入接近万元。我的天爷爷呀,咱啥时一天挣过这样多的钱?!那天临睡时开田坐在床上数完当天的全部收入后感叹着,激动得连声拍着盖在腿上的被子。

暖暖那阵子正在解着衬衣的扣子,边脱边笑道:看把你高兴的。

五一节真他娘的好,最好能连着过!开田搓着手说。

要我说呀,一天赚多了也不一定就是好事。

这是啥话?开田瞪住暖暖,脸上满是不高兴,暖暖这时刚好已把衬衣脱去,两只饱满的奶子从小背心里呼啦一下挤了出来,落进了开田的眼里,开田脸上的不快随之淡了,他伸手便捉住了它们。

我有些累,今天……暖暖的话没能说下去,开田那时已压了过来。

得小心有人眼红……

暖暖只来得及又说了一句,床就惊天动地地摇晃了起来……

(26)

暖暖的担心还真是有理,五一、五二两天刚过,游客们才走完,先是乡上的税务所来人让开田交税。开田有了上次被抓的经历,一见戴大盖帽的就有些害怕,自然不敢犟,老老实实地把所得税交了。紧跟着,詹石磴就派詹大同来喊开田过去。那是傍黑时分,开田正和暖暖在客栈里叠放游客们用的被褥,听到大同的声音走到门口问：他叫我过去干啥？

说是要和你商量事情。

知道是商量啥么？开田先朝大同扔了一根烟,然后又倒了一盅酒递到他手上。馋酒的大同没有客气,仰脖吸溜一下把酒吸到了肚里。酒一下肚,大同就低了声说：听他的口气,好像是对你搭窝棚、卖门票的事不满意,说你胆子太大。

拿上点钱吧。暖暖小声交代。

开田送大同走远后呸了一口,低声骂道：啥尿主任,这不是催着要钱了？！骂完,在一个口袋里装了五百元,对暖暖说：我去他家一趟。暖暖叹口气道：少了。啥少了？开田没听明白。钱拿少了！暖暖说,你五百块打发不了他的。那你说再拿多少？一千吧。暖暖说。一千？开田心疼地瞪大了眼,他不动不摇地就要拿走一千五？见暖暖点头,开田只好又拿了一千元装进另一只口袋。

詹石磴就站在自己的大门口,看见开田便满脸愠色地问：我要不派人去喊你,你就不照我的面了？

哪里会呢,开田赔着笑脸跟进院子,我昨天就在想着,一把游客们送走,我就要赶紧来给你说说这些日子的情况,顺便把钱给你送过来。说着，掏出了一边口袋里装着的五百块钱要往詹石磴手上递。詹石磴瞥了一眼那叠钱就打开开田的手道：我不是叫化子，你也不必破费钱来打发我。我今天是以村主任的身份正式就两件事跟你打招呼：一件，是外边人上北山看石墙买票的事，要由村上来办，不能让钱都落你一个人的腰包里，那山是公家的山，石墙也不是你们旷家修的，明白？！另一件，是你用高粱秆搭窝棚的事，你那些窝棚占用的是公家的地盘，而且容易造成火灾，所以必须立马拆掉！

开田一听就明白詹石磴是嫌给的钱少了，忙又从另一只口袋里掏出了那一千块钱说：你瞧我，办事不知道先说明白，我今天带来的是两笔钱，这五百块，是人们上山看石墙门票收入的一半；这一千块，是供游客们吃住玩所得净利的一半。我给自己立了个规矩，不管赚多少钱，自己都只能留下一半，剩下的那一半得给主任，是主任你给了我赚钱的方便，我要忘记了我就是没良心，就不是人了！说着，把两笔钱全塞到了詹石磴的衣袋里。詹石磴的脸色这才有些转暖，不再掏出钱来推拒，而是指了一下院中的凳子对开田说：坐吧。我刚才给你说那两件事，是因为村里人已有反映，我也是不得已给你打个招呼。罢，咱不理它，既是你愿意干下去，你就继续干，我睁一只眼闭一只眼装没看见就行。开田又急忙道谢，边道着谢边在心疼那一千五百元钱。天哪，他不动不摇就把一千五百块钱拿走了，他拿走了你的钱你还得向他道谢,这可真是天下少见。也是实在心有不甘,他便又提出了一个要求:主任,我怕以后游客多了现有的房子住不下,想在门前的空地上再盖几间房子,你看行么?

随你的便吧,想盖你就盖。詹石磴挥挥手,算是送客。

回到家,开田给暖暖说了见詹石磴的经过,气哼哼地骂:王八蛋,他一不投钱二不出力,轻轻松松就把钱拿走了!暖暖早料到会是这样,半晌无语,最后才说了一句:你要不想受他的气,你就要争取去当主任!开田闻言吃了一惊,说:谁会让我当主任?詹石磴会把他的主任让给我当?暖暖冷冷道:没有谁说过楚王庄的主任就一定是他詹石磴当,主任不是过三年就要选一回吗?开田笑了:你做梦吧,谁会选我?咱一没权二没势,咱老老实实接待游客赚咱的钱吧。我刚才给詹石磴说了,他答应让咱们再盖几间给游客住的房子。暖暖点头说:房子是该添盖了,这窝棚应付一次行,不可能总让客人住窝棚。

接下来那些天,开田就又开始跑着买砖买瓦买水泥,家里由暖暖领着青葱嫂接待些零散游客。这天后晌,暖暖正和青葱嫂在客栈里收拾东西,看见几个城里人走进了院子。她以为又是来看楚长城的,就招呼他们进屋,告诉他们先住下,明天再上山。那几个人听罢一愣,说:上山干什么?我们不上山,我们来是为了看湖。暖暖又以为他们是来看湖心迷魂区烟雾的,忙说:这个时辰去湖心迷魂区也嫌晚了,等为你们找到船驶到湖心,差不多天就黑了。那几个人又一怔,问:什么迷魂区?我们不看。暖暖这才感到意外,问:那你们来是为了啥?其中一人答:我们来是专门为了看湖水。暖暖很惊奇:那湖水有啥看头?再说,你们从湖东岸坐船来时,不是就在湖水上走吗?还能没看过?那人笑了,说:我们用肉眼是已经看过湖水了,我们的任务不仅仅是用肉眼看,还要用各种仪器,把湖中各个水域的水都仔细检测一遍。暖暖这才注意到,他们的行李中有几个大箱子。暖暖更惊奇了,不过也不好再问他们仔细检测水是为了什么,只问需要她替他们做什么。其中一个头头说:我们在湖东岸打听了,知道你们这楚地居是西岸离湖最近收拾得也最干净的客栈,我们准备把你们的客栈包下来用十天,作为我们食宿和办公的地方,费用就按你们原来的标准交。顺便请为我们雇一条船,每天随我们下湖检测。暖暖一听这是好事,忙连连点头应道:行,行……

傍晚开田回来,暖暖给他说了新来客人的情况,开田也觉意外,自语道:专为了来检测湖水?莫不是咱这丹湖里的水出了啥毛病?开田决定弄清这件事情。第二天早饭后,讲好了租船的价钱,他就驾着改装后的岳父的那条小游船载着那些人下了湖。

那些人在船上摊开了一张地图,开田一看,上边写着"丹湖全图"。人们在上边指指画画,随后交代开田行船的路线:先沿着湖岸走一圈,再分别去湖的东南西北中五个水域。开田心中既吃惊又高兴,吃惊的是湖岸线好长好长,走一圈可不是简单的,得好几天时间,他们这是要干啥?高兴的是,他们租用船的时间越长,自己赚的钱就越多。接下来几天开田就驾船按他们的要求走,每到一处,那些人就忙着取水,用架在船上的机器观察着那些水,这让开田觉着好笑:湖水有啥子看头?这样走走停停,直走了一个多星期。一个多星期以后,船才回到楚王庄。和那些人已经混熟了的开田,拉住其中一个年轻人问他们这趟丹湖之行究竟是要干啥。那年轻人说:我们是来全面检测丹湖水质的,如果水质合格,一项调水工程可能很快就会开始。哦?开田瞪大了眼睛,他小时候听说过这大湖里的水要调往北方,可后来一直不见动静,以为是大人们在吹牛,如此说这是真的了?那你们检测后觉得这湖水合格吗?那人笑答:最后一组数据刚刚出来,这湖水不仅合格,而且是和矿泉水近似的优质水,不经任何净化就可以直接饮用。尤其湖心有烟雾的那片水域,水质比最好的矿泉水还棒。你们住在这湖边的人,有福气,常喝这湖水可是会活大岁数的!开田也笑了:俺们庄上的人和牲畜,平日真的是直接喝这湖水的。你这一说,俺记起了,俺们庄上活到九十岁以上的人还真是多,有个老六奶奶已经一百零二岁了,牙还能嚼吃炒黄豆哩!那年轻人大笑起来,说:这丹湖里的水日后调到北方了,我要天天喝,也争取能在一百零二岁时嚼吃炒黄豆!开田呐,这调水工程开工后,你们这岸边的村子,说不定会热闹起来。

热闹?咋样热闹?开田没听明白。

来看这湖这水的人肯定会多。

真的？开田的心里一动：要真是那样，自己赚钱的机会就会更多了。

当然是真的，北方的人们喝着丹湖里的水，自然会生出到水源地看看的心思，那个时候，只天津和北京两市，来的人就不会少了……

当天夜里上床睡觉时，开田把自己这些天看到、听到和问到的情况给暖暖说了。暖暖躺在那儿沉吟了一阵，说：看来这又是个机会，咱得做好游客增多的准备。你不是要盖房子吗？这一回该把房子盖得像样点，好接待那些大地方来的人。开田点头道：有道理，咱在房子的前后墙上都安上玻璃窗，把屋里的地坪弄成砖铺的，在屋顶下糊一层花纸顶棚，再请几个会做细活的好木匠，把床和桌子、椅子都做得有模有样，让人一进屋就不想走了。暖暖听到这儿笑起来：你吹吧，再好的房子，人也不会一进屋就不想走了，你看见过世上有这样的房子？有呀！开田笑着：咱家的房子就是这样的，我每回一进屋，一看见你脱了衣服躺在床上，我就真的不想再走了！去！暖暖的脸红了，猛把身子扭过去，把白嫩的脊背露到了开田的眼前……

(27)

旷家这次扩建楚地居，和前两次已大不一样，因为庄上谁都知道开田和暖暖手上有钱，所以啥事办起来就格外方便，人们也愿意来帮忙。说拉砖瓦,庄上的几个小伙拉上地板车就跟开田走了;说找木匠,庄上的几个木匠就提着工具赶了来;说要小工,九鼎他们几个小伙子就来到门前说:开田哥,暖暖嫂子,你们只管给俺们派活!暖暖和开田都有些意外,过去办事一向是他们去求别人,没想到如今是别人主动想来帮自家办事。两口子自然知道这是金钱的力量,别人晓得他们有钱了才这样做的。这让暖暖更感到了赚钱的重要。如果我们将来赚了更多的钱,我们办起任何事来可能都会更容易。詹石磴,总有一天,你会不敢再欺负俺们!

算上开田和暖暖他们自己住的旧院子,这回旷家是第四次大兴土木。扩建楚地居扩多大好,开田一时没有拿定主意。暖暖说:既是盖了,就盖大点。两口子最后商定:总共新盖十三间:正房五间,其中中间的那间房子变成连接老楚地居的通道;两间东厢房两间西厢房;大门两边各两间。四间正房和厢房日后当客房,大门东边的两间将来当厨房,大门西边的两间日后当餐厅。由于料备得足,请的匠人多,开工后也没遇坏天气,房子盖得很顺利,也就十几天时间,十几间新房就立了起来。一色的青砖、灰瓦、白墙,看上去真是赏心悦目。在楚王庄,像扩建后的楚地居这样两进的大院子还没有过。院子扩建好的那天,村里好多人都跑过来看。黑豆叔同开田开着玩笑说:一看这院子就知道你小子发了,老叔我要是刀客,今晚就来你家抢了!开田也笑道:我的钱都投到这房子上了,你来抢至多是抢几条破被子。我要去你家里抢,抢来的可是卖中药的票子哩!……詹石磴那些天去湖东岸到南府城里办事,回来一看开田家的新楚地居,也瞪大了眼许久没有说话。开田要扩建房子是经他允许的,可他没想到开田能一下子盖出这么多新房子。这一来,不仅房子的数量大大超过了自家,而且房子的漂亮程度也和自己的房子不相上下,看来这小子是真赚住钱了!他心里暗暗吃惊,一种受到威胁的感觉第一次在他心里生了出来。娘的,这两口子真要成气候了?!该杀杀他们的气势了!

旷家的楚地居扩建好后,暖暖对开田说:这么大的接待游客的院子,光靠咱俩来收拾打扫已经忙不过来了,咱得从村里的姑娘中雇三个人来,让她们专干这事,要不的话,就可能慢待了客人们。开田问:得给人家开多少工钱?暖暖沉吟了一下:管吃,工钱二百……

楚地居的扩建使楚王庄的人都看到了旷家的实力,听说暖暖和开田要招三个姑娘做楚地居里的帮工,每月管吃之外再开二百元钱,村里有十几家人都把自己的女儿领了来,求着暖暖和开田把孩子留下。暖暖和开田原以为招姑娘们来做这种侍候人的事会很不容易,根本没想到会出现这种场面。开田怕弄不好会得罪人,就悄了声问暖暖:咋着办好?暖暖那一刻心里很是激动,这是她嫁到旷家后,第一次有人来求自己。她笑着对那些姑娘和她们的爹娘说：你们愿来俺家帮忙，是你们看得起俺们。我眼下虽然只能用三个人，可我会记下你们的名字，我以后还会用人，凡今天没有留下的，我以后一定会去找你们。她那天挑了三个姑娘留下，剩下的走时也都还怀着希望。

楚地居扩建后没有多久，新房里边的床、桌和椅子刚刚做完，被褥还没来得及买，第一批来看南水北调水源地的客人可就来了。那是一个午后，暖暖正在屋里和开田商量着买啥样的被褥，忽听门外响起了闹嚷嚷的人声。两人出来一看，原来是一个全由城里老头老太太组成的旅游团，足有五十多人，每个人胸前都挂着一个大红的塑料牌。领队的是一个小伙子，看见暖暖和开田就走过来问：你们这楚地居能不能住下五十二个人？能住，我们就在这西岸停一晚，不能住，我们简单在西岸转一下就再坐船回东岸。能，当然能！暖暖急忙答。她心里飞快地算了一下，楚地居总共是二十一间房，准备当厨房和餐厅的房里也可先摆上床，其中十间房子里摆三张床，另十一间房每间摆两张，刚好可以全部住下。房价怎么算？那人又问。三人住一间，每人连吃带住一天一百元；两人住一间的，连吃带住每人一天一百一十元。好，那就住下了。那人挥一下旗子，下了决心。你们是想现在就进房歇息还是到傍晚再进房间？暖暖问时心里就在打鼓，新房子里的每张床上都还没有被褥哩，怎么让人进房歇息？还好，那领队的摇头说：现在不进，大伙先要沿着湖岸看一看水。你知道吗，我们这个旅游团全是由北京的老干部组成的，他们为了弄清这即将调往北京的水是否干净，特意借旅游的机会来个实地考察……

那天下午剩下的时间，暖暖让开田雇了一辆手扶拖拉机即刻去聚香街上买被褥，交代青葱嫂和所雇的九鼎的媳妇惠玉准备饭菜，安排雇来的那三个姑娘摆床收拾屋子，自己则自告奋勇陪着那些旅游的北京人沿着湖岸走，先让他们看岸边固堤的笆茅，看岸上种的葛麻草，看山坡上种的花椒、油桐和辛夷林子；然后鼓动他们分两批上游船看近岸清澈如镜的湖水；待他们对水质都放心之后，开始告诉他们此地有三个值得一看的景致：楚长城、凌岩寺和湖心的迷魂烟雾，不看你们就会遗憾终生……

暖暖用了她能记起的所有好听的词语，把楚长城、凌岩寺和湖心三角区介绍了一遍，最终把那些原本只是来看湖水的北京人的游兴挑了起来。他们纷纷向领队要求，延长在西岸的停留时间，把三个景点全部看完。暖暖见状心中暗喜：又要赚一笔钱了！

这些老人因为已退休有的是时间，干啥都不慌不忙，加上腿脚不灵便，行动迟缓，所以看三个景点整整用去了四天。这让暖暖喜不自禁：可真是财神爷送钱来了！四天里食宿费、导游费加上船费和上山的门票费总共收入近两万元，扣去买粮买菜买肉的两千多元，剩下的都装到了暖暖的衣袋里。这是楚地居扩建好后接待的第一批客人，也是用客房接待客人最多的一次。这批客人临走的时候，旅游团的头头特意走到暖暖面前说：你这楚地居在乡间接待游客的场所里，算是很不错的一家，尤其你们的饭菜，有乡间村野风味，让吃惯了大鱼大肉的城里人很觉新鲜，大家都很满意。我所在的旅行社以后肯定还会组团来这丹湖游览，我想和你先口头约定，你这楚地居作为我们的定点旅店，如何？

啥叫定点旅店？暖暖不甚明白。

就是我每次带团来都住在你的楚地居里，即使有别的团要住，你也要先尽我的人住。

暖暖一听是这个，忙笑着答说：行，行，我就怕我的楚地居里住不满人哩……

这次待客的成功让暖暖对今后的日子更有把握，看来下决心扩建楚地居是对的。照这回的收入，要不了几次就能把当初的投资全部收回来。客人走后的那天晚上，暖暖高兴地对开田说：今晚咱们把做饭的青葱嫂和惠玉，把导游的麻四哥、摇船的九鼎还有那三个帮工的姑娘都叫过来，温点黄酒让他们喝，也算庆祝咱新扩建的楚地居首次待客成功。开田分明有些舍不得，摸着后脑勺吞吐着说：都已经给他们开过工钱了，还用再花钱请他们喝酒？暖暖生气道：这样抠门？我这不是想图个喜兴？！开田见暖暖生气了，才忙点头应道：好，好，我这就去给他们说。

下酒菜做好，黄酒温热端上来后，暖暖举起酒碗说：这回咱扩建后的楚地居开张成功，全仗几位哥哥嫂嫂弟弟妹妹的全力帮忙。来，我和开田敬你们喝一碗！麻老四喝下碗中的酒后笑道：开田，暖暖，你们是咋样烧香拜佛弄出了这份福气？给四哥我说道说道，好让我也学学，日后也发它一回，也像你们一样盖上它几十间房子。青葱嫂闻言没待暖暖和开田说话，先开口笑道：咋样烧香拜佛？就是你三百六十五天别和俺四嫂同房亲热，然后再去凌岩寺里烧香磕头，保准能求来一份福气！为啥不准和老婆同房亲热？麻老四涎了脸笑问。身子不净心不纯嘛！青葱嫂说。麻老四嘻笑着转向开田：这经验是真的么？你们两口子真的是一年都不在一起睡一回么？暖暖羞得脸蛋红透，朝麻老四呸了一口……

喝罢酒送走麻老四和青葱嫂他们，村里人早已入睡，四周一片安静。暖暖和开田去楚地居里检查门窗是否关好，两个人由大门分开一左一右摸着黑分头逐间检查，检查到最后一间屋，开田忽然抓住了暖暖的手。咋了？暖暖一下子没明白开田的意思。嘿嘿。开田笑了，这院子扩建好咱还没在这儿睡过呢，咱得尝尝在这新屋里睡觉的味道。你呀！暖暖用手指在开田鼻子上点了一下，就随他进了屋。开田关上门后，一边把暖暖抱放到床上一边说：今黑里你别再拦我，我要完完全全放开做一回，平日里在老屋里做，既怕惊动老人又怕惊着丹根，总是小心翼翼的，不过瘾！暖暖在黑暗中笑了一下，捏了一下开田的脸颊轻了声说：

没羞!

　　这是自从有了丹根后开田最放肆最用劲的一回,弄出的声响惊天动地,可暖暖知道,这样的大院子,这点声音根本传不出去。她自始至终没去制止开田,只是闭了眼睛任他尽兴,到最后,她自己也不由得叫出了声……

（28）

　　因为没有客人要接待心里放松,加上两口子夜里做那事太用力,第二天早上开田和暖暖都没有按时起床,太阳都升起一竿高了,两个人都还在蒙头大睡。开田是因为太累就睡在了楚地居里,暖暖因为要照看丹根坚持回到了老院,可那阵子丹根早已熟睡在了奶奶床上,暖暖也就没再去惊动奶孙俩,独自睡了。到了平日吃早饭的时候,早已起床的丹根就嚷嚷着要去叫醒爹和娘,说他们平日总讲不能睡懒觉,凭啥自己睡懒觉?奶奶笑着拦住了他：往日有客人住在咱家,你爹你娘总是早起晚睡,难得有这样的歇息机会,让他们睡吧,咱们先吃,把饭给他们留在锅里,他们啥时起床就啥时吃。不想奶孙俩的对话声刚落,院门外忽然响起了村主任詹石磴的喊声：开田在吧?跟着,就见詹石磴站在了院门口。

　　开田娘见状忙上前让着：哟,是主任来了,快进院里坐,开田他还没起床,我这就去叫他。说罢,将院里的一把椅子朝主任手里一递,就忙不迭地向开田和暖暖的睡屋走。暖暖那时已被詹石磴的喊声惊醒,正满脸厌恶地披衣起身。看见婆婆进来,忙轻了声说:我不见他,你去楚地居里叫开田,他昨夜在那儿睡着。婆婆点头后又急忙出去向詹石磴道歉:让你等了,开田昨夜睡在前院,我这就去叫他。

暖暖这时已经穿好衣服下了床,隔了窗户看着坐在院里悠闲吸烟的詹石磴,一看见他,当初所受的那些侮辱就又在脑子里翻腾了出来,一股恨意便立刻从心里生出。狗东西,你来我家是要干啥?又想要钱?不是刚给了你一笔钱么?把人家用汗水换来的钱拿去自己花,你心里就那样安宁?!以为我们的钱是捡来的,可以随意来要?!暖暖的两只手不由得攥成了拳头……

主任,对不住,我睡过头了。开田这时边扣着衣扣边慌慌地跑进了院子。来,吸!跟着就掏出香烟朝詹石磴递过去。

不吸了,开田,你如今是楚王庄的富人,应该高枕无忧地睡大觉了。

哪里哪里,主任,你有事?开田赔着小心问。

是呀,没事哪敢登你这三宝殿?

有事你派个人来喊一声,我过去就是了,还劳你跑过来?

今天这事呀,是大事,所以我得过来亲口跟你说一声。

啥大事?有关俺家的?开田有些意外。

对。根据上边的规定,为了保证丹湖的水质,你们家的楚地居要停止接待游客,以免污染湖水,另外,后山上的石墙是老辈子就有的东西,你家也无权卖票和领人参观。还有凌岩寺,那是人家和尚们的地方,你也没必要总领着人去游览,谁愿看谁就自己去看,你们不要多管闲事。从今往后,你该种地还种地,你岳父该打鱼还打鱼,不要再瞎折腾了!

这——开田惊在那儿。

我这是正式代表上边和村委会通知你,你要敢违背,可要小心——

开田急了,脸通红地说:咱们不是说好了嘛,俺们收入的一半给你吗?

我可不愿再让你来搪塞我!詹石磴冷冷一笑:给我一半?你说我会信吗?你盖了这样大的一座院子,你给我的钱够我盖半个院子么?算了,咱们还是公事公办,停止,停止你们的全部活动!咱们大家都还像过去那样过日子!

那恐怕不行!暖暖这时冷着脸从屋里走了出来。

詹石磴闻声转过身子,眯细了眼不阴不阳地笑道:嚄,我还以为内当家的不在哩,怎么个不行呀?

我看过电视,电视上说在丹湖沿岸不准建工厂,以免污染水源,没有说不准在现有的不再后迁的村庄里建房接待客人,客人不就是解个大小便吗?大小便咱最后又都作为农家肥施到了庄稼地里变成了庄稼,这咋能会污染湖水?就是没有游人来,咱村里人不是照样大小便吗?你是主任,你还能不懂,正是因为有了农家肥，这湖岸上的庄稼、草木才长得欢实，湖水也才变得更清。

你还挺能讲的嘛！詹石磴的眼依旧眯着，你有你的理，上边有上边的规定，咱得照着上边的规定办。我既然告诉了你们不要再接待游客，你们就必须照着办！

上边的规定错了，也得允许俺们百姓讲讲理吧？暖暖的眼也瞪了起来：你说俺们盖了这么多的房子，不让搞接待，那干啥用？

那我就管不着了。詹石磴幸灾乐祸地笑着：你们可以当仓房嘛，把各样粮食都分开放在里边，把柴火啥的也都堆进去，还有猪和鸡，都可以圈进去。

暖暖的牙咬了起来，她真想骂出一句：说的全是混账话！可她最后还是压下了火气，让声音平和下来：明明有很多游人需要房子住，你就眼睁睁看着他们为没地方住宿作难？

这咱们就管不了了。詹石磴摊摊手：谁叫他们大老远地跑到咱们这儿来看水看石墙？水有啥尿看头？用石头堆的一道石墙值当来看？哪里没有寺院，值得跑到咱们这儿看凌岩寺？还有湖心区那股烟雾，我不信它就比城里那些五颜六色的灯光还好看？！我看他们是吃饱了撑得没事干才乱尿跑的，他们没地方住是自己找的，咱们没必要为他们操心！

我反正不能让我楚地居里的房子闲着！暖暖到底没能压住心里的那股火，话里带着怒气。

看来你们是身上有钱说话也硬气了,好,咱们就等着瞧!詹石磴冷冷地扔下这句话,起身就出了院门。

开田见状有些慌了,走到暖暖身边悄声说:他狗日的也火了,他肯定要对咱下绊子,咱接下来咋整?

啥子咋整?暖暖瞪他一眼,惹火了他他还能把人吃了?我就不信上边是那样规定的!咱们不能再像过去那样忍气吞声。

那天剩下的时间,一股怒气一直在暖暖的心里翻:詹石磴,你这会儿还想让老子去你面前乞求,不行了!

这件事过去的第三天午后,暖暖听见小码头上人声嚷嚷,就估计是又有游览的人来了。出门一看,果然,几十个城里男女正由小码头那儿向这边走,暖暖急忙喊出开田,两人快步向游客们迎过去,心想,我先把他们安排住下,看你詹石磴有啥子办法阻拦。没想到她和开田还没走几步,码头上就传来了詹石磴用铁皮喇叭筒喊着的声音:各位游客,根据上边要求,本庄上的所有人家不再接待游客,请你们务必在天黑前向东岸返,以免无处住宿!

暖暖和开田惊愣在那儿:詹石磴竟使出了这一招?!暖暖恨而无奈地盯住詹石磴的身影,在心里骂道:狗东西,你倒是先下手为强,心可真狠!游客们一听说西岸不能食宿,就有些慌了,上岸匆匆看了一阵,连后山上的楚长城也没敢去看,就又回到了送他们来的一艘船上,开始向东岸返。平日被开田雇来当导游的麻老四不知发生了啥事，奇怪地跑过来问暖暖：嗨，大妹子，主任为啥不让你们接游客了？

主任怕俺们累坏了，想让俺们歇息几天。暖暖咬了牙答。

嗐，他倒是管得细，他这一管，老子就要少挣钱了。麻老四嘟嘟囔囔地走开了。

一直站在码头上的詹石磴，这时带着得意的笑容向暖暖和开田走过来，一本正经地说：两位多担待些，本人也是执行公务，上边的指示，没有办法，谁让我是主任哩。

我们要去告你！暖暖恨声道。

告吧！去乡上告，去县上告，都随你！詹石磴眯了眼笑道，我奉陪！我知道你楚暖暖现在手里有了些钱，敢跟我说硬话打别扭了，要是三年前，你敢跟我说这话么？

三年前我也相信你终有一手遮不了天的时候！

那咱们就走着瞧！

走着瞧！暖暖猛地扭转身，没让对方看见自己因气愤而流出的眼泪……

（29）

夜月早沉到湖里了，楚王庄的狗们也都已睡熟，村子里一片静谧，只有暖暖还坐在楚地居正房前边的台阶上，眼直直地瞪住院门楼的顶脊。心里还在恨着疼着：要不是詹石磴作梗，今天这座院子又会挣来不少钱。这么多房子，闲一天就是多大的浪费呀！院门吱扭一声，开田由院外走了进来。睡吧，他说。睡不着，她叹了口气。咱，能告赢吗？开田低了声问。一定要告赢，难道就眼睁睁看着这些房子闲在这儿？

他个娘！开田在黑暗中骂了一句，也在暖暖的身边坐下了。

家里还有多少钱？暖暖问。

一万九千多！

明儿个带上一万，咱们先去乡上，乡里不行再去县上，县上不行就去市里！

中！

给青葱嫂和咱雇的那几个姑娘交代一声，让她们夜里就睡在楚地居里，替咱们看着门。给禾禾交代，让她来陪着咱娘，照看好俩老人和丹根。

中！……

暖暖和开田是第二天中午赶到聚香街乡政府的，暖暖让开田买了两瓶丹湖白酒和两条丰阳烟，径直去了乡政府的传达室，进门就对老传达叫道：大哥，你这一向可好？俺和俺娃他爹来街上赶集，顺道来看看你。说着就把烟酒放下了。那老传达有点受宠若惊，忙给暖暖和开田让坐，同时推让道：带烟酒干啥？咋能让你们破费！暖暖脸上早无了上次来见老传达的那份惶恐，只朗声笑道：好久不见你了，带点小礼物算个啥？要不是你上回帮忙，俺这个家还不定成啥样子了！

一番寒暄过后，暖暖才说：大哥，俺有桩小事想顺便到乡上问问，像俺们楚王庄那地方，要是家里房子宽敞，又刚好有些来看丹湖的游客要住，俺们该不该留他们住下，也好额外挣点钱？

这还用问吗？你有房子，人家又愿掏钱住下，让他住就是了。老传达说得很肯定。可听人说，乡上有规定，不让住，说是怕客人们的大小便污染了湖水。老传达吃惊了：这不是说的屁话吗？你们楚王庄我去过，离着湖还有老大一段距离，人的大小便不是都在茅房里，然后又肥田了么，咋能污染水？暖暖听了这话，心里就越加有底了，便说：大哥，能不能麻烦你替俺们去问一下管这事的领导，让俺们得个准信！行，行，我这就去找陈乡长。老传达说罢就推门向政府大院里走去，片刻后回来说：刚好，你们楚王庄的詹主任也在陈乡长那儿，陈乡长让你们过去，他要亲自给你们说说这事。暖暖闻言心倏地一沉，本能地知道：完了。果然，到了陈乡长的办公室后，詹石磴正含笑坐在一边，陈乡长当着詹石磴的面和言悦色地说：你们的情况你们主任已经给我说了，丹湖的水因为要向北方调，对质量要求很高，你们的楚地居既是容易污染湖水，就不要再接待游客了。咱们从大局出发，把房子改做他用，如何？暖暖争辩了一阵，可乡长依旧坚持自己的说法，暖暖就明白再说下去也是白搭，乡长只会信主任的，就闭了嘴起身走了出来。

咱们下一步咋整？开田脸也气得发青。

去县上！

真去？

还能假去？！暖暖火了。

到第三天的正午，暖暖和开田才从县汽车站的大门里走出来。县城大街的汹涌人流和喧哗热闹让开田吃了一惊。他是第一次进县城，县城的阔大和热闹让他感到意外。咱们去哪儿？开田没了把握。在北京打过工的暖暖见过大世面，不慌不忙地说：先找县政府！

两个人边走边问，七拐八绕，总算找到了县政府。可这时人家已经下班，见官只好等到第二天了。两个人便去找旅店，城里的旅店可是真贵，一连问了几家，不管吃喝和导游还收到一百多块。开田心疼钱，说去尿呀，住一夜花的钱够咱买十几斤猪肉了，咱别吃这亏，干脆去汽车站的候车大厅蹲一夜算了。暖暖说：住，就在这一百多块的旅店里住下，咱现在也开着旅店，咱得看看城里的旅店是个啥样儿，日后也好向人家学习。开田见暖暖下了决心，就只好进到一家旅店里去登记交钱。这当儿，暖暖便在店中边走边看，先看门口的保安，边看边问他的收入；又看店堂里摆着的沙发，和在沙发上闲坐的一个男人拉起呱来；随后去看总台墙上贴着的收费规定；跟着又去看店里小卖部柜台上摆着的商品；进到客房里，又把房间里的各样摆设都一一记在了一张纸上。开田看着不解，说：你还有心管尿这些闲事？暖暖道：

这可不是闲事，咱难得进一趟县城，得抓紧时间看看人家城里人是咋样办旅店的，这是咱长进的一个机会。咱那楚地居虽没法和这旅店比，可咱那也是旅店，应该朝人家学着点。现在还不知道人家让不让咱办下去哩，学这有啥用？开田嘟囔着。你这就是没主见，自己心里先想认输，我就不信上边会这样昏头，明明对人好的事会不让咱们办，你只管把心放宽！好，放宽放宽，赶明儿告不赢看你咋办！开田嘟嘟囔囔地去卫生间里撒尿，洗手时无意中碰到了热水管，一摸水是热的，高兴地跑出来对暖暖叫：他个娘哎，这里边还有热水哩！明明有暖水瓶供应开水，还要热水干啥？暖暖笑道：洗澡呀！放些冷水再放些热水，一掺，就可以洗澡了。边说边过来给开田做了示范。开田就紧忙放起了水。天哪，到底还是城里人会享受，洗澡还用热水。开田放好水先脱了衣服跳进澡盆里，边往身上撩水边叫道：冷热正好，比咱夏天在丹湖里洗澡还好受哩，你也快脱了衣服进来吧！暖暖却站在那儿感叹着：啥时咱能在楚地居里也给客人们装上这洗澡盆，该多好啊……

第二天早上，他们天刚亮就起了床，在一家蒸馍店里买了几个馍，边吃边往县政府赶，到那里问了半天，才知道这种事应该找接待上访者的地方去说，待找来找去找到那个地方，已经是半晌午了。两个人急急地走了进去，正要向坐在桌后的干部倾诉冤情，忽见詹石磴坐在一旁的沙发上吸烟，两只眼微眯了看着他俩。暖暖的心扑通一响,和开田对望了一眼。俩人脸上原有的希冀就都一下子没了,知道事情在这儿怕是告不赢了。果然,暖暖没说几句,那干部就说:这事情已听你们主任说过,保证丹湖水质是大事,希望你们能理解,把房子改做他用,继续种地和打鱼吧。暖暖听罢没有多说啥,她知道这种情况下再多说也是白搭,就朝开田点头:咱们走吧。

两个人来到门外,开田叹口气说:看来咱是斗不过詹石磴的,他当了这么多年的主任,到处都有门路都有熟人。开田的话音未落,詹石磴已站到了他们身后,只听他冷笑着说:二位下一步是去市里还是去省上,我愿意自费陪你们,省得你们找不到告状的地方。暖暖没看他,只对开田说:走,去车站,买去省上的票,我不信就没有我们诉冤的地方!说罢,拉上开田就走。待走到一个没人的地方,开田才又问:咱还真去省上?那来回得好多天,得给家里交代一声才行呀!暖暖说:我那是说给詹石磴听的,省上咱不去,市里咱也不去了,刚才我想了一遍,詹石磴官场有人,咱这样个告法是很难告赢的。咱去法院,法院是讲法的。我当初强着嫁到你们家,詹石磴为啥没敢阻拦?是因为他们要阻拦就是违反婚姻法。他不怕咱可他怕法!走,咱去县法院。

两个人来到法院,对一个接待他们的老年法官说了事情的前后经过,那法官说:你们既是想告主任,就该去找个律师,他会帮助你们。暖暖问,找律师要不要钱?法官说:律师是收费的,不过像这种案子，你们花不了多少钱。暖暖当即决定：走，请律师。他们在那法官的指点下找到一家律师事务所。一个姓孙的中年律师接待了他们，在听了暖暖的诉说后，那律师找出一本丹湖沿岸的拆迁管理规定和一本丹湖沿岸环保管理规定翻了一阵，又找来一张丹湖全图，在图上找到楚王庄比量了一阵，然后说：你们楚王庄不属于后迁的村庄，凡不后迁的村庄，除了不准建工厂外，没有规定说不准盖房子接待游人。如果你们说的属实，你们主任不准你们在自己盖的房子里接待游人，他就是在侵犯公民的合法商业经营权利，是违法行为。这样吧，我先向法院申请立案，我们有胜诉的把握，待有进一步的消息后我会很快去楚王庄里找你们。

暖暖怔怔地看着那律师，眼泪慢慢流了出来。她抹了一下眼泪说：俺们到底找到了一个讲理的地方，找到了一个讲理的人，谢谢你了，你可一定要去俺们楚王庄哟！那律师连说：这你放心，我既然接了这个案子，我就一定负责到底，不然，以后还会有人找我办案吗？……

暖暖和开田走出法院时已是傍晚时分，两个人找到一家小饭馆，开田说，咱今晚高兴，别只吃馍了，咱一人要它一大碗羊肉烩面，也解解馋，庆贺庆贺。暖暖笑了，转对小饭馆的老板说：再给俺炒个辣椒肉片，来瓶啤酒，俺两口子遇到了贵人搭救，要痛痛快快地吃它一顿……

(30)

暖暖和开田回到楚王庄时，詹石磴没在村里，暖暖估计他是去了市里或是省里，在那里找人应对他们的上告呢。暖暖心中一笑：姓詹的，这一回你是算计错了。第四天，詹石磴才风尘仆仆地回到村上。那天开田正在打扫楚地居门前的空地，詹石磴看见后便拎着提包径直走过来讥讽地问：我在市里和省里上访办等着你们，你们咋不去了？开田刚想开口说话，暖暖已几步从院里赶出来接口道：俺们服你了，你是官，俺是民，俺告不赢你，俺们认输。俺们这房子不接待游客了，俺们准备养蝎子，上边没规定不让养蝎子吧？詹石磴听罢得意地一笑，说：养蝎子倒是可以的，记住，少跟我打别劲，在这楚王庄，说了算的是我，不是你们！

那当然。暖暖拖了长腔附和着……

这期间，又来过一帮旅游的人，那些人刚上岸，詹石磴就上前像上次那样喊：楚王庄不接待游人食宿，请诸位天黑前务必向东岸返。眼睁睁看着要到手的钱又飞走了，暖暖真是急得双脚乱跺，她只能在心里叫：孙律师，你可要快点来呀！

不能接待客人，暖暖和开田只得去地里找活做。开田做农活有一套，所以地里那点活路根本不够两个人干。这天，两个人正在没活找活地修地埂，禾禾急慌慌地跑了来，说村里来了个姓孙的人，还有几个戴大檐帽的官，要找你们。暖暖一听，知道是孙律师来了，扔下工具就向村里跑。果然，到家时，孙律师正领着两个法官在看楚地居里的房子，见她回来，孙律师说：今天，法院的巡回法庭来你们这一带的村子办案，我请法官们顺便来了解了解你们的案情……暖暖因为奔跑也因为激动，半天没说出一句话来。

詹石磴根本没想到暖暖和开田会把他告到了法院。法官们派人把他叫到村委会后，他还以为是上边的例行检查，直到法官让他说说不准旷家接待游人的理由时，他才有些明白，才真的慌了，才结结巴巴吞吞吐吐胡乱地找着理由。法官后来正式宣布：……楚王庄村主任詹石磴阻止旷开田一家用自己的房子接待游人，属于干涉公民商业经营权利的行为，应立即中止，并向旷开田一家赔礼道歉……

詹石磴惊得目瞪口呆。一旁的暖暖先是泪流满面，随后因为极度激动，突然眼冒金星身子一歪向地上倒去。

暖暖看到詹石磴在法官督促下写的那封赔礼道歉信已是第二天了。她从昏迷中醒过来后，开田怕她再受刺激，一直没有提案子的事。直到她身体完全恢复正常了，才拿出了那封赔礼道歉信让她看。暖暖看完不但没有脸露欢喜，反而将眉头皱得更紧了。咋？你不高兴？开田疑惑地问，这可是詹石磴当了主任后第一回向别人赔礼道歉。

正因为这样，他才不会同咱们善罢干休！暖暖微声说。咱们让他丢脸了，而他是不能丢脸的。

你说这话倒是真的，那咱咋办？

不管他，咱要怕他就不同他打这一场官司了，咱只管让咱的楚地居重新开业，挣咱的钱。你只有有钱了，你的腰杆才能硬起来！

楚地居当天就敞开了大门，雇来当接待员的几个姑娘也开始晾晒被褥擦拭门窗，青葱嫂和惠玉也忙着刷洗碗筷收拾锅灶，九鼎和旷家雇的另一个船工也开始冲洗游船做下湖的准备。村里人这时也都知道了旷家同主任打官司打赢的事，种花椒的大埂伯在门口悄声对开田说：中，你小子有种，敢跟咱这儿的皇帝爷上公堂论理，老伯我佩服！石匠汪铁锤对暖暖伸出大拇指低声说：行，你这个女子胆可真大，敢跟他较较劲，也算替你老汪哥我解了恨，我过去可是有点小看你了。青葱嫂把暖暖拉到一边，轻声说：村里好多女人都在说，法院应该罚詹石磴吃泡屎才好，才能解了大伙的气！暖暖看着和善的青葱嫂也这样说，料定她家过去也受过詹石磴的欺负。一旁的惠玉听见了青葱嫂的话，接口道：要我说，法院应该罚他把两腿中间那个乱摆动的东西割掉！青葱嫂在一边扑哧笑了，说：那还咋叫人家撒尿？暖暖听得心中一惊，以为惠玉是知道了詹石磴对自己做的事才要这样说，后看惠玉咬牙切齿的样子，才倏然猜到，詹石磴可能对惠玉也凌辱过，詹石磴不是多次说过，他愿睡哪个女人就一定要睡了她么？！

第二天早晨起床后,暖暖发现丹根在流清鼻涕,她怕儿子是伤风了,就去梅家药铺里为儿子拿了点药。拿了药出药铺门不远,忽然看见詹石磴迎面走过来,她本能地想躲开,可那会儿身边已没有巷道可闪身,就只好迎着他走了过去。哟,这不是那个楚地居的老板娘嘛?!詹石磴故意夸张地大声叫着。暖暖知道他是因了被法院判输心里生气,就装着没听见,只照直向前走。站住!詹石磴这时又喊。暖暖闻声停了脚,扭过头瞪住詹石磴,故意问:是叫我?是叫你!詹石磴咽了一口唾沫:我是想告诉你,你这一状告得不错!是么?暖暖装出快活的样子:能受到主任的夸奖可不易呀。只是别高兴得太早!詹石磴咬了牙说。暖暖照旧笑着:对,对,我会记住主任的叮嘱,以后再高兴。詹石磴腮帮子上的肉都打起颤来,分明是被暖暖气坏了。暖暖转身向家走时,在心中叫:詹石磴,为啥就不该你生生气?气死你!

吃早饭时,暖暖故意让自己笑声朗朗,先是为儿子鼻子上粘的饭粒大笑,后是为开田放了个屁大笑,再是为家里养的那条狗啃一根没肉的骨头大笑。开田狐疑地盯住暖暖说:你笑得可是有点反常,又没吃笑药,干吗笑成这个样子?

暖暖的眼立时瞪了起来:咋?我笑笑有啥不对?凭啥不让俺笑?别人不让我笑,你旷开田也不让俺笑?老子遇了喜事,我就是要笑你能怎么着?嘀嘀嘀……

开田不敢再说什么,只是有些发呆地看定暖暖,不知她今早喜怒无常是咋着回事。暖暖笑着笑着,眼泪可就出来了,只见她一边抹着眼泪一边叫:老子就是要笑!我看看谁能阻止我笑?!……

早饭后,开田拿上锄头想下地看看,刚出门就被暖暖叫住了:你这个死人,地里那点活不是早做完了吗?还去干啥?开田说:又没有游客来,家里也没活做,还不如到地里看看去。暖暖就嘟起嘴说:真是个死脑子,没有游人来,咱不会去找?

找?去哪里找?开田愣住了:那些旅游的人都住城里,咱知道哪些城市里的人想来咱这丹湖西岸看景致?

咱到东岸去!暖暖挥了一下手,我估摸东岸会有游人的,只是因为前段日子詹石磴不停地对游人们说楚王庄不让游人吃住,他们才不来了。咱今天就主动到东岸去接游人,咱不能就在家里死等。

能行?

咋不行?

那好吧。开田便放下锄头,给娘做了番交代,就和暖暖向湖畔的码头走去。两个人刚上了自家的那条游船解开缆绳,码头上的鱼贩子马午就笑着跑过来叫:我的好哥哥好嫂子,二位今儿个是要用游船下湖捕鱼吧?咱先说定了,你们网上来的鱼,一定要批到我马午手上卖,托哥哥嫂嫂你们这对富人的福,让我马午也发它一回。

行呀,你就耐心等着吧!暖暖边答边发动了机器。

今日无风,船犁开平静的湖面,飞快地向东岸驶去。已经有多少日子没去东岸了?暖暖边看着飞速后退的水浪边在心里想。因为家里的用物大都能在西岸的聚香街上买到,所以暖暖自从由北京回来后,就再没去过东岸。

船靠东岸的码头时已是正午,码头上的热闹景象令暖暖吃惊,和几年前她看到的情景已全然不同。到处都是船,除了渔船和客船之外,就是各色的游船。开往湖北省几座城市的客船,又大又漂亮,上下船的客人熙熙攘攘。上得岸来,只见卖各种吃食、饮料和小件纪念品的小贩到处都是。开田看得饶有兴味,在一处卖羊肉烩面的摊子前站住,先闻了闻摊主切好的羊肉的味道,然后说:来两碗。暖暖听见,忙扯住开田的手瞪他一眼:先记着吃?!饿死鬼托生的?开田笑笑:日头都偏西了嘛!你肚里不叫唤?暖暖说:走,先去那些长途汽车前看看有没有要去西岸的游人,然后再吃。开田便只好跟了暖暖走。

在岸上公路边的一个停车场上,停有一片大客车小轿车,从车牌子可以看明白,这些车有从省城和附近几个地级城市开来的,有从北京、河北开来的,也有从南府各县开来的。有两辆由省城开来的大客车大约刚到,客人们正从车上走下来。暖暖扯着开田紧走几步刚想上前询问有没有愿到西岸游览的人,忽听一个熟悉的声音在人群中喊道:诸位游客,丹湖西岸不接待游人,特此通知，请妥善安排自己的行程！暖暖和开田闻声相视一愣，急忙向人群里挤去。挤近了才看清，喊话的竟是村里那个到处混吃混喝的懒汉詹小耳。开田恼了，上前一把抓住他的脖领子，照他的脸上就是一巴掌：你狗东西在这胡咧咧啥？谁说西岸不接待游人了？！那詹小耳突然被打了耳光十分光火，正要发作，可待看清了是开田和暖暖后又一下子焉了，吞吞吐吐地叫了一句：是……是开田哥……嫂子？

我说我的楚地居开了几天门咋一直不见有客人来，原来是你小子在这儿捣乱！开田扯住小耳的耳朵咬了牙叫。你他娘的故意坏我的生意，走，咱们到公安局说理去！

别，别，我的开田哥。詹小耳吓得急忙后退着。

老子跟你无冤无仇，说，为啥要坏我的生意？！开田从衣兜里摸出一副削箩卜的小刀，做出一副要割对方耳朵的样子，恶恨恨地叫：今儿个不说清楚，我非把你这对小耳朵削下来喂狗不可！

我……我……

是有人指使你吧？一直站在一旁看着的暖暖这时开腔道。

是……不是……

你这样做，詹主任一天给你多少钱？暖暖声音平静地问。

你……你咋知道是主任叫我来的？詹小耳一惊。

说吧，他一天给你多少钱？暖暖瞪住小耳问。

湖光山色

三块，够我喝糊辣汤吃锅盔馍了。詹小耳很感满足地说，这东岸上的糊辣汤是六毛钱一碗，再有四毛钱买锅盔馍，能吃饱了。

你狗日的为了吃饱肚子就来害我们？！开田气得又举起了刀。

暖暖推开了开田的手，看定了小耳问：现在有桩活，干一天能挣六块钱，你干不干？

干啥？累不累？小耳来了兴趣。

还在这儿干，和你现在干的活路差不多一样，只是你喊的话和过去不同。

喊叫些啥？

欢迎诸位到西岸去游览，那儿有楚长城，有凌岩寺，有湖心三角迷魂区，更欢迎你们食宿在楚王庄的楚地居里，我们将会为你们提供一切游览方便！

就这些？小耳瞪大了眼。

就这些。暖暖肯定地点点头。

中，我干！小耳表了态。

他爹，给小耳先发三天的工钱。暖暖转对开田说。

开田看定暖暖，有些吃惊地：这就给他钱？

对。暖暖说得毫不犹豫。

开田迟迟疑疑地掏出十八块钱递到了小耳手上。

你每三天要保证有一批客人去西岸游览,人数可多可少,但必须有。暖暖望定小耳又说道,当然,天天有更好。我每过三天会专门派船来拉客人,不来船的日子,你可让客人坐别家的船过湖去。每去楚地居一个客人,奖励你一元钱;如果一批客人超过了二十位,再另奖你十块!

可是当真?小耳有些喜出望外。

刚才给你的钱是假的?我啥时说话不算话了?暖暖瞪住小耳。

行,你等着看咱的本领吧!小耳显得很激动。

当然,你要是偷懒耍滑的话,我们也不是没法子治你!头一个法子,断你的工钱,你继续过饥一顿饱一顿的日子;二一个法子,我们会告诉詹石磴说你主动提出为俺们办事,他可是最恨反水的人,他不会轻饶了你;三一个法子,俺娃他爹在这东岸有个表叔,那表叔家有六个儿子,六弟兄都是打架不怕死的角色,他们会——

别,别,我为啥要偷懒耍滑?小耳吓慌了……

离开了詹小耳两人去吃烩面时,开田骂开了:娘的,没想到詹石磴会使出这一招,真阴损!幸亏今天来一趟,要不,咱还一直蒙在鼓里,以为没人愿去西岸哩。

我当初就给你说过,詹石磴不会跟咱善罢甘休的。

我明儿个得找他说说。

湖光山色

说啥？暖暖瞪开田一眼，说了他就会不治你了？就会帮你忙了？甭理他，看他还有啥招数，让他都使出来！从明天起，咱家的那只游船每天来这东岸跑一趟，接游客，有人没人都来，变成班船，让这东岸的人都知道，每天都有一趟去西岸楚王庄的班船。再就是回去找个会写大字的人，在一块大木板上写上西岸几处可看的景致，包括楚长城、凌岩寺和湖心迷魂区；还要写上咱那儿好吃的东西：绿豆面芝麻叶面条、地菌菜炒柴鸡蛋、野山菌炖土鸡、红烧丹湖鲤鱼、用酒米和甜曲做的黄酒等等，然后把那木牌子用船拉过来就竖立在这东岸的空地上，好招惹人的眼睛，好引起人们去西岸看看的兴致。

中。

再就是要多长个心眼，防着詹石磴些，别让他给咱使绊子。

中！……

（31）

从东岸返家的第三天傍黑，旷家的班船和其他的客船就一下子拉来了二十几个游客。这些客人中，有些是听了小耳的宣传，有些是看了开田竖在东岸上的那个大木牌，有的是看了报纸上刊载的有关楚长城的文章。这是楚地居重新开张后来的第一批客人，是一个新的开始，暖暖心里着实高兴，一边忙着给客人们安排房间，一边喊青葱嫂快给客人们做饭。开田也急忙去找麻老四和另外一个导游还有所雇的船工九鼎，交代第二天接待游客的事。两口子待游客们吃罢饭都进了房间歇息,才想到自己也该吃晚饭了。两个人刚要向灶屋里走,忽听不远处的暗影里响起了詹石磴的声音:恭喜你们呐,又来游客了!暖暖和开田闻声都一惊,一齐扭脸看过去,只见詹石磴不慌不忙从近处的暗影里走过来,一副面带笑容要贺喜的样子。暖暖的双眉唰地竖了起来,只听她冷声回道:谢你了主任,这还不是托你的福?!

呵呵。詹石磴干笑了一声,转向开田:你又该数钱了,有福哇,开田!

开田想起詹石磴让詹小耳在东岸做的那事,也只冷冷地哼了一声。

我这会儿来,是有件事要通知你们。詹石磴继续带了笑说:从明天起,咱村通后山的那条小路封了,我想派人把那条小路修修,待修好了再开放。

咋能封路?开田急了:在俺家住着的这些游客,明天是要上山游览楚长城的!

所以嘛,我要早来通知你们,你可以对他们说,让他们下次再来看,时间不是多的是?

你?!开田气得一时不知说啥了。

暖暖冷笑着看定詹石磴,她当然知道他封路是要干啥,以她心里的那股怒气,她自然想立刻同他大吵一顿:狗东西,哪有如此欺负人的?可她明白,现在公开吵闹,不但不会让他收手,只会更刺激他利用手中的权力来与自家作对。罢，再咽下一口气。她以尽量平和的语气说：谢你了主任，你这样摸着黑来通知俺们，处处为俺们着想，俺们会记住这份情的……

看着詹石磴得意洋洋地消失在远处后，暖暖才呸地吐了口唾沫在地上，咬了牙说：开田，日后你只要有一点点办法，你就一定要去当主任！

说疯话吧？谁会让我去当主任？俺老旷家的祖坟上有那棵草么？

这主任快该重选了，选的时候你一定要想法把他挤下去！

做梦吧你！上边会提咱的名？詹家在楚王庄也是个大姓，他们姓詹的会投咱的票？老老实实当咱的百姓吧。

我咽不下这口气。暖暖跺了一下脚。

还是说说明天咋办吧，游客们真要上不了后山看不了楚长城，肯定会吵闹，因为咱竖在东岸的木牌子上写得清清楚楚是能看楚长城的，内中的不少人也是奔着这个来的。

看，凭啥不看？他詹石磴不让走那条路咱走别的路！

别的路？别处都是立陡立陡的，上得去？

前些年不是不让上山砍柴吗？我和爹为了弄柴做饭，偷摸着上山，算是找着了一条小路，就在老范家那块玉米地的顶头处，拨开树丛和茅草，能够隐约看见。不过那小路上也有一处一丈来高的陡坡，得竖个梯子才成。

能行？开田显然不放心。

行，明天我来带路，你记着背个梯子跟上就成……

第二天早上吃了早饭，暖暖把丹根交给婆婆照看，又给青葱嫂和惠玉交代了做晚饭的事，开田也对其他的事做了些安排，两口子就领着游客们出了村。在村口，刚好碰见詹石磴，詹石磴得意地笑着高声问：开田、暖暖，你俩今儿个带客人们去看啥呀？凌岩寺？咋还扛架梯子？暖暖没理他，只是含混地哦了一声算是应答。

快走到山跟那条小路前时，暖暖高声对游客们说：为了增加大家看楚长城的兴致，咱们今天故意走一条险路上山，体验一下楚地山路之险。游客们听了不仅没有生气，相反都很兴奋，一个个摩拳擦掌地叫：好呀！……

那天上山的速度虽然很慢，可也算顺利，众游客在出了几身大汗后猛然看见横卧山顶的石砌长城时，一齐嗷一声快活地叫了起来……

天傍黑时，暖暖和开田又领着游客们下山回到了村里。两人正要洗脸吃饭，麻老四喜滋滋地进院说：天呐，你们今天可是把詹主任快气死了！

为了啥？开田一时没有反应过来，暖暖却已经听明白了，问：他咋个气法？

他在后山那个上山的路口，把两个负责把门卖票的小伙子骂了个狗血喷头，说他们憨蛋，没给他提个醒，说早知道你们可以从别的路上山看楚长城，还不如把票卖给你们，赚它二百多块钱哩！他气得直捶屁股，连说便宜了你们。

暖暖听了，冷了一天的脸上第一次有了笑意，她大声地转对青葱嫂说：嫂子，快热儿碗黄酒，我也要喝它个痛快，要跟麻四哥碰一碗酒喝！……

第二批游客是两天后来的，这一批有十几个人。当这批游客再上山看楚长城时，詹石磴没有再说要修路封路的话，而是让买了门票上去。这批游客是让麻老四带上山的，暖暖只把他们送到路口，看着他们买了票进了栅栏门后就转了身。詹石磴，认输了吧？你还有啥子招数？！暖暖刚在心里这样高兴，忽听背后传来了詹石磴的声音：那是楚地居的女老板吗？暖暖闻声扭头，看见詹石磴正从售票的棚子里走出来，便故意平静了声音问：有事？

也没有什么大事。詹石磴干笑着：就是想告诉你，为了保护楚长城，也为了育林保持水土，这整座后山很快就要封了。封山之后，若有人再上山，不管他走的哪条路，都要受到惩处！暖暖脸上的那丝笑意倏然间飞走，身子不自主地一抖，她知道一旦上边真的下了封山令，那游客们就确实看不成楚长城了。詹石磴，你下手可是真够狠的！

以后再有游客们来，就领他们去看看凌岩寺和湖心的烟雾吧。詹石磴幸灾乐祸却又替对方着想似的说。

那倒也是。暖暖让自己的声音努力保持平静，可她的心已经一片纷乱，她明白，一旦没有了楚长城这个景点，游客势必会大幅减少。她转身往回走时，两条腿分明有些摇晃起来……

暖暖到家就把开田叫过来商量对策，两个人商量到最后也没个主意。封山育林符合上边的政策，你提出来反对没有道理。最后是开田说：要不，咱给北京的谭老伯去个信，让他帮咱想个主意？暖暖想了想后把头点点：行，你这就去写信，把咱遇到的这事写仔细，后晌你就去聚香街上把信发出去！

信发出去十来天没见动静，暖暖真是心急如焚。这期间，詹石磴已派人做好了十几块木板放在村委会大门前，每块木板上都用红漆写了大大的四个字"封山育林"，一旦这些木板在后山根一竖，这后山就算封了。快一点，谭老伯，你还没收到信么？你不是有了病吧？

这天旷家人正吃午饭，门外忽然响起了一个熟悉的声音：开田和暖暖在吗？暖暖和开田闻声扭头时，只见是谭文博老人领着两个干部模样的男子走进了院子。谭老伯！暖暖和开田高兴至极地迎上前去。

嗬，你们家可是大变样了，又添了这么多的房子，能干，真是能干！谭老伯笑看着楚地居里的新房子，连声赞道。

这还不是你教给俺们的法子，从游客那儿挣点钱。暖暖边笑边让着座。

湖光山色

我来介绍一下。谭老伯指着随他来的那两个男子：这是省文化厅的老曹，这位是县文化局的小赵，他们过去都悄悄来看过楚长城，对我的考察工作也给了不少支持；随后又指着暖暖和开田对老曹他们说：这就是我给你们说过的那小两口，我几次来，都是住在他们这儿。

那两个人就同开田和暖暖客气地握手。那个老曹坐下后说：你们写给谭老的信我和小赵都看了，我们这次陪着谭老来，就是想就保护楚长城的事同你们商量。眼下，国家还没钱对楚长城进行修复，但保护的事应该现在就做。怎么保护？封山不准人上去是一种法子，但是个笨法子。游人们听说这儿有一座楚长城，来看看，不是坏事，石头砌的城墙，看是看不坏的。再说，人们看了后，会加深对楚文化的理解，会增进对我们古老国家的热爱，有什么不好？

对呀，可俺们村主任詹石磴坚持着要封山。暖暖气极地说。

但游览楚长城的事若完全放任，没有人管，任由人们在长城上爬上爬下，造成石块掉下和城墙倒塌，那就不行了。老曹又紧跟着说，必须想一个两全其美的法子。

我倒有一个想法，谭老伯开口道，最好是成立一个旅游公司，把楚长城旅游的事管起来，谁看谁买门票，收入一分为二，一半归公司，一半交县上文化局以积累起来做将来的修复和保护经费。这个公司里应该有经理，有导游员，有看护长城的保安人员，有保洁工，有卖门票的。

好主意。一直沉默着的小赵点头。

谁来办这样一个公司？老曹问。这楚王庄的村委会愿成立这样一个公司么？

村里要不愿办，俺们办！暖暖这时急忙接口，跟着朝开田使了个眼色。开田见状也赶紧表态说：对，俺们办。好，你们有这态度就行了。老曹站起身，我们这就去见你们的支书和主任。

俺们支书有病卧床，不管事，只有主任说一不二。暖暖介绍道。

那就见见你们的主任。

是暖暖领着谭老伯和老曹及小赵去村委会的，她预感到这是一个机会，如果詹石磴不愿办那样一个公司，自己就干。如果他愿干，咱就只挣食宿费。

和暖暖的猜想一致，詹石磴一听说不让他封山他就很不高兴，只是碍着老曹和小赵的身份他才没有发作，及至听到要他办旅游公司还要交一半门票钱的事，脸拉得就更长了。他冷冷地回绝道：办个公司是容易的？收入就那点门票钱，你们还要拿走一半，我们能落下几个钱？来这西岸的游客能有多少？要是一个月只来一百人咋办？一张门票十块钱，总收入也就一千块，扣掉给导游员、保洁工、卖票员和看护长城的人发的工钱，你们再拿走一半，我们村委会不是白干了？！

干这件事不能仅仅着眼钱，还要想到这是保护先人的文化遗产。谭老伯这时接口道。

你是站着说话不腰疼，没有钱赚俺们农民咋样吃饭？国家要不给你发退休金你还能这样悠闲？还能从北京跑到俺们这儿来研究长城？！詹石磴知道对方只是个退休的研究员，所以说话就特别不客气。

你们村委会要是干着觉得困难，就罢了，让别人干吧。老曹斩截地挥了一下手，他对詹石磴的态度显然不满意。

谁会去干？谁有那样傻？！詹石磴不屑地看定老曹。俺，俺们老旷家愿干！暖暖突然开口。詹石磴转眼恨恨地瞪住暖暖，半晌无声，之后才冷笑道：你愿干就去干吧。

小赵，这件事就这样定了，老曹转对小赵说：你以县文化局的名义先和暖暖家签一个意向合同，待她家的公司正式成立后，你们双方再签一份正式合同！

行……

暖暖那天往回走时，心里满是欢喜。她当然知道，光靠卖游览楚长城的门票，自己是赚不了钱的，可有了这项经营的权利，詹石磴就不能再为难自己，就可以引来更多的游客，就能依靠楚地居来赚钱，加上领游客看凌岩寺和湖心三角区这些游览项目，收入应该是不错的。当天晚上，暖暖温了黄酒，做了一桌子菜来款待谭老伯、老曹和小赵。谭老伯端起酒碗之后，肃穆地说：开田、暖暖，今天小赵和你们把这意向合同一签，就等于把这座尚未引起世人注意的楚长城交由你们保护了，尽管这长城的建起年代目前在考古界还有争执，但它是我们先人留下的一份遗产这事，已确凿无疑。这就使你们这个地方具有了让他人来看的价值。你们两口子可要记住，在靠它吸引游客来赚钱的时候，一定要保护好它，不能让它再被损坏，不然，你们可就是先人的不肖子孙了！

这你放心，谭老伯。暖暖把手上的酒碗在桌上放下，也庄重地表态：俺家的日子能够转好，和这先人留下的楚长城也有好大关系，俺们对它，还真有点感情，我和开田准定会全力保护好它……

老曹和小赵是第二天走的，谭老伯在楚王庄又住了五天。五天里，老人天天都上山去看长城。暖暖想让开田一直陪着老人，可老人不让，老人说上山的路我都已熟悉，每天又都有上山看长城的人，我跟着他们走就是，你们抓紧去办你们的公司。暖暖那些天就抓紧办公司注册的事。老人临走的那天，暖暖说：谭老伯，俺们这几天在乡上和县里跑了一遍，公司注册的事办得快有眉目了。当初这楚地居是你给起的名，你再给俺们的公司起个名吧。老人想了一阵，拿起笔在一张纸上唰唰写道：南水美景旅游公司。开田看不甚明白，问：南水是啥意思？暖暖急忙笑着接口：咱丹湖水要调往北方，北方人自然把这水叫南水了。开田这才点头说：对，对，咱的公司就是管南水美景的游览事的，叫这个名字最贴切！

老人回东岸坐的船是开田亲自驾的，暖暖直送到岸边。在岸边告别时，老人对暖暖说：河北省里有个村子叫守陵村，很多年里，那个村里没有一个人能说出他们的村子为何起这样一个名字，直到有一天在他们的村后发现了汉朝刘胜的陵墓之后，人们才明白了原因。你们的村子为何起名为楚王庄，也没人说得清楚，是因为村里有姓楚姓王的人家？似乎不像，你们村里的老人回忆说，一直没听说过村里住过姓王的人家。这就让我也产生了一些联想。

暖暖听得糊里糊涂，不知谭老伯这是想说啥。

也许，还有一些有关楚国的秘密就藏在你们的村里。

是么？暖暖惊奇了：会有一些什么秘密？

老人笑起来：这只是我的一点猜测，我要是知道了，还能不告诉你？……

暖暖那天先是看着老人所坐的船渐行渐远，随后扭头去看湖岸、村子和后山，在心里默然自语着：真的会有关于楚国的秘密藏在俺的村子里？……

（32）

旷家的南水美景旅游公司是半个月后正式成立的。公司的标牌就挂在楚地居的门前，挂牌的那天早上，暖暖对开田说：为了图个喜兴也为了有个动静,你去买它几挂鞭炮,待会儿在门前放了。开田忙点头说:中!

鞭炮声把楚王庄不少大人娃娃引了过来。人们都很稀奇地看着那个白底红字的标牌,不识字的五奶奶拄着拐杖不解地问开田:你狗日的在门前挂个牌牌是玩啥名堂?开田急忙解释:我是在办公司。办公司有啥好处?挣钱呐。开田答。办母司就不能挣钱了?五奶奶很不高兴,没有你娘能有你么?!嗨,不是说的这个!开田急得脸都红了,众人都笑起来,暖暖赶忙上前把五奶奶搀进了院里……

公司注册时经理写的是开田的名,但实际上公司里的一应事务,都是暖暖在办着。公司成立的那天晚上,暖暖上床后一本正经地对开田说:你现在已是南水美景旅游公司的经理了,你说说咱公司下一步该办些啥事?开田手攥住暖暖的奶子嬉笑着说:我是个不愿操心的人,除了夜里咱俩在床上的事由我说了算,其他的事都还由你说了算,咱听你的。暖暖用手指捣了一开田的额头,嗔道:没羞!

暖暖把公司里的事分成四摊,一摊是管导游,让麻老四当头,负责带着客人去看楚长城、看湖水、看湖心区、看凌岩寺;一摊是管船,让九鼎当头,负责去东岸接送客人,负责用船送客人去游览的地方;一摊是管客人吃住,由青葱嫂当头,负责做饭烧水安排住宿;一摊是管钱,由开田亲自管,包括出售楚长城的门票、游览船票，收缴导游费和食宿费等等。暖暖同麻老四、九鼎和青葱嫂讲定，眼下每人每月的工钱是四百五十块，以后根据业绩再决定升降。由于分工明确，待遇不错，三个人都干得很起劲，公司很快就运转了起来。

暖暖让村里的木匠新做了一块大木牌，刷上白漆后找人在上边用红漆写了一行大字：南水美景旅游公司欢迎你去西岸看美景！然后让驾船去东岸接客人的九鼎和黑豆叔，把牌子运到东岸竖了起来。看到有正规的旅游公司接待，更多的游客愿意到西岸来，楚地居里几乎每天都住得满满的。游客一多，公司挣的钱自然就多了，开田每天晚上数钱时都是眉开眼笑的。他有时会边数边高兴地叫起来：天爷呀，根他娘，照这样子挣法，咱们晚点得专门盖一间装钱的屋子了！暖暖也忍不住笑了：要盖你就盖两间，一间装十块钱以上的大票子，一间装十块钱以下的小票子……

秋收的日子在楚地居热闹的迎来送往中，悄然间来到了丹湖西岸。楚王庄的人们早晨下地一看，只见湖畔地里的玉米棒子撑开了包叶，绿豆角也大都变黑，大个的红薯拱出了地皮，棉桃也猛然间白了一地，辣椒田里的辣椒全变得红艳艳的，这一切都在提醒人们，又该秋收了。暖暖知道来公司打工的村里人家里都种着庄稼，便安排人们轮流着错开时间回家秋收。这天早晨，家里住着的游客们刚刚起床，开田和暖暖就吃了饭下地了。两口子想在午饭前把湖畔那块地里的玉米棒子全掰完。两个人正干着,麻老四领着二十几个吃过早饭的游客去凌岩寺游览经过地头,麻老四站住脚同开田开着玩笑:老弟,掰棒子时可得小心,甭让上边的棒子砸住了你下边的棒子,那可划算不着!开田闻言,抡起一个棒子就朝麻老四的裤裆里扔去,边扔边叫:我这就让两个棒子碰碰。麻老四急忙闪开身子。他俩这一闹,让游客们认出了原来是公司里的老板和老板娘在掰玉米,人们也都停下了步子。这伙游客是北京中关村一家电脑公司的人,平日里难得见掰玉米的劳动场面,这时见了就感觉新鲜,就有人提出照一张掰玉米的照片,暖暖高兴地答应道:照呗,怎么照都行!于是人们纷纷下到地里,一个人掰着一个人照,只听相机咔咔地响,玉米噗噗地被掰着。跟着又有人提出:我们掰下的玉米可以带走留个纪念吗?暖暖心里一动,忙点头说:行,谁掰的愿拿走就拿走,只是每个棒子收一块钱!成!游人们高兴起来,大家都不在乎几块钱,就连续掰着,想找那种最大的棒子留做纪念,最后,差不多每个人都带了两个棒子走,最多的一下子带走了六个。这样,光卖棒子,开田这个早晨就卖出了近百块钱。待游客们离开玉米地向凌岩寺走时,开田高兴地对暖暖说:我现在相信了那句话,人越有钱赚钱越容易。想当初咱要赚个一块钱都难,如今一个早上不动不摇就把百十块钱弄到手了!暖暖那阵子沉思着说:你从这件事里看出了别的东西没有?啥?还能看出啥?开田没听明白。

咱们还可以开展一个旅游项目！

哦？

观光秋收。暖暖笑着拍了一下腿：咱们楚王庄的人年年秋收只觉到了累，可这些大城市里的人见了秋收却觉着新鲜。咱们就带他们到绿豆地里摘绿豆，到辣椒地里摘辣椒，到红薯地里挖红薯，到棉花地里摘棉花，到花椒地里采花椒，愿干多少时间都成，愿带走多少只要交钱都行。这样一来，就可以延长游客们在咱家食宿的时间，咱赚的钱就会更多。

好呀，又是一条赚钱的路子！我老婆可是真聪明！开田高兴得上前就朝暖暖亲了一口。暖暖急忙把他推开瞪他一眼：让别人看见？！随后又沉思着说：这让我想起了我在北京打工时听到的采摘园的事。

采摘园？啥叫采摘园？

就是园子里种的东西，全是为了让城里的游客来采摘，是北京郊区的农村人赚城里游客钱的一个法子。

嗬，还有这种赚钱的点子？开田惊奇了，园子里都种些啥？

我也没去看过，打工的哪有心去看这个？不过这猜也猜得出来，无非是些蔬菜和水果，蔬菜类的有茄子、黄瓜、南瓜、西红柿等等；水果类的有葡萄、蜜桃、鸭梨、苹果等等。整天圈在城里的人，到园子里采摘这些东西会觉着新鲜。我想着，日后咱们楚王庄要也能有这样的采摘园，就又是一个吸引游客的法子。

那咱们明年春天在自家的责任地里,先弄一个这样的园子试试。开田捋了捋袖子。

中!试试……

第二天从东岸新来了一个旅游团,是由天津来的,有几十个人,暖暖和青葱嫂直迎到了码头上。暖暖正和下船的游人们打着招呼,忽听背后响起了一个阴阳怪气的声音:老板娘很忙哟!暖暖扭头一看,脸上的笑容顿时飞走,沉了声问:主任有事?!

看见你生意这么兴隆,知道你赚的钱很多,我今儿个是特意来问问,你们家需不需要雇个数钱的,我数钱可是又快又准!

回你们家数自己的吧!暖暖厉声说罢,转身就往岸上走了。等等!詹石磴又在背后喊。暖暖停住脚转过身瞪住詹石磴:有话快说!

要选主任了。詹石磴的声音突然柔和起来:我照乡上的要求,通知到每一户人,以后乡上的人来问起这事,我可是通知过你们了。

暖暖的眉头一下子缩紧了:啥时候?

下个月,你们倒不必准备啥,不过是到时候去投张票罢了。

暖暖直直地盯住詹石磴,在心里冷笑了一声:姓詹的,你还想糊弄俺们,让俺们只是投张票,然后你好继续当主任?想得倒好!只要有一点点可能,我都不会再让你当这主任了!狗东西,你的官运也该到头了!不要俺们准备啥,俺们当然要准备,俺们一定要准备把你选下来！咱们走着瞧！暖暖没再说别的，只是转身就走了……

（33）

晚饭暖暖吃得心不在焉，刚一放下碗，她就朝开田喊了一句：他爹，你来一下。边说边朝睡屋里走。开田以为暖暖是问今日的收入，进屋就兴冲冲地说：五千五，顶咱们过去种一年半的地。

我不是问钱，是说权的事。

权？啥权？开田很意外。

你想不想真当村主任？

开田笑了：想自然是想，哪个男人不想当官？每去求一回詹石磴，他每折腾咱一回，我就想一回，老子要真当了主任，也要发发威哩！可这是你想想就能成的？谁会叫咱去当主任？詹石磴能让给咱？

下个月就要重新选主任了。

重新选还不是重新让詹石磴当？上次选不是那样？人家乡上县上都有人，这年头，你朝中无人能做官？

村主任是全村人投票选的，村里人不投他票，就是上边有人想让他当，他也当不成！

这村里他们詹姓人家比你们楚姓和俺们旷姓人家加在一起还要多些，姓詹的人家会投咱的票？再说，他平日张牙舞爪的，把好多人都吓破了胆，谁敢不投他的票去惹恼他？咱还是别做那梦吧!

那可说不定。詹石磴当主任这些年,是没欺负过姓詹的人家,可也没给姓詹的人家带来多少福,村里好多姓詹的人家照样穷得叮当响,不是已经有几家姓詹的来朝咱借过钱?真正沾了詹石磴光的人家,也就是他的弟弟妹妹家,叔叔堂哥堂弟家。

这倒也是。开田搔了搔头。

所以我想,事在人为,这是个机会,过了这个村可就没这个店了,你无论如何也要争它一回,真要当上了主任,咱就再也不用受他詹石磴的气了。再说,这也是让你们老旷家荣耀的事,你们旷家过去有人当过官吗?

没,听爹说,俺们旷家人多少辈子都是种地,八成是祖坟没有选到官脉上,冒不了那股紫烟。

咱甭信那个,咱就试着争一争。

可一想到要和詹石磴争这主任,我就心里有些发慌。

呸,没出息!慌啥?他能吃了你?瞧你还是个男子汉哩!暖暖故意撇了撇嘴:要不就让詹大同用劁猪刀把你那俩蛋子割了它,别当男人了!

只要你愿意守活寡,你就割吧!开田笑着装出要去解裤带的样子。

去!暖暖朝开田的前胸上轻捶了一下,还笑?人家跟你说正事哩!

好，好，说正事，那就按你说的办，咱争它一回，只是争不到了，你可别埋怨我没本领，别夜里赌气不让我上你的身子。

嗨，一说都说歪了！咱只要决定争，就一定要想法争到它！暖暖扬起手，在床帮上猛地拍了一掌。我已经想了，从明儿个起，咱一定要为村里的人们多做些事，好让他们知道，咱们是能为他们带来福气的人！

你吹吧，咱又没权，能做啥事？

可咱现在手里已经有了些钱，有钱就也可以做事。

做啥？花自己的钱？

做咱眼下能做的事，头一桩，把村里几家最穷的人家的儿女，不管他是姓詹还是姓楚，从每家各招聘一个到咱的公司里做事，好让他能领到工钱以补贴家用。咱的楚地居里刚好也需要再添几个端饭和洗换床单被罩打扫房子的人。

中，这事好办。

第二桩，在码头附近和村边，用木板搭几个卖杂货的小棚子，外表要好看些，这花不了几个钱，搭好后，让眼下在村边和码头上露天摆小货摊卖烟酒山货土产的人家，免费搬进去卖货，这样，他们不再受风刮日晒的苦，肯定会感激咱们。

这倒也行，只是要花点钱。

失小抓大，懂么？再说，这也是咱吸引游客的一招，让游客们看看，咱这儿的一切都整整齐齐规规矩矩。

成。

第三桩，游客们不是喜欢看秋收的景致吗？愿意采摘么？你告诉麻四哥，让几个导游有目的地把游客们带到几户姓詹的穷户家的地里，让游客们去帮忙采摘顺便买些他们家种出的东西，他们肯定会对咱感激不尽。

这倒是。

第四桩，买点小学生用的铅笔、像皮、文具盒和作业本，顶多花几百块钱，给全庄每个有小学生的人家送去一份，告诉他们这是资助娃娃读书的，并说明以后咱旷家有钱了，会扩大到资助初中生，给全庄每个初中生交一年的学费。

谁去送？

你自己呀！这可是你和村里人拉近感情的机会！

好吧。还有么？

还有一桩，就是哪天来多了客人，咱介绍他们去村里几户房子宽畅的人家吃住，让那些人家也能得些食宿费，这样，他们肯定对咱感激不尽。再就是咱俩过几天抽空去一趟凌岩寺，去烧烧香拜拜佛，求佛祖保佑你能被选上。

佛祖懂得这些选官当官的事？开田有些不相信。

应该能懂，佛祖不是能掌管人间的一切吗？……

从第二天起，开田就开始按照暖暖出的那些点子去办，半个多月下来，还真有些效果出来。过去，村里人见了开田，因为知道他手里有钱，同他说话时口气里不是羡慕、巴结就是嫉妒，这一点开田能听出来；如今村里人再见了开田，说话的声调里就有了些真正的敬重和感激。开田把自己的这种感觉跟暖暖说了，暖暖笑道：咱要的就是这种结果。我也仔细观察了，过去，好多人见你头一句话总是笑着叫：开田，你狗日的又赚了不少钱吧？现在，好多人见你头一句话总是很亲热地问一句：开田，忙着哩？别小看这两句不同的话，它证明你在村里很多人的心里不再是一个和自己无关的富人。这个头开得好。

开得好有啥用？听说乡里管选举的人来了，就住在詹石磴的家里，詹石磴天天陪他吃饭喝酒。詹石磴也已放出风来，说乡里提出的村主任候选人还是他。

不管谁提候选人，也不管提谁当候选人，投票总是得要咱楚王庄里的人来投，乡上县上的人不敢去替咱村里人投票。我前天悄悄打电话问了乡政府那个看大门的大哥，据他说，选主任主要是看票数，谁得的票数多谁就当。因了这个，你先别担心让詹石磴当候选人，你不当候选人，只要投你票的人多，你也会当上主任。要紧的是得让更多的人知道，你当了主任后，给村里人带来的好处会比詹石磴多！

那依你的想法接下来咱该咋办？开田瞪大了眼问。

我想了，你就用一张大白纸，把你当了主任后想为大家办的实事用毛笔写出来，贴到村委会的墙上去，让村里人都知道你上台后愿为大伙办啥事。

咱能为村里人办哪些事？开田搔着头发：我还从来没想过哩。

那你就仔细想想，要当主任，就得多动脑子。

得让每户人家一年的收入有些增加。开田揪着耳朵试探地说。

对，最好有个数字，好让全村人一看就明白。我的想法，你要真当了主任，让每户人家一年的收入增添三百到五百块，行吧？暖暖笑望住开田。

我日，那得有法子才行！

我朝住在咱楚地居里的一些游客打听过，他们说，咱这里出产的红薯，可以运到东岸的粉丝厂里去卖，价钱比在西岸每斤贵二分；咱这儿出的鸭蛋、尖椒、山楂、木耳和花椒，要是运到东岸的城市里卖，也能卖出比西岸差不多高一倍的价钱。到时候你组织专门的人按高出西岸但低于东岸的价钱来收购，然后用船运到东岸的城里去卖，村里的人多赚了钱，收购的人也赚了钱，这不是一个法子？还有，我听北京来的一个游客说，咱这儿家前屋后种的那种辛夷树，既可美化院子供观赏，又是药用植物和香料植物，它的花蕾里含有桉精油、木兰素等好多种东西，既可入药治病，又可做香水，说是东岸有一座城里已经建了一个做香水的厂子，专门收辛夷花蕾。我记得黑豆叔就去东岸卖过这东西，詹石磴家靠卖这辛夷花蕾也赚过不少钱。你要是当上主任，就去问问清楚，同人家厂里说好，回来号召各家都在房前屋后种辛夷树。这种树长得快，种下去第二第三年就能采到花蕾，到时候家家卖花蕾不也能赚些钱？我还听一个天津人说，如今城里人时兴吃野菜，咱后山上的野菜还少么？到时候让大家得空就上山采野菜，然后晒干了卖，不又是一个赚钱的法子？

嗨，你倒是比我知道的还多。

你得用耳朵多听这些城里来的人的话呀，他们见多识广，咱在接待他们吃住的同时，还得从他们身上学点能处才对！

中，有你这几个主意，我就敢在纸上写那个保证了。我就写：爷爷奶奶大伯大娘叔叔婶婶哥哥嫂嫂姐姐妹妹弟弟们，你们要是选了我旷开田当主任，我保证让每家每户每年的收入，在现有的基础上多出三百到五百块钱。

应该这样写，这才像个男子汉！

那就写，我这就去买张大纸和毛笔！……

（34）

旷开田的竞选保证是正午时分在村委会的山墙上贴出来的，这事立刻轰动了整个楚王庄。人们纷纷端着饭碗走到那里去看，有的人看完很惊奇，叫：我靠，这年头还兴这个？有的人看完很高兴，用筷子敲着碗沿叫：好，开田这小子有种，敢跟詹主任去比个高低！还有的人看完很紧张，走到旷家门上悄声对暖暖说：

得小心人家对你们下手！暖暖只是笑笑，不说话。一个叫保贵的老伯看完跑过来对开田低了声说：冲这几百块钱，我这一票是你的了！青葱嫂看完啥话也没说，只是对暖暖伸了伸大拇指。詹石磴那天正在家里招待乡上来的干部喝酒，等他知道这件事跑去看时已是半下午了，他看完惊在那儿，半晌没动。他连任这么多届主任，这是第一次有人出来要和他争，怒气开始从他胸腔的各个角落向胸口聚，只听他朝着那张白纸吼出了一句：充你娘的啥尿能？！跟着，抬手就要去撕墙上那张纸。恰好暖暖这时从不远处经过，看见詹石磴的动作就叫了一句：撕俺们贴的东西好像不妥当吧？那上边说的又不是你的事，贴的地方又不在你家墙上，你凭啥撕？詹石磴被噎愣在那儿，他知道旷开田写这东西不算违反选举规定，自己去撕是没道理的，便只好停手转身恶狠狠地对暖暖叫：想跟我争主任，也不想想自己能吃几碗干饭，能盛几碗几碟？真他娘的不知天高地厚！暖暖故意笑着：那你就更不该去撕了，你把这看作是开田同你开的玩笑不就行了？

詹石磴只好悻悻地向村委会办公室走了。

眼见得选举的日期临近，暖暖就在晚饭后拉了丹根去村里那些生活穷困的人家里串门，去了也不说选举的事，只拉些家常话，说说娃娃说说庄稼说说鸡鸭，替对方出些挣钱的主意，直说得那家人心里热乎乎的。暖暖就用这个法子，又让不少人倾向了开田这边。

正式选举的头一天上午，暖暖对开田说：咱该去一趟凌岩寺了，求求佛祖保佑你能被选上。开田自然说行，就买了些香裱和供物去了。进得庙门，看见那棵古老的银杏树，暖暖不由得想起了小时候和娘来进香时，围着这树干同开田捉迷藏的情景。哦，转眼间已经是多少年过去，那时啥也不懂的娃娃，如今竟要为当主任来求佛祖了。在大殿里摆好供物烧完香裱叩完头许了愿出来，刚好看见须发皆白的天心师傅，暖暖忙上前鞠了一躬说：师傅好。天心老师傅边双手合十还礼边迷眼想了一霎，这才记起了暖暖和开田，笑道：许久不见二位施主了，瞧你们的气色和神情，想必是衣食无忧了。暖暖一笑，忙问自己关切的事情：师傅，这求官的事，佛祖管吧？天心师傅捻须一笑：俗界中人，求官的太多了，官位上摆的好东西也太多，佛祖就是想成全，也不可能令人人如意。依老僧之见，这做官的事，要看各人的造化，而造化又常常弄人，焉知做官就是好事？……

暖暖被说得糊里糊涂，可也不好再问，心想，反正已上过供烧过香了，佛祖又不糊涂，应该是能看明白的。当下告别了天心师傅，就回家了。刚到家，便听说晚上要在村委会门前开村民大会，说是为了第二天的投票不出问题，先要把投票开票的过程演示一遍让大家看看。

暖暖和开田吃罢饭来到会场，只见人已黑鸦鸦坐了一片。会由乡上来监督选举的老陶主持。老陶先介绍了乡上提名让詹石磴当候选人的原因，跟着随便挑出十四个村民，给他们发了选票，告诉了写票投票的方法，然后就让他们写票投票。因为是演示，詹石磴显然没有在意，只是脸露笑容地坐在那儿。暖暖和开田却有些紧张，担心这演示会给村人带来暗示，对明天的正式投票带来影响。那十四个随便被挑出来的人把票投进票箱之后，便开始演示开票的过程，结果出来后，只听那老陶宣布：选举结果是，詹石磴六票，旷开田七票，楚心耿一票。

人群唰地静了下来。暖暖紧绷的一颗心一下子放松了，开田在暗中捏了捏她的手，两人无言地对视了一眼。她再抬眼去看詹石磴时，只见他的脸已在灯光里阴沉下来，正慢慢地划着火柴点烟。老陶这时还在说明：整个选举过程就是这样的，大家明天就照了这样做。今晚这些参加演示的人，在写票时都是对的，你不同意乡上提出的候选人，可以再写一个自己愿意选的人的名字……

暖暖和开田回到家时，丹根已在开田娘怀里睡了。暖暖抱过丹根，一边给丹根脱着衣裳，一边给开田说：咱不能高兴得太早，这十四个人里咱只多一票，要是正式投，票数还不知道会咋着变化。再说，詹石磴从演示中看出了不利他的苗头，今晚肯定会找很多人去拉票。

那咱咋办？开田紧张起来。

百全和东升这两家很容易被詹石磴拉过去，按说咱俩该分头去看看，可还是算了吧，万一让詹石磴碰见，还不知他会咋样造谣哩——暖暖的话音未落，院门外突然响起了詹石磴的声音：开田，你出来一下！开田和暖暖闻声一愣，开田看了一眼暖暖，暖暖示意他应声出去，随即，自己也悄步跟了过去。

主任，你叫我？

开田，我想问你一句话。詹石磴的声音一反平常变得低而柔和：你是不是真想当主任？

哦？呵……开田慌得急忙抬手搔头，他显然没想到对方会问得这样直白。悄悄站在院门后偷听的暖暖也一怔。

你要是真想当了，我就退出来，让你当，咱弟兄俩争着没意思，不论是你当还是我当，咱都会互相照应的，对吧？当初你盖这楚地居，还不是我支持的？如果你只是想玩玩，最好明天选举前还是跟大伙说一声，你不愿当，以免选票分散。

这——

站在门后的暖暖一下子就听明白了詹石磴的意思，好你个姓詹的，还敢用这个法子来逼俺们。只见她呼地一下迈出门槛，带了笑说：是詹主任呀，开田他只是玩玩，他哪敢跟你去争主任呀，打死他他也不敢呐。再说了，你是乡上提的候选人，谁还敢不投你的票？你刚才说的我也听见了，行，就让开田明天在选举前跟大家说，他不愿当主任。

开田不解地看了暖暖一眼。

这就好。詹石磴高兴地笑着，我这回要再当上主任，保证会全力支持你们办南水美景旅游公司，这点你们一定要放心，你们有钱了，我这个主任也有了政绩也光荣，对吧？好了，你们歇息，我回了。

詹石磴刚一转身，暖暖就倏地把牙咬起，挨刀的东西，到这会儿还在想着骗俺们！开田急急地把暖暖拉进院门，低了声问：真的不参选了？暖暖无语，只示意开田插好院门，直到进了卧房，暖暖才又开口说：他骗咱们，咱们为啥就不能骗骗他？

你是说咱明天照样参选？

当然！

他要是明天真的又被选上了那可咋办？

那咱们就低价卖了楚地居里的这些房子，然后带上老人们和丹根，去外地打工吧。

开田沉默了，半晌之后才又低声道：要不，咱就真的不参选了，咱要骗了他而他又当选了，后果太可怕。那咱就和他成死对头了，他必定会想法子整垮咱们。你想想，到那时真要走的话，咱得搀着老的背着小的到外边打工，那会容易？咱好歹已经干到今天这一步，已经有了这个家底，就是让詹石磴再当主任，咱和他没有太大的仇，他也不至于朝咱死下狠手，顶多是继续给小鞋穿，他总不能不让咱办公司吧？只要有公司在，咱还怕啥？暖暖长叹了一声：我何尝不知道这样稳妥？可我实在不想受他的气了,再说,他把咱这个村子也折腾得太穷了,我不想再看着村里总是这个穷样子。既然有了这个机会,咱就争一争,实在争不到手,咱只好认命,可有了这个机会不争,我实在不甘心!

那好吧。开田点了头。

咱就争这一回!……

(35)

暖暖这夜的觉睡得十分糟糕,先是怎么也睡不着,不停地在心里问自己:你这样办对么?万一争不来可咋整?真的把楚地居卖了?真要带着全家人外出打工?两个老人能经得起折腾?开田以后会不会埋怨自己?后来总算迷迷糊糊睡着,又陷进了一个可怕的梦里:她和开田带着公公婆婆还有丹根坐在一条船上向丹湖东岸走,突然湖里起了大风,风刮得船左右大幅度地摇晃,船板一块一块地开裂,湖水呼呼地朝舱里涌着……

她哇地惊叫一声坐了起来。

正打着鼾的开田被惊了一下,翻个身又沉沉睡去。暖暖抹了一把额头上的冷汗,又慢慢躺了下去,可她再也没有睡着,就那么睁着眼直到天亮。

刚吃过早饭,村里招呼人们开选举大会的钟声就敲响了。因为这两天在楚地居里住的游客不多,暖暖昨天就给公司里的所有员工说好今天上午放假半天,让大家参加投票。听到钟声,青葱嫂大声招呼着让员工们跟她一起向会场走。暖暖感激地看了一眼青葱嫂，她相信，这些员工只要参加投票，是会把票投给开田的。

暖暖和开田一起向会场里走。临出门前，暖暖看了开田一眼，她自然看出了他内心的紧张和不安，于是便拍了一下他的肩，用平日的语调说：放精神点，别像去刑场似的。开田这才身子一振，走出了院门。

离着会场还有几十步时，暖暖突然听到了一声喊：婶子。她先以为是喊别人，仍迈着步，及至又听到一声：暖暖婶子。她才扭过头，看见是詹石磴的大女儿润润正站在路边看定自己，就有些诧异地问：是叫我？润润含笑点头，并向她招招手。她一边向润润走过去一边在心上惊奇：她和这润润素无往来，这个时候喊我干啥？她记得平日和这姑娘在村道上碰见，至多是点点头，连话都很少说。她对这姑娘的了解只限于知道她在聚香街上的高中住校读书，是詹石磴的掌上明珠，其他的一概不知。有事，润润？

我爹在那边站着，他说有句话要和你讲。润润指了一下不远处的一个墙角。

暖暖的一个嘴角一斜，差点要把一个冷笑放出来。詹石磴，你也太可怜了吧，为这事连女儿都用上了！可一想润润可能啥都不知道，让这孩子看自己的冷笑会伤了她，就又使劲把那个冷笑收回去了。暖暖朝开田挥了一下手：你先去。然后就随润润向那个墙角走。刚看见詹石磴,润润就说了一句:婶子,你们聊,我先过去了。

暖暖就直直地朝詹石磴看过去。

暖暖,好妹妹,那桩事没有变化吧?穿着一身新衣裳的詹石磴,眼神竟有些可怜巴巴,腰也哈了下来。

啥事?暖暖故意装着没听明白。她倏然间记起,这是詹石磴这些年来对自己说话最客气的一回。

就是开田不参选的事。

没变呀!

没变就好,没变就好。詹石磴点着头:你一定要再给开田说说,让他在会前做个不参选的说明。事成之后,你们放心,我一定报答你们!我保证让你们的南水美景公司有个大的发展。

那我就先走了?

中,中,你先走。詹石磴客气地挥挥手,一副唯恐对方生气的样子。

暖暖一边向会场上走一边在心里叫:詹石磴,就冲你迷官迷到这一步,老天爷要是有眼,他也不该再让你当上主任!

是她爹找你吧?暖暖来到开田身边时,开田悄了声问。

暖暖点点头,轻了声说:还是那件事,不让你参选。

狗日的!

暖暖仰脸朝天上看去,今天的天气不错,湛蓝的天上只有

湖光山色

几小片白云,那几小片白云也很快被风扯成了缕,像杨絮一样地向天边飞。佛祖、天神,没有了云彩的遮挡,你们更应该能看清楚,俺们争这个主任只为了不受欺负,你们要是主持公道,就不能再让那个姓詹的如了意!……

是乡干部老陶的声音把暖暖的目光又拉回到了会场上的。老陶再次讲了选举的意义,讲了乡上推荐詹石磴当候选人的原因,讲了选举的规矩和纪律,然后面向会场问:还有人要说什么吗?

闹嚷嚷的会场一下子安静了下来。

在发票之前,谁有话说都可以说!老陶再次强调。

暖暖立刻感觉到坐在老陶身边的詹石磴的目光朝自己和开田放了过来,感觉到了那目光在抓挠自己的身子。暖暖装着一无所知,只把双眼扭向了丹湖,湖面上有一只渔船在缓慢移动,有几只野鸭在绕船游着,在水面上划出几道好看的水痕。

有没有要说的?想说什么都行!提出自己看法的,发表声明的,都行!老陶还在启发着。暖暖由此听出来,詹石磴不让开田参选的事,老陶心里是知道的。

会场一直沉默着。暖暖猜得出,詹石磴这会儿一定对自己和开田恨得咬牙切齿。大约是实在不能再这样没有缘由地等下去,老陶只好宣布:既是大家都没有要说的,那就发选票吧……

接下来暖暖的心就一直在揪着,她明白这次和詹石磴彻底撕

湖光山色

开脸后，如果开田选不上，自己一家就真的要准备出外打工了。一想到真有可能卖掉楚地居外出打工，她的心就一阵阵刺疼，过去的多少努力都要白费了？！也许当初开田的主意是对的，不参选，还让詹石磴当主任，与他软磨软抗也能过下去……她填好选票投进票箱之后，没有再与开田和别人打招呼，就一个人向湖边走去。下边的事情就是等，等待那个难以预料的结果出来。她明白詹石磴现在也在等，但愿他等到的是一场空。

碧绿的湖面上来往的船只多了起来，有一条渔船正在起网，四周有十几只白色的水鸟在绕船边飞边叫，一定是渔人逮到了什么让水鸟们感兴趣的鱼，要不然它们对渔人不会这样亲热。啥事情都不会无缘无故，就像现在的自己，自己不在热闹的会场而来到这没有人影的湖边，是因为害怕听到那个结果。她担心一旦那结果不是自己想要的，她会当场流泪的，那就太丢人了。她一边望着湖水一边在侧耳倾听着会场那边的动静，喧闹声已经停下，大概投票已经完毕，该唱票了……

她在湖边蹲下来，凝了神去看地上的葛麻草，看葛麻草的茎和芽，看草茎上的节，她想用这个办法转移自己对会场的注意力，她是想听又怕听到那声宣布。岸边的水里突然响了一声，是鱼，是那些习惯在岸边活动的鱼，她一边判断一边伸了头去看，果然，是一个脊背发黑的草鱼在岸边觅食，鱼可能没想到这会儿岸上会有人在看它，游得不慌不忙自在惬意，尾巴和鳍一摆一摆,捕过鱼的暖暖在看到鱼的那一瞬间,本能地想去摸东西要来一次袭击,可就在这时,身后的会场里有一阵掌声传来,她的身子一抖:结果出来了?!她不由自主地回身去望。她看见青葱嫂飞快地向她跑过来,她揪紧了胸前的衣服。

暖暖,暖暖——

暖暖屏住了气息。

选上了——开田选上了——

轰的一声,一直坠在她心上的那坨东西碎裂了,她仿佛看见那些碎片在向下落着,她感到了一阵从未有过的轻松。她的双脚先是向上跳了一下,随后就软软地坐了下去,她听见自己的泪珠子也跟着掉到了地上……

她记不起自己是怎么回到家的,她只记得到家时看到乡上的老陶正坐在那儿对开田说着什么,记得有好多村里人挤在院中,记得麻老四和九鼎手里举着酒杯……